डूबते किनारे

(एक सामाजिक उपन्यास)

रानू

डायमंड बुक्स

www.diamondbook.in

प्रकाशक : डायमंड पॉकेट बुक्स (प्रा.) लि.

X-30 ओखला इंडस्ट्रियल एरिया, फेज-II

नई दिल्ली : 110020

फोन : 011-40712200

ई-मेल : ebooks@dpb.in

वेबसाइट : www.diamondbook.in

मुद्रक : रेप्रो इंडिया

डूबते किनारे

लेखकः रानू

पवन ने अपने होंठ रत्ना की नग्न पीठ पर रख दिये-गरम-गरम होंठ। रत्ना के शरीर में घृणा की क्रोधभरी आग भड़क उठी। जीवन में पहली बार उसके कुंवारे शरीर के किसी ने होठों द्वारा छूने का साहस किया था। तड़पकर उसका मन चाहा कि वह अपने शरीर का दुरुपयोग करने वाले दैत्य का मुंह नोच ले, परन्तु वश में आए एक पक्षी समान केवल फड़फड़ाकर ही रह गई।

पवन ने अपना एक हाथ बढ़ाकर साइड टेबल पर रखी बोतल उठा ली। अपने होठों द्वारा उसने उसका ढक्कन खोला। फिर शराब के कुछेक घूंट हलक से नीचे उतारे तो शराब उसके होठों के दोनों किनारों से बहकर टपकने लगी। रत्ना को वह अपने दूसरे हाथ द्वारा उसी प्रकार पकड़े रहा। शराब पीने के बाद उसने बोतल नहीं रखी। रत्ना को भी नहीं छोड़ा। उसी प्रकार रत्ना का हाथ पीठ पर मोड़े वह रत्ना को लिए उठ खड़ा हुआ। रत्ना को अपने शरीर से लगाए वह बैठक से बाहर निकला। सीढ़ियां चढ़कर वह अपने कमरे की बढ़ा। तड़पती तथा सिसकती रत्ना एक पशु के समान अपनी बली देने के लिए वेदी की ओर बढ़ने लगी।

—इसी उपन्यास मे से....

दो शब्द

प्रिय पाठकों,

'डूबते किनारे' का नया संस्करण प्रस्तुत करते हुए मुझे अपार हर्ष हो रहा है। आशा करती हूं इस उपन्यास की उपलब्धि पर आपको भी प्रसन्नता होगी। डायमण्ड पॉकेट बुक्स ने पुराने उपन्यासों में अब 'बन्द होंठ', 'तपती चांदनी' एवं 'प्रायश्चित' को सम्मिलित कर प्रशंसनीय सद्भाव तथा सहयोग दिया है।

यदि आप चाहते हैं कि इसी तरह के रोचक उपन्यास आपको घर बैठे प्राप्त होते रहें तो आप डायमण्ड पॉकेट बुक्स द्वारा संचालित 'अपने घर में अपनी लायब्रेरी योजना' के सदस्य बन जाएं। इस योजना के अन्तर्गत हर महीने 50 रुपए के उपन्यास 45 रुपए की वी.पी. से भेजे जाते हैं। डाक-व्यय फ्री। सदस्य बनने के लिए सदस्यता शुल्क दस रुपए मनीऑर्डर से भेजें।

आशा है, आप भी लाखों पाठकों की तरह इस योजना से लाभ उठाएंगे।

आप सबके पत्रों का इंतजार रहेगा।

- शुभकामनाओं सहित

सरल रानू

डूबते किनारे

महीने की पहली तारीख थी - शनिवार का दिन। रात के लगभग नौ बजे थे। रात की घनेरी लटों ने खुलकर दूर-दूर तक अंधकार का जाल बुन रखा था। हवा के तेज बहाव में होने वाली वर्षा की नमी थी। सांय-सांय का स्वर भयानक लग रहा था। कभी-कभी गरजते बादलों के स्वर में वर्षा की चाप सुनाई पड़ जाती थी। बिजली कड़ककर वर्षा के लिए वातावरण का द्वार खटखटा देती थी। ऐसा लगता था मानो आज रात बहुत बड़ा तूफान आने वाला है। इस तूफान का अनुमान लगाकर रास्ता चलते यात्री शीघ्र ही अपने ठिकानों पर पहुंच जाना चाहते थे।

रास्ते के चलते-फिरते यात्रियों में इस समय रत्ना भी सम्मिलित थी। बीस वर्ष की एक सुडौल शरीर वाली नवयुवती सादगी की एक तस्वीर बनी सड़क के किनारे तेज पगों से चली जा रही थी, ताकि अगले बस अड्डे पर शीघ्र ही पहुंच जाए, जहां से उसे अपने घर जाने के लिए बस मिल सकती थी। इस रास्ते से होकर वह पहली बार अपने घर के लिए लौट रही थी, नया-नया ट्यूशन करके। आज पहली तारीख से ही उसने यह ट्यूशन आरम्भ किया था। रत्ना अरुणा कॉलेज की एक अध्यापिका थी। नौकरी इसी वर्ष नई-नई मिली थी। जहां शीघ्र ही उसकी दो सहयोगिनें राजेश्वरी तथा अमृता सखी बन गई थीं। रत्ना के घर की आर्थिक स्थिति ही ऐसी थी कि उसे नौकरी के साथ आज से यह ट्यूशन भी स्वीकार कर लेनी पड़ी थी। एक छोटी बहन थी शोभा; आयु सत्रह वर्ष की थी। रंग-रूप में रत्ना से कम नहीं थी। आई.एस.सी. के अन्तिम पार्ट में थी वह। डॉक्टर बनने का उसे ही शौक नहीं था, स्वयं रत्ना भी अपनी छोटी बहन को डॉक्टर बनाना चाहती थी। पिता राजाराम को रिटायर हुए दो वर्ष हो चले थे, परन्तु अब तक प्राविडेंट फंड नहीं मिला था। अब तो वह सदा बीमार पड़े रहते हैं। मां की सेवाओं के सहारे जीवित हैं। बड़ी इच्छा है उनकी, उनका प्राविडेंट फंड मिल जाए तो कम से कम रत्ना का विवाह अपनी आंखों के

सामने कर दें। लड़का भी उन्होंने देख रखा है समरेन्द्र, बल्कि उसे दामादी में स्वीकार भी कर चुके हैं, क्योंकि वह उनके पुराने घनिष्ठ मित्र उमाशंकर का एकमात्र बेटा है। उमाशंकर एक साधारण वर्ग के सज्जन पुरुष हैं, जिन्होंने एक बार राजाराम की बीमारी में ऑपरेशन के लिए पांच हजार रुपए उधार देकर मानो रत्ना को बहू के रूप में सदा के लिए खरीद लिया था। फिर भी राजाराम यही चाहते थे कि उनका प्राविडेंट फंड मिलेगा तो उमाशंकर को यह धन वापिस कर देंगे और साथ ही रत्ना का विवाह भी समरेन्द्र से बड़े सम्मान के साथ कर देंगे।

समरेन्द्र एक साधारण चित्रकार था। हिन्दी-उर्दू पत्रिकाओं तथा उपन्यासों के कवर के साथ वह प्राकृतिक दृश्य की तस्वीरें भी बनाया करता था, जिनसे उसे अच्छे भले पैसे मिल ही जाते थे। अपना स्तर ऊंचा करने के लिए अभी हाल ही में उसने माल रोड पर एक स्टूडियो खोल लिया था - रत्ना स्टूडियो। स्टूडियो छोटा था जिसे बड़ा बनाने का वह सपना देखा करता था, फिर भी अभी से ही उसके स्टूडियो में तीन चित्रकार सहायक बैठने लगे थे।

समरेन्द्र का रत्ना के घर में आना-जाना बहुत था। दोनों ही जानते थे कि एक न एक दिन उन्हें पति-पत्नी अवश्य बनना है, इसलिए समरेन्द्र के कहने से रत्ना उसके साथ सिनेमा देखने, किसी साधारण होटल में चाय-कॉफी पीने या सैर के लिए पार्क और पिकनिक पर चली जाती थी। प्रायः जब कभी समरेन्द्र के हाथ से कोई बहुत अच्छी तस्वीर बन जाती तो वह उसे दिखाने के लिए रत्ना को अपने स्टूडियो ले जाना नहीं भूलता था। आजकल उसने रत्ना की तस्वीर का एक खाका बना रखा है। उसका दावा है कि जब यह तस्वीर रंगों में उभरकर तैयार होगी तो उसके सच्चे प्यार की एक यादगार तस्वीर होगी। उस तस्वीर का मूल्य कोई व्यक्ति संसार को सारा धन देकर भी नहीं चुका सकता। उन दिनों का भविष्य निश्चित देखते हुए रत्ना के माता-पिता को भी समरेन्द्र के साथ रत्ना के जाने पर कोई आपत्ति नहीं थी। इतना सब कुछ होने के पश्चात् रत्ना समरेन्द्र को कभी ऐसा प्यार नहीं कर सकी, जो उसकी रातों की नींदें हराम कर देता, दिन-रात उसे समरेन्द्र के

विचारों में तल्लीन रखता, जैसा कि प्रायः उसने कहानियों में पढ़ा था तथा फिल्मों में देखा था। प्रायः वह सोचती कि एक प्रेमिका आखिर क्यों और कैसे अपने प्रेमी के लिए दिन-रात तड़पती रहती है, रात के एकांत में आंसू बहाती हुई करवटें बदलती रहती है तथा क्यों अपने प्रेमी के बिना उसका एक सांस लेना भी कठिन हो जाता है।

सहसा हवा का एक तेज झोंका तूफान बनकर आया तो सड़क के किनारे लगे वृक्ष झूमकर चिंघाड़ उठे। सड़क किनारे खंभों में लगे बिजली के तार झूल गए। बिजली के बल्ब बुझे, जले, फिर बुझे और फिर जल उठे। छाने वाले अंधकार का अनुमान लगाकर रत्ना की चिंता बढ़ी। बस नहीं मिली और फिर टैक्सी भी नहीं मिली तो उसे अंधकार में सारा रास्ता पैदल ही काटना पड़ेगा। उसने अपने पगों की गति और तेज कर दी।

परन्तु अभी रत्ना कुछ ही दूर चली होगी कि बादल की एक जोरदार गरज से सारी धरती कांप गई। बिजली भी ऐसी कड़की कि दूर तक गूंजती चली गई। फिर वर्षा का एक तेज झोंका आया और रत्ना पर छा गया। कहीं शरण लेने से पहले ही वह भीगकर तर हो गई। वर्षा की झड़ी ठंडी थी बर्फ के समान; रत्ना का शरीर कांपने लगा। उसने सोचा, यदि वह पानी में इसी प्रकार भीगती रही तो उसे ठंड लग जाएगी। नई-नई नौकरी है, वह बीमार पड़ गई तो कॉलेज न जाने पर वेतन भी कट सकता है। वेतन कट गया तो घर का बजट भी बिगड़ जाएगा।

रत्ना ने वर्षा से बचने के लिए सड़क के किनारे इधर-उधर देखा। वर्षा की झड़ी के पीछे फ्लैट्स की खिड़कियों से झलकता प्रकाश धुंधला था। बंगलों के बरामदों में भी रोशनी थी। प्रकाश कुछेक बंगलों के लॉन तक झिल्मिला रहा था। रत्ना समीप के एक बंगले की ओर बढ़ गई। मुख्य द्वार पर खड़े होकर उसने दृष्टि द्वारा बंगले में रहने वालों की आहट ली। पोर्टिको खाली था। बंगले के सभी द्वार तथा खिड़कियां बन्द थीं। खिड़कियों के शीशों पर कहीं परदे चढ़े हुए थे तो कहीं थोड़ा-बहुत सरके हुए भी थे। रत्ना से ठंड सहन होना कठिन हो गया तो उसने तुरन्त मुख्य द्वार खोला। अन्दर पहुंचकर उसने मुख्य द्वार दोबारा बन्द कर दिया। फिर वह लॉन में आगे बढ़ी। हरा-भरा लॉन वर्षा में तर था।

फुलवारियां हवा के दबाव पर लेटती हुई बिखर गई थीं। रत्ना ने तेज पगों के साथ लॉन पार किया। तीन सीढ़ियां चढ़ने के बाद वह बरामदे में पहुंची तो चैन की सांस ली। उसने अपना आंचल समेटकर पानी निचोड़ा। फिर इसी आंचल से उसने अपना मुखड़ा पोंछ लिया। उसने देखा, बरमदे की दीवार से सटी कुछेक सोफेनुमा अखरोट की लकड़ी की आरामदेह कुर्सियां रखी हैं। एक कुर्सी किनारे खींचकर उसने उस पर बैठ जाना चाहा, परन्तु अपनी हीन भावना के कारण वह ऐसा नहीं कर सकी। यह बंगला जाने किस बड़े आदमी का हो! उसने हवा से बचते हुए एवं कोने में खड़ा रहना ही उचित समझा।

इस समय पवन अपने बंगले की बैठक में एक सोफे पर धंसा सिगरेट के गहरे-गहरे कश ले रहा था। समीप ही एक छोटी मेज पर व्हिस्की का जाम रखा हुआ था, जिसे उठा-उठाकर वह चुस्कियां भी लेता था। उसे मानो किसी की प्रतीक्षा थी, जिसका अनुमान इसलिए हो रहा था, क्योंकि वह बार-बार अपनी कलाई बार बंधी घड़ी देखने लगता था। कभी-कभी जब प्रतीक्षा असहनीय होने लगती तो वह एक ही झटके में अपना व्हिस्की का जाम समाप्त करके कमरे में बेचैनी के साथ टहलने भी लगता था। बंगले के सभी द्वार बन्द थे, इसलिए पवन बाहर के तूफानी वातावरण से सुरक्षित था, परन्तु अनभिज्ञ नहीं था। बादलों की गरज तथा बिजली की कड़क हल्के धमाके के साथ उसके कानों तक पहुंच ही जाती थी। क्योंकि कमरे के अंदर खामोशी थी। कमरे में एक ओर रखा सुंदर रेडियोग्राम खामोश था, परन्तु उसे भी धुन छेड़ने की प्रतीक्षा थी। पवन इस समय सारे बंगले में बिल्कुल अकेला था। नौकरों को उसने छुट्टी दे रखी थी, जो बंगले के पिछले भाग में छोटे-छोटे क्वार्टर्स में रहते थे। नौकरों को वह रात के किसी भी पहर बुला सकता था; परन्तु रात आरम्भ होने के बाद उसे उनकी आवश्यकता कम ही महसूस होती थी।

पवन के पिता श्री जानकीदास संसद सदस्य थे, इसलिए उन्हें दिल्ली में ही रहना पड़ता था। उनकी देखभाल के लिए मां को भी दिल्ली में रहना पड़ता था। पवन की दो छोटी बहनें भी थीं, जो इस समय लंदन में शिक्षा प्राप्त कर रही थीं, इसलिए पवन को अपने शहर में अकेले ही रहना पड़ता था, जहां उसके दादा के समय से एक फैक्टरी चल रही

थी। यद्यपि फैक्टरी का सारा काम मैनेजर ही संभालता था, फिर भी पवन को फैक्टरी के कामों में रुचि लेनी पड़ती थी। जानकीदास धर्म-कर्म में खूब विश्वास करते थे। इस शहर में जाने कितनी संस्थाएं ऐसी थीं, जो उन्हीं के दान-पुण्य पर निर्भर करती थीं। अस्पतालों तथा विद्यालयों में उन्होंने कुछेक इमारतें अपने पैसे से बनवाकर दान कर दी थीं। कॉलेजों में उनकी ओर से अच्छे विद्यार्थियों के लिए फंड्स खुले हुए थे। नागरिक उन्हें देवता जैसा सम्मान देते थे।

परन्तु पवन अपने पिता के बिल्कुल विपरीत निकला। वंश का वह एकमात्र पुत्र था। शहर में अकेला रहता था। यह उसका अकेलापन ही था, जो उसके चरित्र को ले डूबा। बंगले में उसका अपना कोई नहीं था, इसलिए शाम को जब फैक्टरी से लौटता तो सूने कमरे उसे काटने को दौड़ते। तब वह नहा-धोकर सीधा क्लब चला जाता था। क्लब में नवयुवक ही उसके मित्र नहीं थे, बल्कि लड़कियों का ध्यान भी उसकी ओर आकृष्ट हो गया। जानकीदास की प्रतिष्ठा से कौन परिचित नहीं था? बड़े-बूढ़ों ने भी अपनी बेटियों को पवन में रुचि लेते देखा तो आपत्ति नहीं की। शायद इसी बहाने उनका सम्बन्ध जानकीदास के वंश से बंध जाए। लोगों ने अपने बंगलों पर वक्त-बेवक्त पार्टियां रखकर पवन को बुलाना भी आरम्भ कर दिया। विदेशी ढंग की पार्टियां होतीं। ऑर्केस्ट्रा या रेडियोग्राम की धुन पर विदेशी नृत्य होता। कोई भी लड़की नृत्य में पवन के साथ नृत्य करती तो घंटों उसका साथ नहीं छोड़ती। पवन यूं भी एक बहुत ही आकर्षक व्यक्तित्व का मालिक था। लम्बा कद, सांवला रंग, पर नाक-नक्श अत्यन्त तीखा, घनी लटें, घनी भवों के नीचे बड़ी तथा काल आंखें। भला कौन सुन्दरी उसकी बांहों में समाकर गर्व नहीं करती?

आरम्भ में पवन को नौजवान लड़के-लड़कियों की संगति खूब भायी। अपने मित्रों के साथ वह क्लब के अतिरिक्त होटलों की पार्टियों में भी जाने लगा। फिर पिकनिक की बारी भी आई। फैक्टरी की छुट्टी के दिन हों न हों, अपना सारा काम फैक्टरी के मैनेजर पर छोड़कर पवन मित्रों के साथ आए दिन पिकनिक पर जाने लगा। धन की कोई कमी नहीं थी, इसलिए पवन दिल खोलकर लड़के-लड़कियों पर धन खर्च करता। पिकनिक पर जहां

कहीं उसे झरना या नदी दिखाई पड़ती, वह पानी में अवश्य छलांग लगा देता था। उसे तैरने का बहुत अधिक शौक था। बचपन से ही यह शौक उसमें समाया हुआ था। घंटों वह पानी में मछली समान पड़ा रहता था। यही कारण था कि उसके मित्र उसे मजाक में कभी-कभी पानी का कीड़ा भी कहने लगे थे। उसका यह शौक देखकर अनेक लड़कियों ने उससे तैरना भी सीखना चाहा ताकि पवन के गले का हार बन जाएं, परन्तु लड़की एक होती तो बात अलग थी। लड़कियां अनेक थीं एक से बढ़कर एक सुंदर। तैराकी सीखने का बहाना लेकर लड़कियां उसकी छाती से इस प्रकार लिपट जाती थीं कि पवन के विचार भटक-भटक जाते थे।

और ये विचार धीरे-धीरे भटकने भी लगे। आखिर कब तक आग के पास तेल सुरक्षित रहता? मित्रों की संगति में उसने व्हिस्की पीना आरम्भ किया तो उसके दिल की आग भड़ककर ज्वाला बन गई। उसने मित्रों के समूह में घूमना-फिरना कम कर दिया। धीरे-धीरे उसने एक समय में केवल एक ही लड़की की संगति रखना आरम्भ किया। उसे कार तेज गति से चलाने का शौक था। लड़की को अकेले लेकर व लम्बी-लम्बी ड्राइविंग पर निकलने लगा। लड़की उसकी संगति में रहती तो सब कुछ भूल जाती। वह उसके एक इशारे पर उसके बंगले चली आती। बंगले पर रेडियोग्राम की धुन के सहारे देर तक नृत्य होता। प्यार की बातें होतीं। जब इस प्रकार की भेंट रात के लिए सुरक्षित होती थी तो पवन अपने नौकरों को शाम ढलते ही छुट्टी दे दिया करता था। फिर रात का अकेलापन होता, रंगीन वातावरण, रेडियोग्राम द्वारा निकलती सुरीली धुन होती तथा पवन की बांहों में थिरकता हुआ सा यौवन होता। उस समय जब पवन लड़की के होंठों पर झुकता तो लड़की इंकार नहीं कर पाती, नृत्य भूलकर वह पवन की बांहों में इस प्रकार मदहोश हो जाती थी कि पवन को कुछ आगे कहने की आवश्यकता ही नहीं पड़ती थी। पवन लड़की को अपनी बांहों के सहारे अपने निजी कमरे में ले जाने लगता। जाते-जाते वह बैठक की बत्ती बुझा दिया करता था। रेडियोग्राम बजता छोड़ देता था क्योंकि रेडियोग्राम के बन्द होने की क्रिया 'ऑटोमेटिक' भी थी। पवन का कमरा बंगले की ऊपरी मंजिल पर था सामने की ओर।

अच्छा-भला बड़ा कमरा था यह, जिसे पवन ने रंगमहल बना रखा था। फर्श पर मोटी कालीन, एक बड़ा पलंग, मोटे गद्दे जिस पर मखमली चादर बिछी रहती थी। दो तकिए। एक ओर सोफासेट था जिसके समीप इस कमरे में बजने के लिए एक रेडियोग्राम रखा हुआ था। दीवारों पर सुन्दरियों की अर्द्धनग्न तस्वीरें थीं, ताकों पर मन को उत्तेजित करने वाली अर्द्धनग्न मूर्तियां थीं। अपने कमरे को रंगमहल का रूप पवन ने अभी हाल ही में दिया था, केवल अपनी नई-नई प्रेमिकाओं को लाने के लिए कमरे के वातावरण को मदहोश बनाने के लिए उसने ताकों वाले एक खुले कबर्ड में विदेशी व्हिस्की की सुन्दर तथा रंग-बिरंगी बोतलें सजा रखी थीं। इस कबर्ड का मुंह घुमाकर जब वह चाहता था, अन्दर की ओर कर देता था, जिसके दूसरी ओर एक ताक में भगवान की मूर्ति रखी होती थी। जब कभी उसके माता-पिता दिल्ली से आने वाले होते तो वह कबर्ड के भगवान वाले भाग को कमरे की ओर कर देता था। कमरे की नग्न तथा अर्द्धनग्न तस्वीरें तथा मूर्तियां भी छिपा दिया करता था, ताकि उसके कमरे के आवारा वातावरण पर परदा पड़ा रहे। कमरे में दो बड़ी-बड़ी खिड़कियां थीं शीशेदार। बंगले के सामने का दृश्य यहां से बड़ा अच्छा दिखता था। शाम होते ही बत्ती जलने के बाद पवन इन खिड़कियों पर मोटे परदे कोने से कोने तक फैला दिया करता था, ताकि बाहर से कमरे के अन्दर का दृश्य झलक बनकर भी न दिखाई पड़ सके।

रंगमहल में प्रविष्ट होने के बाद केवल पवन होता और उसकी प्रेयसी। रंगमहल में आते ही उसकी प्रेयसी की आंखों में एक सपना अंगड़ाई ले उठता था। वह इस महल की रानी है। प्यार में इतना आगे बढ़ने के बाद कौन उन्हें एक-दूसरे से अलग कर सकता है? इसी भ्रम में पड़कर वह स्वयं को पवन की इच्छा पर निछावर कर देती। पवन के पलंग की शोभा बन जाती।

अगले कुछ दिनों तक जब वह लड़की पवन से मिलती तो अपना दुखड़ा रोती। पवन को अपने प्यार का वास्ता देती, अपनी लाज की भीख मांगती; परन्तु पवन पर इसका कोई प्रभाव नहीं पड़ता। पवन के विचार अगणित लड़कियों की संगति ने बदल दिए थे।

घूमने-फिरने तथा दिल बहलाने के लिए लड़कियां और होती हैं और पत्नी के रूप में घर की शोभा बनने वाली लड़कियां और होती हैं। भला ऐसी लड़की में कौन पुरुष रुचि लेगा जो बहुत आसानी के साथ हाथ आ जाती है तथा विवाह से पहले ही पुरुष की आकांक्षाओं की भेंट चढ़ जाती है? जो वस्तु कठिनाई से प्राप्त होती है, उसका मूल्य ही कुछ और होता है।

बंगले के सभी नौकर पवन के चरित्र से परिचित थे, परन्तु पवन ने किसी भी नौकर को अपनी निजी रुचियों में हस्तक्षेप करने पर उत्साहित नहीं किया। नौकर भी यही सोचकर चुप रहते कि जब लड़कियां स्वयं ही बंगले में आकर उनके छोटे मालिक की बांहों की शोभा बनने को उत्सुक रहती हैं तो वे भला क्या कर सकते हैं! पवन जवान था। जवानी में मानव को एकान्तपन सताए तो वह प्रायः भटक ही जाता है। सभी नौकरों की हार्दिक इच्छा थी कि उनके छोटे मालिक का विवाह शीघ्र हो जाए तो वह बरबादी के रास्ते पर चलने से बच जाएंगे; परन्तु पवन को तो मानो अभी विवाह की चिन्ता तक नहीं थी। जब कभी जानकीदास तथा उनकी पत्नी आती और दोनों विवाह की बातें छेड़ते तो पवन बड़ी सुन्दरता के साथ इस विषय को टाल जाता था। पिताजी अगले चुनाव में जीत जाएं, उसके बाद ही वह विवाह के विषय पर ध्यान देगा। जानकीदास बेटे की बातें सुनते तो प्रसन्न हो जाते। मां भी अपने लाल की बातों से सहमत हो जाती।

पवन को अपने बंगले पर आज भी एक लड़की की प्रतीक्षा थी। लड़की की प्रतीक्षा करते हुए वह बैठक के अन्दर व्हिस्की की चुसकी एक के बाद एक धीरे-धीरे तथा कभी-कभी प्रतीक्षा की झुंझलाहट में एक ही झटके में बड़े घूंट के साथ लेता जा रहा था। रात के नौ बज चुके थे। रात की यह अधिक घड़ी नहीं थी, फिर भी रात मानो अपने यौवन पर थी। भीगा-भीगा वातावरण, बादलों की गरज तथा बिजली की कड़क। ऐसे में पवन का दिल अपनी नई प्रेयसी की प्रतीक्षा में बेचैन होता भी क्यों नहीं? प्रतीक्षा की इसी बेचैनी में वह कमरे के अन्दर टहलते हुए कभी-कभी खिड़की के पास भी चला जाता था। खिड़की का परदा उठाकर वह बाहर भी झांक लेता था। आखिर उसकी प्रेयसी क्यों नही आई?

वर्षा में कार से यात्रा करने वालों को क्या कठिनाई हो सकती है? पवन की प्रेयसी को अपनी कार द्वारा ही आना था। पवन की अपनी विदेशी काले रंग की लम्बी कार इस समय गैरेज में बन्द थी।

इसी प्रकार एक बार पवन ने फिर व्हिस्की की चुसकी ली। जाम साइड टेबल पर रखा। खिड़की के समीप आया। परदा उठाकर खिड़की के बाहर झांका। वर्षा की झड़ी में लॉन खाली था। फिर वही निराशा! उसने परदा झटककर छोड़ देना चाहा, परन्तु तभी उसकी दृष्टि बरामदे के मलगजे प्रकाश में एक लड़की को खड़ा देखकर ठिठक गई। लड़की की भीगी लटें तारों भरी रात बनकर चमक रही थीं। पवन कुछ समझा नहीं। यदि यह उसकी प्रेयसी है तो बरामदे में क्यों खड़ी है? उसकी कार कहां है? लपककर उसने द्वार खोला और बाहर की ओर बढ़ा।

लड़की द्वार खुलता देखकर पहले ही समझ गई थी। उसने यहां से भाग निकलना चाहा था, परन्तु तब तक पवन उसके सामने आ गया था। उसके सामने यदि वह भागने का प्रयत्न करती तो बंगले का मालिक उसे जाने क्या समझने लगता। चोर? उचक्की? उसे भागता देखकर बंगले का मालिक शोर मचाते हुए नौकरों द्वारा उसे पकड़ भी सकता था। इसके अतिरिक्त यहां ठहरने में बुराई ही क्या थी? आखिर वह बरामदे के एक कोने में शरण ही तो ले रही थी। बाहर के भयानक वातावरण में वह जाती भी कहां! बंगले का मालिक देखने में उसे एक सज्जन पुरुष लगा। भीगी साड़ी में लड़की सिमटने लगी।

लड़की के समीप पहुंचने के बाद पवन ने उसे पहचानने का प्रयत्न किया। लड़की अपरिचित थी। उसने पूछा, “कौन हैं आप?”

“जी, मैं” लड़की ने अपने गले में अटका थूक घोंआ। अपनी घबराहट पर काबू पाने के बाद उसने कहा, “मैं दरअसल वर्षा से शरण लेने के लिए यहां आ गई थी।”

“ओह!” पवन ने मानो स्वयं से कहा। उसने लड़की को ऊपर से नीचे तक देखा, बहुत ध्यान से। चंद्रमा-सा भीगा हुआ गोरा मुखड़ा, काली लम्बी पलकों पर नन्हीं-नन्हीं बूंदें

मोतियों के समान अटकी हुई थीं। भीगी साड़ी उसके शरीर से इस प्रकार चिपकी हुई थी कि बरामदे के प्रकाश में उसका अंग-अंग झलकतें हुए फूटकर बाहर आ जाना चाहता था। सहसा बड़े जोर की बिजली चमकी। बिजली की कौंध में लड़की का शरीर इस प्रकार दमक उठा, मानो वह संगमरमर की एक अत्यन्त सुन्दर मूर्ति हो। रात के समय लड़की की सुन्दरता यूं भी चांदनी बनकर छिटक उठती है। ऊपर से उसे देखने वाली सरूर-भरी आंखें। पवन को ऐसा लगा, मानो बिजली उसके अपने दिल पर गिर पड़ी हो। पवन के तन-मदन में आग लग गई। इससे पहले कि यह आग भड़क उठे, उसने स्वयं को संभाला। सज्जनता बरती। बोला, "आपको शरण लेनी है तो बरामदे में क्यों खड़ी हैं। आइए, अन्दर बैठ जाइए।" पवन ने खुले द्वार की ओर संकेत किया।

"जी नहीं, मैं यहीं ठीक हूं। धन्यवाद।" लड़की को पवन की सज्जनता पर पूरा विश्वास था, फिर भी उसने ऐसा कहा।

"देखिए..." पवन ने अपनापन प्रकट करते हुए कहा, "जिद मत कीजिए। आप पहले ही काफी भीग चुकी हैं, ठंड लग गई तो निमोनिया हो जाएगा। फिर सारे जग में आप कहती फिरिएगा कि जानकीदासजी के यहां आपको किसी ने दो मिनट की शरण भी नहीं दी।" पवन ने अपने पिता की ख्याति का सहारा लेकर हाथ आए शिकार पर जाल फेंका।

जानकीदास! लड़की ने आश्चर्य से सोचा। उसने सुन रखा था कि शहर की आदरणीय हस्त श्री जानकीदास इसी सड़क पर रहते हैं। जानकीदास की उदारता से वह परिचित थी। उसके कॉलेज की एक इमारत जानकीदास के पिता सेठ दुलालचंद दास के नाम पर ही बनी हुई थी। उसने पूछा, "क्या आप उन जानकीदासजी के विषय में कह रहे हैं जो संसद सदस्य हैं?"

"जी हां, उन्हीं के विषय में कह रहा हूं।" पवन ने अपना तीर निशाने पर बैठते देखा तो कहा, "यह बंगला उन्हीं का है।"

"और आप...?" लड़की ने पूछना चाहा।

"मैं उनका पुत्र हूं पवन।" पवन ने गर्व से कहा।

"ओह!" लड़की ने उससे मिलकर प्रसन्नता प्रकट की। हाथ जोड़ते हुए बोली, नमस्ते।" फिर उसने अपना परिचय देना भी आवश्यक समझा। बोली, "मुझे रत्ना कहते हैं।"

रत्ना! पवन ने मन ही मन नाम दोहराया। फिर बोला, "आइए ना, अन्दर चलकर बैठिए। मैं नौकर से कहकर कॉफी बनवाता हूं।"

कॉफी के नाम पर रत्ना में जरा भी रुचि उत्पन्न नहीं हुई। फिर भी उसने पवन की बात से इनकार करना उचित नहीं समझा। यह उसका छोटापन होता। इसके पश्चात् जब उसने कदम बढ़ाना चाहा तो उसका दिल अचानक एक अज्ञात भय से कांप गया। उसने सोचा, इस बंगले के अंदर रात के इस पहर जाने कौन-कौन है? परन्तु फिर उसके दिल की शंका दूर हो गई। पवन ने नौकर द्वारा कॉफी बनवाने वाली बात कही थी। नौकर या नौकरों के साथ इतने बड़े बंगले में और भी तो लोग होंगे ही - पवन की मां, बहन, भाई आदि। उसने अपनी साड़ी समेटकर शरीर को ठीक से ढंका। फिर पग आगे बढ़ा दिए।

रत्ना कमरे के अन्दर प्रविष्ट हुई। कमरा क्या था, मानो एक अच्छा-भला हॉल था, बहुमूल्य वस्तुओं से सजा हुआ। दीवार से दीवार तक नीली कालीन थी। चौड़े-चौड़े सोफे अत्यन्त सुन्दर थे। दीवार पर गिनी-चुनी ही तस्वीरें थीं। एक तस्वीर पवन के दादा की भी थी - सेठ दुलालचन्द दास, सिर पर सेठों-समान गोल टोपी, बन्द गले का कोट। बिल्कुल ऐसी ही एक तस्वीर उसके कॉलेज की एक नई इमारत के हॉल में टंगी हुई थी। अचानक अपने पीछे एक स्वर 'खट' सुनकर रत्ना चौंक गई। उसने पलटकर देखा, पवन ने कमरे का द्वार अन्दर से बन्द कर दिया था। रत्ना का दिल अज्ञात तौर पर धक से रह गया।

"काफी तेज हवा है।" पवन ने उसे द्वार बन्द करने का कारण बताया।

द्वार बन्द होने के कारण वास्तव में रत्ना के शरीर पर ठंडी हवाओं की चुभन रुक गई थी, परन्तु उसके दिल की धड़कन उसी प्रकार स्थिर थी। वह यह अनुमान नहीं लगा सकी

कि उसके ऊपर किसी प्रकार का भय छा रहा हैया इतने बड़े बंगले के अन्दर आने के बाद वह हीन भावना का शिकार हो गई है।

"बैठिए ना, खड़ी क्यों हैं?" पवन ने एक सोफे की ओर इशारा करते हुए कहा।

रत्ना तब भी सकुचाई खड़ी रही। पवन पर अपने दिल का भय प्रकट करना पवन पर सन्देह करना था।

"आप बैठिए।" पवन ने रत्ना की चिन्ता से निश्चिन्त फिर कहा, "मैं जरा अन्दर खबर कर दूं।" पवन अन्दर के द्वार की ओर बढ़ने को हुआ, परन्तु फिर रुक गया। उसने पूछा, "हां, आप कॉफी पीएंगी या चॉकलेट चाय...?"

रत्ना की समझ में नहीं आया कि वह क्या उत्तर दे। वह तो पवन के कहने के कारण अन्दर तक चली आई थी। अब चाय-कॉफी पीने का एहसान लेने का उसका साहस नहीं हो सका।

सहसा अन्दर के कमरे में फोन की घंटी बजी। पवन का ध्यान फोन की ओर आकृष्ट हो गया। रत्ना के उत्तर की प्रतीक्षा किए बिना उसने कहा, "मेरे विचा ार में कॉफी ही ठीक रहेगी। मैं कॉफी भेजता हूं।" पवन अन्दर के एक खुले द्वार में प्रविष्ट हो गया।

रत्ना ने चैन की एक सांस ली। फोन की घंटी ने उसकी कठिनाई दूर कर दी थी। क्षण भर के लिए वह उसी प्रकार खड़ी रही। बहुमूल्य सोफे पर बैठने से संकोच करती रही। उसके भीगे शरीर से यह सोफा खराब न हो जाए; परन्तु सोफे पर न बैठना भी उसकी हीन भावना को प्रकट करता था । वह सोफे के एक किनारे बैठ गई, कुछ दुबककर, स्वयं में ही सिमटकर। उसने कमरे में चारों ओर दोबारा दृष्टि दौड़ाई। एक ओर बड़ा प्यानो रखा था। स्टीरियो सेट अलग था। कोने की एक मेज पर काफी बड़ा चीनी-शीशे का फूलदान रखा था। फूलदान में कृत्रिम फूलों का गुच्छा प्राकृतिक फूलों से भी अधिक सुन्दर लग रहा था। सोफों के बीच की मेज की सतह मोटे शीशे की थी, जिसके ऊपर चांदी का एक ऐश-ट्रे रखा था। ऐश-ट्रे में सिगरेट के बुझे टुकड़े थे। सोफों की साइड टेबल भी अपना मूल्य अलग

रखती थी। अचानक रत्ना चौंक गई। साइड टेबल पर एक ऐश-ट्रे तथा सिगरेट के पैकेट के बीच व्हिस्की की एक बोतल रखी हुई थी। साथ में जाम भी था। रत्ना ने अपने नथुनों में शराब की गंध महसूस की। दिल हल्के से कांप गया था । धड़कनें बहुत तेज हो गईं। कहीं उसने इस बंगले के अंदर आकर गलती तो नहीं की है? उसने उठकर यहां से तुरन्त बाहर चला जाना चाहा, परन्तु फिर कुछ सोचकर वह रुक गई। ऐसे बड़े घरों में शराब का दौर चलना तो एक साधारण फैशन समझा जाता है। पता नहीं पवन ने ही शराब पी है या किसी और ने? बंगले में तो और भी लोग हैं। पवन ने कहा था, मैं जरा अन्दर खबर कर दूं। फिर इस बंगले में नौकर-चाकर भी तो हैं। पवन के नौकर द्वारा ही कॉफी बनवाने की बात कही थी। रत्ना ने इन बातों के आधार पर स्वयं को तसल्ली देनी चाही परन्तु दिल था कि उसी प्रकार धड़कता ही गया। फिर भी वह मन मारकर उसी प्रकार बैठी रही। जिस व्यक्ति ने उसे न जानते हुए भी इस तूफान में अपने यहां शरण दी, उसे बिन बताए यहां से चला जाना उचित नहीं था। सम्भवतः वह अपने दिल के अज्ञात भ्रम में ही डूबी हुई है।

पवन ने यहां से जाने के बाद दूसरे कमरे में फोन रिसीव किया। फोन उसकी प्रेयसी का ही था। प्रेयसी ने घनी तथा तूफानी वर्षा के कारण आने में असमर्थता प्रकट की थी। पवन को हार्दिक प्रसन्नता ही हुई थी। परिचय बढ़ाने के बाद तो उसने अनेक सुन्दरियों को लूटा था, परन्तु आज जो सुन्दरी उसके जाल में आई थी, वह बिल्कुल ही अपरिचित थी। इस अपरिचित सुन्दरी के आगे उसे परिचित सुन्दरियां अपने लॉन का ऐसा फूल लगीं, जिन्हें प्रतिदिन देखते रहने की उसकी आदत-सी पड़ गई थी। परन्तु नए फूल को देखने का अंदाज ही अलग होता है - रुचि भी बढ़ती है। पवन ने अपनी प्रेयसी से अगले दिन भेंट करने का वादा करके फोन काट दिया था। यदि वह आती तो वह उसे बंगले के बरामदे पर ही टालकर वापस कर देता। कह देता कि उसके माता-पिता दिल्ली से आने वाले हैं।

फोन से छुटकारा पाने के बाद पवन सीढ़ियां चढ़कर अपने शयनकक्ष में पहुंचा। उसने अपने पलंग की ओर देखा। मुस्कराया। शैतान जैसी मुस्कान थी यह, एक भयानक इरादा लिए हुए। पवन कबर्ड की ओर बढ़ा। कबर्ड के पट खोले। कबर्ड के अन्दर ताकों में विदेशी

शराब की बोतलों के साथ अनेक डिजाइन के सुन्दर जाम भी रखे थे। उसने जाम उठाने की आवश्यकता नहीं महसूस की। शायद समय बीतने की गति उसे तेज मालूम पड़ रही थी और समय का बीतना उसे अच्छा नहीं लगा। उसने बोतल उठाई। बोतल का ढक्कन खोला। फिर बोतल का मुंह होंठों से लगाकर वह गटागट शराब के अनेक घूंट पी गया। फिर जब उसने बोतल को कबर्ड में रखा तो उसके मस्तिष्क को एक झटका-सा लगा। वह इससे पहले भी काफी शराब पी चुका था, इसलिए शराब ने इतनी अधिक मात्रा में उसके हलक के अन्दर जाने के बाद अपना प्रभाव उत्पन्न करना तुरन्त आरम्भ कर दिया था।

वह बैठक में प्रविष्ट हुआ। रुका। रत्ना को देखा। रत्ना सहमी-सहमी इस प्रकार बैठी उसे देख रही थी, मानो किसी पक्षी ने बिल्ले को देख लिया हो। वह रत्ना के समीप आया, बिल्कुल समीप आकर खड़ा हो गया। नशे की स्थिति में एक अपरिचित लड़की की सुन्दरता उसे ऐसी लगी जो उसने आज तक नहीं देखी थी। वह भेद-भरे ढंग में मुस्कराया।

रत्ना खड़ी हो गई। उसे पवन की मुस्कान अच्छी नहीं लगी। उसने अपनी घबराहट पर काबू पाने का प्रयत्न करते हुए कहा, “मुझे अब चलना चाहिए। वर्षा भी अब कम हो गई है।” रत्ना ने बाहर की वर्षा के विषय में बिना कोई अनुमान लगाए कहा।

“जी नहीं।” पवन ने कहा, “वर्षा तो दरअसल अब आरम्भ हुई है। तूफान अब अपने यौवन पर आया है। इस वर्षा को रुक जाने दीजिए।” पवन ने रत्ना की आंखों में वासना-भरी दृष्टि से देखा।

“आप...आप कैसी बहकी-बहकी बातें कर रहे हैं!” रत्ना ने कहा, “मैं चल रही हूं। मुझे क्षमा कीजिएगा।” रत्ना बरामदे में खुलने वाले द्वार की ओर बढ़ गई।

पवन लपककर रत्ना के सामने आ गया। उसका रास्ता रोकता हुआ बोला, “नहीं, मैं आपको इस प्रकार नहीं जाने दूंगा। पहले इस तूफान को निकल जाने दीजिए। उसके बाद ही आप यहां से जा सकेंगी।” पवन रत्ना की ओर झुका।

“देखिए...” रत्ना के दिल की धड़कन बहुत तेज हो गई। वह कांप गई। उसने कहा, “अगर आपने मेरा रास्ता रोकने का प्रयत्न किया तो मैं...मैं शोर मचा दूंगी।”

“शोर?” पवन ने व्यंग्यात्मक ढंग से निश्चिंतता प्रकट की। बोला, “शोर मचाने का शौक है तो मचा दीजिए; परन्तु यहां आपकी पुकार सुनने वाला कोई भी नहीं है।”

“क्या?” रत्ना चौंकी। बोली, “तो क्या आप झूठ बोलकर मुझे यहां लाए हैं?”

“अजी मेम साहब, इस संसार में कौन झूठ नहीं बोलता है?” पवन ने कहा, “बिना झूठ बोले तो भगवान का भी काम नहीं चलता। अब आप ही देखिए, भगवान ने सब मानवों से कह रखा है कि उस पर विश्वास रखो तो कल्याण होगा। अपने ऊपर विश्वास रखवाकर उसने अपना अस्तित्व तो बना लिया, परन्तु क्या आपके साथ वह कल्याण कर रहा है? कल्याण वह मेरे साथ कर रहा है जिसने आपको मेरे रहम और करम पर छोड़ दिया है।”

रत्ना ने बड़ी घृणा-भरी दृष्टि से पवन को देखा। भेड़ की खाल में भेड़िया! क्या जानकीदास का घराना इतना गिरा हुआ है? पवन के बगल से होकर उसने आगे निकल जाना चाहा, परन्तु तभी पवन ने एक झटके के साथ उसकी बांह पकड़ ली। रत्ना को उसने अपनी ओर खींचना चाहा तो रत्ना हाथ छुड़ाने का प्रयत्न करती हुई बरस पड़ी, “नीच, पापी, छोड़ दे मेरा हाथ, छोड़ दे! बचाओ...” वह बहुत जोर से चीखी।

परन्तु यहां पर रत्ना की चीख सुनने वाला वास्तव में कोई नहीं था। बंगले के द्वार बन्द थे। खिड़कियों पर शीशे चढ़े हुए थे। यदि चीख्र हल्की बनकर बाहर निकली भी होगी तो वर्षा के शोर में गुम हो गई होगी। रत्ना ने इसका एहसास किया तो दिल बैठने लगा। फिर भी वह अपने निर्बल शरीर के साथ स्वयं को पवन से छुड़ाने के लिए तड़पने लगी। पवन ने रत्ना की कलाई और सख्ती के साथ पकड़ ली। बोला, “मूर्ख लड़की, सीधी तरह मेरी बात मान जा। इसके बदले जितना धन चाहिए, मुझसे ले सकती है। नहीं मानेगी तो मुझे

कोई अन्दर नहीं पड़ेगा, बल्कि यहां से लुटकर जाने के बाद भी मैं तेरा जीना हराम कर दूंगा।"

"तुझ जैसे जानवर से लुटने के बाद जीना ही कौन पसन्द करेगा?" रत्ना ने उसी प्रकार पवन की पकड़ में छटपटाते हुए कहा, "फिर क्यों न मैं अपनी जान से भी अधिक बढ़कर अपनी लाज की सुरक्षा करूं?" रत्ना अपने बचाव में पवन की कलाई की ओर झुकी और उसने अपने दांत पवन की कलाई पर गाड़ दिए। पवन तड़पकर रह गया।

परन्तु पवन ने भी रत्ना की कलाई नहीं छोड़ी। अपने दूसरे हाथ द्वारा उसने रत्ना की भीगी लटों को सख्ती से पकड़कर ऊपर को खींचा। रत्ना को ऐसा लगा, मानो चमड़ी सहित उसकी लटें उखड़ जाएंगी। पवन की कलाई पर गड़े उसके दांतों की पकड़ ढीली पड़ गई। पवन ने तुरन्त कलाई अलग कर ली। कलाई कट गई थी, रक्त निकल आया था। पवन ने क्रोध से रत्ना को देखा, उसी प्रकार उसकी लटों को सख्ती तथा बेदर्दी से थामे हुए। रत्ना के होंठों पर उसके रक्त की लाली थी। वह एक बेबस हिरनी के समान उसे हांफती हुई देख रही थी। उसकी आंखों से घृणा भरे शोले इस प्रकार बरस रहे थे, मानो पवन को वह वहीं खड़े-खड़े जलाकर राख कर देना चाहती थी, परन्तु पवन पर इसका कोई प्रभाव नहीं था। शराब के नशे और क्रोध ने उसे पागल बना दिया था। एक साधारण लड़की की यह मजाल कि उसके साथ ऐसा व्यवहार करे? उसकी रक्त से भरी कलाई ऊपर उठी। हाथ हवा में लहराया। फिर एक भरपूर थप्पड़ रत्ना के गाल पर पड़ा तड़ाक! रत्ना लड़खड़ाकर एक लम्बे सोफे पर गिर पड़ी, जिसके किनारे साइड टेबल पर व्हिस्की की बोतल रखी थी। थप्पड़ ऐसा लगा था कि रत्ना का गाल सुर्ख हो गया। क्षण-भर के लिए उसके कान भी सुन्न पड़ गए।

पवन रत्ना के समीप आया। रत्ना का दिल बैठने लगा। पवन सोफे पर बैठ गया, वहीं रत्ना के बिल्कुल समीप ही। उसने रत्ना का हाथ पकड़ा। रत्ना फिर तड़प उठी। बिफरी भी। परन्तु पवन ने उस पर जरा भी दया नहीं की। अपने रत्ना को अपनी ओर खींचते हुए अपने शराब से भभकते होंठ रत्ना के होंठों की ओर बढ़ा दिए। रत्ना को मतली-सी आ गई।

उसने अपना मुखड़ा दूसरी ओर फेर लिया। पवन ने उसे अपनी छाती में समा लेना चाहा तो पवन की पकड़ में कसमसाकर रत्ना ने अपनी पीठ भी उसकी ओर फेर दी। पवन की वासना-भरी आंखें रत्ना की नग्न गरदन पर दरिन्दे-समान चिक गई। पवन ने रत्ना का एक हाथ मोड़कर उसकी पीठ पर पकड़ रखा था, इस सख्ती के साथ कि रत्ना यदि स्वयं को छुड़ाने के लिए बल का प्रयोग करती तो उसका वह हाथ टूट जाता। पवन ने अपने दूसरे हाथ द्वारा गरदन से रत्ना का ब्लाउज पकड़ा और फिर एक ही झटके में नीचे खींच दिय। ब्लाउज फट गया। पीठ नग्न हो गई। सामने से ब्लाउज ढीला होकर लटक गया। रत्ना की आंखों के सामने अंधकार छाने लगा। हे भगवान, क्या तू वास्तव में एक अबला की लाज नहीं बचा सकता? रत्ना ने तुरन्त झुककर अपने तन का समेटते हुए छिपा लेना चाहा। एक हाथ द्वारा उसने अपनी साड़ी के आंचल से अपनी नग्न पीठ को भी ढांकने का असफल प्रयत्न किया। इससे तो अच्छा था कि उसे मौत ही आ जाती। रत्ना ने दिल की गहराई से भगवान से मृत्यु की भीख मांगी; परन्तु मृत्यु भी पवन के भयानक इरादों से डरकर दूर खड़ी रह गई।

पवन ने अपने होंठ रत्ना की नग्न पीठ पर रख दिए गरम-गरम होंठ। रत्ना के शरीर में घृणा की क्रोधभरी आग भड़क उठी। जीवन में पहली बार उसके कुंवारे शरीर को किसी ने होंठों द्वारा छूने का साहस किया था। तड़पकर उसका मन चाहा कि वह अपने शरीर का दुरुपयोग करने वाले दैत्य का मुंह नोंच ले, परन्तु वश में आए एक पक्षी समान केवल फड़फड़ाकर ही रह गई।

पवन ने अपना एक हाथ बढ़ाकर साइड टेबल पर रखी बोतल उठा ली। अपने होंठों द्वारा उसने उसका ढक्कन खोला। फिर शराब के कुछेक घूंट हलक से नीचे उतारे तो शराब उसके होंठों के दोनों किनारों से बहकर टपकने लगी। रत्ना को वह अपने दूसरे हाथ द्वारा उसी प्रकार पकड़े रहा। शराब पीने के बाद उसने बोतल नहीं रखी। रत्ना को भी नहीं छोड़ा। उसी प्रकार रत्ना का हाथ पीठ पर मोड़े वह रत्ना को लिए उठ खड़ा हुआ। रत्ना को अपने शरीर से लगाए वह बैठक से बाहर निकला। सीढ़ियां चढ़कर वह अपने कमरे की ओर

बढ़ा। तड़पती तथा सिसकती रत्ना एक पशु के समान अपनी बलि देने के लिए वेदी की ओर बढ़ने लगी।

सीढ़ियां पार करने के बाद पवन रुका। वहीं सीढ़ियों की रेलिंग समाप्त होती थी तथा बारजे के लिए मुड़कर ढाई फुट ऊंची झरोखेदार पतली दीवार आरम्भ होती थी। दीवार के बीच आधुनिक फैशन के अनुसार ऊंचे-नीचे परन्तु छोटे-छोटे खम्भे बने हुए थे। इन खम्भों पर पत्थर के रंगीन गमले जड़े हुए थे, जिनमें अनेक जाति के कैक्टस सुशोभित थे। सीढ़ियां पार करने के बाद पवन ने दीवार के पहले खम्भे के समीप खड़े होकर अपने होंठों से व्हिस्की की बोतल एक बार फिर लगाई, रत्ना को उसी प्रकार दूसरे हाथ से पकड़े हुए। इस बार उसने शराब काफी अधिक मात्रा में पी। शराब अपना प्रभाव डालने लगी। पवन पर हैवानियत छाने लगी। शराब पीने के बाद उसने अपने भीगे होंठ रत्ना की नग्न गर्दन पर रगड़े। रत्ना का शरीर थरथरा गया। पवन ने शराब की बोतल समीप ही खम्भे पर जड़े गमले में डाल दी। वह नशे में झूमा। शराब ने अपना प्रभाव डालने में और तेजी देखी तो वासना का भूखा भेड़िया और अधिक सब्र नहीं कर सका। उसने रत्ना को अपने सामने करके अपनी बांहों में समेट लिया। रत्ना उसकी बांहों में तड़पी। अपनी पूरी ताकत समेटकर वह चीखी, "नीच, पापी, कमीने! तुझे भगवान कभी क्षमा नहीं करेगा। तुझे कोढ़ हो जाए। तेरे शरीर में कीड़े पड़ जाएं। कुत्ते...कमीने..."

रत्ना अपने दिल की गहरी घृणा से पवन को अभिशाप दिए जा रही थी, परन्तु पवन को उसकी बातों की जरा भी चिन्ता नहीं थी। अब तक उसकी इच्छाओं पर लड़कियां स्वयं को बड़ी आसानी के साथ समर्पित करती आई थीं, परन्तु रत्ना को प्राप्त करने के लिए उसे जिस प्रकार प्रयत्न करना पड़ रहा था, उसने उसकी वासना की भूख को असहनीय बना दिया था। उसने रत्ना के होंठों की ओर अपने होंठ बढ़ा दिए। रत्ना छटपटाई। पवन ने अपने होंठ रत्ना के होंठों पर रख देने चाहे। रत्ना की गरम-गरम हांफती सांसें पवन के मुखड़े पर छाकर उसे मदहोश करने लगीं। पवन ने अपने होंठ और आगे बढ़ाए। रत्ना ने अपना मुखड़ा फेर लिया, परन्तु तभी रत्ना की दृष्टि समीप के गमले में पड़ी

बोतल पर जा पड़ी। डूबते को तिनके का सहारा नजर आ गया। रत्ना ने जी-तोड़ प्रयत्न करके किसी प्रकार अपना दाहिना हाथ छुड़ा लिया। पवन ने इसकी चिन्ता नहीं की। रत्ना ने हाथ बढ़ाकर बोतल का ऊपरी भाग पकड़ा, बहुत मजबूती के साथ। फिर पूरी ताकत से पवन को पीछे ढकेला। अब या कभी नहीं। पवन नशे की स्थिति में था, इसलिए रत्ना अपने प्रयत्न में सफल उतरी। पवन उससे क्षण-भर के लिए दूर हो गया। इस क्षण ने रत्ना को नया जीवन प्रदान कर दिया, नई शक्ति, नया बल उसके अन्दर उत्पन्न कर दिया। उसने पवन के सिर पर बोतल का एक भरपूर वार किया, पूरी ताकत से। वार इतना भरपूर था कि बोतल टूट गई। बोतल का ऊपरी भाग रत्ना के हाथ में रह गया। टूटी हुई बोतल में अनेक तेज धारदार छुरियां बन गईं। रत्ना पर खून सवार हो चुका था, उसने चाहा कि अपने हाथ में थामी टूटी हुई बोतल की तेज धारदार छुरियां वह पवन की आंखों में दे मारे, परन्तु उसका पहला ही वार पवन के लिए असहनीय सिद्ध हो चुका था। पवन को चक्कर आया। आंखों के आगे अंधकार छाने लगा। वह लड़खड़ाया। पीछे ढुलका तो उसका पग सीढ़ी पर पड़ गया। उसके बाद वह संभल नहीं सका। उसने पीछे की ओर नीचे गई सीढ़ी पर एक कलाबाजी खाई फिर लुढ़कता हुआ नीचे जा गिरा। गिरने के बाद वह दोबारा नहीं उठ सका। हिल भी नहीं सका। उसका शरीर एक शव समान खामोश हो चुका था।

क्षण भर तक रत्ना अपने स्थान पर खड़ी खामोशी के साथ पवन को देखती रही। एक अबला की लाज लूटने वाले का यह परिणाम उसके मन को संतोष देने के लिए बहुत नहीं था। टूटी बोतल एक हथियार समान संभाले वह सीढ़ियों से नीचे उतरी। बोतल की छुरियों द्वारा वह अपनी लाज लूटने वाले का मुखड़ा छलनी कर देना चाहती थी। नारी जब अपने क्रोध की सीमा पार करती है तो घायल शेरनी से भी अधिक भयानक बन जाती है। परन्तु ज्यूं ही वह पवन के समीप पहुंची, उसके हाथ आक्रमण के लिए उठने के पश्चात् ठिठककर रुक गए। सारा क्रोध जाने कहां लुप्त हो गया। उल्टे उस पर एक भय छा गया। पवन का मस्तक उस स्थान पर फट गया था जहां उसने बोतल द्वारा उस पर वार किया था। रक्त की तेज धार फूट पड़ी थी। रत्ना ऊपर से नीचे तक कांप गई। खून! उसके हाथों से! रत्ना ने

अपने हाथ की थमी बोतल देखी। उसने बोतल तुरन्त फेंक दी। एक छनाका हुआ। बोतल के टुकड़े तितर-बितर हो गए।

रत्ना ने इधर-उधर देखा। उसे यहां कोई भी देखने वाला नहीं था। जब उसकी पुकार सुनने वाला कोई नहीं था तो देखने वाला कौन होता? अपने फटे ब्लाउज पर उसने साड़ी समेटी। फिर लपककर बाहर जाने वाला द्वार खोल दिया। बादलों की गरज तथा बिजली की कड़क भय बनकर चीख रही थी। वर्षा की झड़ी अपने जोर पर थी। परन्तु रत्ना ने अब किसी भी बात की चिन्ता नहीं की। बाहर निकलकर वह वर्षा के अन्धकार में खो गई।

रत्ना अपने घर जाने वाली सड़क पर लपकी, हांफती तथा कांपती हुई, बिल्कुल दीवानों समान। बादलों की गरज तथा बिजली की कड़क मानो उसका पीछा करती हुई उसे धिक्कार रही थी - वह हत्यारिन है - उसने हत्या की है, और रत्ना भागती हुई मानो इस धिक्कार से पीछा छुड़ा रही थी। अनजाने में अपनी लाज के बचाव में की हुई हत्या का यह अर्थ तो नहीं कि वह हत्यारिन नहीं थी। हत्यारिन शब्द ही कितना भयानक होता है। इसी भावना का शिकार होकर रत्ना स्वयं में बेहाल हुई जा रही थी। उसे एक सहारे की तुरन्त आवश्यकता महसूस हो रही थी - एक हमदर्द की। घर पहुंचते ही वह अपनी मां से लिपट जाना चाहती थी। माता-पिता को आज की सारी घटना बताकर दिल का बोझ उतार देना चाहती थी। परन्तु फिर चलते-चलते थकावट आने लगी तो कदमों की गति मद्धिम पड़ने लगी। उसे सोचने-समझने का अवसर मिलने लगा। उसने परिस्थिति पर ध्यान दिया। आखिर अपनी लाज की सुरक्षा करने की अधिकार किस लड़की को नहीं है? उसने जो कुछ भी किया वह ठीक ही था। जो हुआ, वह अनजाने में भी ठीक ही हुआ। निर्दोष अबलाओं की लाज लूटने वालों का यही परिणाम होना चाहिए।

रत्ना ने अपने भविष्य पर ध्यान दिया, अपनी छोटी बहन के भविष्य पर भी उसने विचार किया, बीमार पिता तथा मां की परिस्थितियों पर भी उसने ध्यान दिया। उसे अब क्या करना चाहिए और क्या नहीं? हत्या की घटना सुनने के बाद उसके पिताजी का चिन्तित होना स्वाभाविक था। जानकीदास कोई साधारण हस्ती नहीं है, जिसके एकमात्र

पुत्र की हत्या करके कोई बच निकले। पिताजी की यह चिन्ता असहनीय बनकर उनकी हृदयगति भी बन्द कर सकती थी। मां सुनेगी तो अपना सिर पीट लेगी। वह कॉलेज से भी निकाल दी जाएगी। उसकी सहयोगिनें उसे अलग ताना देंगी। जिस थाली में खाया, उसी में छेद कर दिया? आखिर वह उसी कॉलेज में तो काम करती है, जो जानकीदास के चन्दों पर निर्भर करता है। मां किस किस को समझाती फिरेगी कि उसकी बेटी ने अपनी लाज बचाने का प्रयत्न किया था? लाज की ऐसी ही चिन्ता थी तो वह एक अपरिचित बंगले के अन्दर क्यों प्रविष्ट हुई? समरेन्द्र के घर वाले भी उससे नाता तोड़ लेंगे। अपने पांच हजार रुपए की मांग भी कर बैठेंगे। फिर यदि प्रॉविडेंट फंड का पैसा शीघ्र नहीं मिला तो मां को अपना यह मकान बेच देना पड़ जाएगा, जिसमें वे सब इस समय रह रहे थे। तीन कमरों का एक छोटा-सा मकान दादा के समय से अपना था।

रत्ना ने आज की घटना की हर ऊंच-नीच बात सोची। इसके परिणाम पर ध्यान दिया। पुलिस आएगी। उसे हथकड़ी पहनाकर खुले बाजार ले जाएगी। अपराध? शहर के धनाढ्य व्यक्ति श्री जानकीदास के पुत्र श्री पवन के अकेलेपन से लाभ उठाकर वह उसे ब्लैकमेल करने गई थी। धन की प्राप्ति के लिए उसने एक सज्जन पुरुष द्वारा अपनी लाज लुटवाने का प्रयत्न भी किया, परन्तु जब सफल नहीं हो सकी तो उसकी हत्या कर दी। यह अपराध उस पर सिद्ध किया जाएगा। उसे सजा होगी। फांसी। जानकीदास जैसा पहुंच वाला व्यक्ति अपने एकमात्र बेटे की हत्यारिन को कैसे जीवित छोड़ सकता था?

रत्ना को याद था कि उसे हत्या करते किसी ने नहीं देखा था। बंगले में जाते-आते भी किसी ने नहीं देखा था। रत्ना ने तय कर लिया, हत्या के इस कांड पर वह परदा डाल देगी। अपने घरवालों को भी इस विषय में कुछ नहीं बताएगी। इस भेद पर परदा पड़ा रहने में ही सबकी भलाई थी। इसी में उसकी अपनी मान-मर्यादा भी सुरक्षित थी। उसने सोचा, यदि वह इस घटना का भेद खोलेगी तो केवल समरेन्द्र के आगे। एकान्त में वह सब कुछ समरेन्द्र को कल ही बता देगी। कल रविवार है। उसकी छुट्टी है। वह समरेन्द्र से उसके घर पर जाकर

मिलेगी। समरेन्द्र उसे प्यार करता है। वह उसे उचित राय देगा। उसकी सहायता भी इस प्रकार करेगा कि वह इस हत्या के अहसास से भी मुक्त हो जाए।

रत्ना अपने घर पहुंची। द्वार पर खड़ी होकर उसने अपनी स्थिति पर काबू किया। फटे हुए ब्लाउज पर भीगी साड़ी का आंचल ठीक तरह से लपेटा। फिर द्वार खटखटा दिया। द्वार खुला तो शोभा खड़ी थी। अन्दर से पिताजी के खांसने का स्वर सुनाई पड़ा। रत्ना ने शोभा से दृष्टि नहीं मिलाई। शोभा के बगल से होकर वह अन्दर प्रविष्ट हो गई। अन्दर के कमरे में मां भी पलंग पर सो चुकी थी। रत्ना के चोर मन को शांति प्राप्त हुई।

उस रात रत्ना ने खाना नहीं खाया। मन उलझा हुआ था, इसलिए वह खाती भी कैसे? शोभा ने कहा भी तो वह टाल गई। उस रात वह पलंग पर लेटी तो बहुत देर तक करवटें बदलती रही। रह-रहकर उसकी आंखों के सामने पवन के बंगले का दृश्य आ जाता था। उस पापी ने कितनी चतुरता के साथ उसे अपने बंगले के अन्दर बुला लिया था! कितनी निर्दयता के साथ वह उसकी लाज लूट लेना चाहता था! कमीना! नीच! कम्बख्त की आत्मा नरक की आग में जले। रत्ना अब भी पवन के प्रति असीम घृणा से सोच हरी थी। यदि उस दैत्य के हाथों उसकी लाज लुट जाती तो वह समाज में अपना मुंह दिखाने के बजाए निश्चय ही आत्महत्या कर लेती। इतनी घृणा करने के पश्चात् रत्ना की आंखों के सामने जब पवन का रक्त से लथपथ शव आता तो उसका दिल बुरी तरह कांप जाता था। भीगे वातावरण की सांय-सांय में प्रायः उसे ऐसा महसूस होता, मानो पवन की आत्मा उसके आसपास ही मंडरा रही है। वह उसका गला घोंट देना चाहती है। और तब रत्ना का दिल बुरी तरह धड़कने लगता।

अगले दिन रविवार था। रत्ना ने आज सुबह समरेन्द्र से मिलने का पूरा इरादा कर रखा था, परन्तु उसका इरादा पूरा नहीं हो सका। वह सोकर उठी तो उसे बहुत तेज ज्वर था। पिछली रात वह देर तक भीगती रही थी, इसलिए ऐसा होना बहुत सम्भव था। पीड़ा के कारण उसके शरीर का अंग-अंग टूट रहा था, इस प्रकार कि उसका हिलना भी कठिन हो गया। उस ओर कान में सख्त दर्द था, जिधर पवन ने उसके गाल पर थप्पड़ मारा था। दर्द

की स्थिति में भी रत्ना ने सोचा कि आज सुबह समाचार पत्र के निकलते ही पवन के हत्याकांड पर पूरे शहर में सनसनी फैल गई होगी। रत्ना ने भी समाचार पत्र पढ़ लेना चाहा। पुलिस का इस हत्या पर क्या विचार है? हत्यारे को पकड़ने के लिए वह क्या कदम उठा रही है? अपनी छोटी बहन शोभा को बुलाकर उसने पड़ोस से समाचार पत्र मंगवाना चाहा कि तभी उसके समीप से मां का जाना हुआ। मां ने बेटी की आंखों तथा कपोलों पर सुर्खी देखी तो रुक गई। "क्या बात है बेटी, तेरी तबियत तो ठीक है ना?" मां ने रत्ना के मस्तक पर अपना हाथ रखा, फिर चौंककर बोली, "अरे बेटी, तुझे तो बहुत ज्वर है!"

"शरीर भी बहुत टूट रहा है मां!" रत्ना ने मानो टूटते स्वर के साथ कहा।

"कल बहुत अधिक भीग गई थी क्या?" मां ने उसके समीप बैठते हुए पूछा।

रत्ना ने हां के संकेत पर धीरे से सिर हिला दिया। फिर बोली, "कल ना बस मिली और ना टैक्सी। पैदल ही भीगती हुई आई थी।"

"ओह, मेरी बच्ची!" मां के दिल को धक्का लगा प्यार से बेटी के सिर पर हाथ फेरती हुई बोली, "क्यों नहीं कल तूने कहीं शरण ले ली? दुनिया-भर के घर तो रास्ते में पड़ते हैं। किसी के छज्जे के नीचे या बरामदे में ही जा खड़ी होती।"

रत्ना क्षण-भर खामोश रही। कैसे बताती कि एक जवान लड़की के लिए अकेले कहीं भी शरण लेना कभी-कभी कितना महंगा पड़ता है। उसने मानो मां का दिल रखने के लिए कहा, "क्या लाभ होता मां! वर्षा तो सारी रात होती रही थी। जल्दी आती या देर से, भीगना तो था ही!"

"मां को अपनी भूल का अहसास हुआ।" उसने तुरन्त वैद्य को बुलवाया। वैद्य आया, दवा दी, कुछ दवा खरीदने को भी बताई। साथ ही रत्ना को पूरा आराम करने का आदेश दिया। फिर भी रत्ना ने शोभा द्वारा पड़ोस से समाचारपत्र मंगवा लिया। उसने समाचारपत्र का एक-एक पृष्ठ, पृष्ठ का एक-एक कॉलम, कॉलमों का एक-एक शीर्षक पढ़ा, परन्तु यह क्या? नगर के प्रतिष्ठित व्यक्ति श्री जानकीदास के पुत्र की घटना का कहीं विषय तक नहीं

था।। रत्ना को बड़ा आश्चर्य हुआ परन्तु फिर रत्ना ने ध्यान दिया, कल रात पवन अपने बंगले में अकेला था। उसकी हत्या के विषय में तभी पता चला होगा, जब नौकर-चाकर सुबह बंगले में पहुंचे होंगे। उसके बाद ही पुलिस आई होगी और तभी पत्रकारों को भी हत्या के विषय में पता चला होगा। रत्ना ने इस कांड का सारा विवरण अगले दिन के समाचारपत्र में पढ़ने की आशा कर ली।

उस दिन हर क्षण रत्ना के पास कभी मां बैठी रही तो कभी शोभा। रत्ना के पिताजी ने भी अपना पलंग रत्ना के कमरे में डाल लिया था। स्वयं अस्वस्थ थे, फिर भी बेटी के समीप रहते हुए उसका सहारा बनना चाहते थे। रत्ना को भी बहुत सहारा मिला। परन्तु इसके साथ वह यह भी सोचती रही कि यदि समरेन्द्र उससे मिलने आया तो सबकी उपस्थिति में वह कैसे अपने दिल का भेद उससे कहेगी? कभी-कभी उसे ऐसा लगता, यदि इस भेद का बोझ अपनी छाती पर से नहीं हटाया तो उसका दम घुट जाएगा।

शाम को लगभग पांच बजे समरेन्द्र आया। वह उसे फिल्म दिखाने ले जाना चाहता था, परन्तु रत्ना की स्थिति देखकर वह चकित रह गया। फिल्म का प्रोग्राम उसने आज ही अपने एक मित्र तथा उसकी पत्नी के साथ बनाया था। चारों टिकट उसी के पास थे। वह रत्ना के समीप बैठ गया। मां से रत्ना की बीमारी का कारण पूछा। शिकायत भी की क्यों नहीं उसे सुबह ही सूचना भेजी? रत्ना के साथ सहानुभूति प्रकट की। प्यार से उसे डांटा भी क्यों नहीं वर्षा से बचने के लिए कहीं शरण ले ली? अब इधर कॉलेज का भी हर्ज होगा। नई-नई नौकरी है, पैसे भी कटेंगे।

पैसे कटते हैं तो कट जाएं - मां ने सोचा - बेटी का जीवन सुरक्षित रहे, बस यही बहुत है।

रत्ना ने समरेन्द्र को बता देना चाहा कि उसके दिल पर कैसा बोझ है। शायद इसी कारण वह बीमार पड़ गई हो। मानव को मानसिक उलझनें भी तो बीमार कर देती हैं, परन्तु कुछ भी नहीं कह सकी वह। पिताजी कमरे में थे। मां तो बिल्कुल ही समीप बैठी हुई थी।

सहसा समरेन्द्र ने अपनी कलाई पर बंधी घड़ी देखी। फिल्म देखने का समय तो नहीं हो गया है। मां ने उसे घड़ी देखते हुए देखा तो पूछा, "कहीं जाना है क्या?"

"दरअसल-" समरेन्द्र ने अपनी पॉकेट से टिकटें निकालते हुए कहा, "मैं फिल्म देखने के लिए यहां रत्ना को लेने आया था। मैंने अपने मित्र तथा उसकी पत्नी के साथ फिल्म देखने का प्रोग्राम बनाया हुआ है। वे लोग पिक्चर हॉल पर प्रतीक्षा कर रहे होंगे।" समरेन्द्र ने संकोच प्रकट किया।

"तुम उनके साथ पिक्चर देख लो" रत्ना ने अपने मद्धिम स्वर में उसे राय दी।

मैं पिक्चर तो नहीं देखूंगा, फिर भी उन्हें टिकट देने के लिए तो जाना ही पड़ेगा। नहीं गया तो वे लोग जाने क्या सोचेंगे।" समरेन्द्र ने उठते हुए कहा, "मैं उन्हें टिकट देकर तथा अपने टिकट बेचकर तुरन्त आता हूं। क्या फायदा कि हमारे टिकट के पैसे नष्ट हों।"

समरेन्द्र चला गया।

रत्ना उसकी प्रतीक्षा में खामोश लेटी रही। सोचती रही कि समरेन्द्र उसे कितना प्यार करता है उसकी खातिर उसने पिक्चर भी छोड़ दी। अब वह उसके पास आएगा। बैठेगा-बहुत देर तक। और तब वह दबे स्वर में उसे सब कुछ बता देगी। देखें, उसकी बातों का समरेन्द्र पर क्या प्रभाव पड़ता है? जिसके साथ सारा जीवन बिताना है, उससे किसी प्रकार का भेदभाव क्या रखना?

दो

शाम के छः बज चुके थे। अस्पताल का वातावरण था - प्राइवेट वार्ड। पवन पलंग पर एक शव समान खामोश पड़ा हुआ था - बेहोश। उसके सिर पर पट्टी बंधी हुई थी। उसके समीप ही जानकीदास तथा उनकी धर्मपत्नी बैठी हुई थी। दोनों चिंतित थे। पवन की बहनों को लंदन में सूचित किया जा चुका था। डॉक्टर पवन के समीप ही खड़ा अपनी कलाई पर बंधी घड़ी बार-बार देख रहा था। इस प्रकार, मानो पवन के होश में आने का समय हो चुका हो। वार्ड के द्वार के सामने एक पुलिस इंस्पेक्टर भी था। द्वार के बाहर,

बरामदे में शहर की प्रतिष्ठित हस्तियां खड़ी जानकीदास की चिंता में पूरी तरह सम्मिलित थीं। इससे पहले भी जाने कितने परिचित आए, ठहरे, सहानुभूति दिखाई और फिर चले गए थे।

सुबह जब नौकर बंगले के अंदर प्रविष्ट हुए थे तो पवन की घायल तथा बेहोश स्थिति देखते ही उनके होश उड़ गए थे। बंगले में हाहाकार मच गया था। एक नौकर ने तुरन्त फैमिली डॉक्टर को फोन करके बुला लिया था। डॉक्टर ने पवन को अस्पताल में भर्ती करने के बाद स्वयं जानकीदास को ट्रंककाल द्वारा सूचना दे दी थी। जानकीदास तुरन्त अपनी पत्नी सहित हवाई जहाज द्वारा आ पहुंचे थे और जब दोनों ने पवन की स्थिति देखी तो कांप गए थे। परन्तु जब डॉक्टर ने उन्हें बताया कि पवन की जान को कोई भय नहीं है तो उन्हें संतोष मिल गया था। हर सावधानी बरतने के बाद डॉक्टर ने ही पुलिस को भी सूचना दी थी। पुलिस इंस्पेक्टर को पवन के होश में आने के बाद उसके बयान की प्रतीक्षा थी । उसे तो अपनी कार्यवाही करनी ही थी, परन्तु जानकीदास भी उस व्यक्ति को कड़ी से कड़ी सजा दिलाने पर तुल चुके थे, जिसने उनके पुत्र पर कातिलाना हमला किया था। एक ही तो पुत्र था उनका। क्या-क्या सपने उसके लिए नहीं देखे थे उन्होंने! पवन के होश में आने के बाद ही पता चल सकता था कि उस पर ऐसा भयानक आक्रमण करने का साहस किसने किया था।

सहसा पवन ने एक गहरी सांस ली। उपस्थित जनों की दृष्टि पवन पर चिपक गई। मां के दिल की धड़कन तेज हो गई। जानकीदास ने संतोष की एक सांस ली। पवन की आंखों के पपोटे फड़फड़ाए। फिर आंखें खुल गईं पवन की दृष्टि सबसे पहले डॉक्टर पर पड़ी। पवन के मस्तक पर बल पड़ गए। आंखें मींचकर उसने डॉक्टर को बहुत ध्यान से देखा, अन्य उपस्थित जनों को भी, एक के बाद एक, बारी-बारी गर्दन घुमाते हुए, इस प्रकार, मानो सबको पहचानने का प्रयत्न कर रहा हो।

अचानक पवन उठकर बैठ गया। उसने आश्चर्य प्रकट करते हुए पूछा, "कौन हैं आप लोग?" उसने डॉक्टर के बाद अपने माता-पिता को भी देखा। सहसा उसकी दृष्टि अपनी

कलाई पर चढ़े 'स्टिकेन प्लास्टर' पर पड़ी। यह वही स्थान था, जहां रत्ना ने उसे दांतों से काटा था। इसे देखते ही पवन को आभास हुआ कि उसके सिर पर भी पट्टी बंधी हुई है। पट्टी पर दोनों हाथ टटोलने के अंदाज में रखकर उसने पूछा, "यह सब क्या है? मैं कहां हूं? कहां हूं मैं?"

"तुम एक अस्पताल में हो।" डॉक्टर ने उसकी ओर झुकते हुए कहा, "मैं तुम्हारा फैमिली डॉक्टर हूं। मुझे नहीं पहचाना क्या?" अचानक डॉक्टर का माथा ठनका। उसने पवन को बहुत ध्यान से देखा, परखती दृष्टि से। उसने सशंक स्वर में पूछा, "क्या बात है बेटा? तुम... इन्हें नहीं पहचान रहे हो?" डॉक्टर ने जानकीदास तथा उनकी पत्नी की ओर संकेत किया।

पवन ने जानकीदास को देखा। मां को पहचानने का प्रयत्न किया तो मां स्वयं पर काबू नहीं पा सकीं। उठकर वह पवन के समीप पलंग पर ही आ बैठीं। उन्होंने पवन का हाथ पकड़ लिया। चिंतित होकर बोलीं, "क्या बात है बेटा? तू ठीक तो है न?" ममता से भरा दिल भर आया तो मां का स्वर कांप गया।

पवन ने अपने हाथ पर मां का रखा हाथ देखा तो कुछ समझ नहीं सका कि यह स्त्री कौन है? फिर भी जाने किस दबाव के कारण वह मां का हाथ अलग नहीं कर सका। मां को देखने के बाद उसने जानकीदास को देखा। दृष्टि में अपरिचितपन था।

"क्या बात है बेटा, तुम हमें इस प्रकार क्यों देख रहे हो?" जानकीदास भी उठकर कुर्सी खींचते हुए पवन के बिल्कुल समीप आ बैठे। बोले, "मैं तुम्हारा पिता हूं। यह तुम्हारी मां है। क्या हमें नहीं पहचान रहे हो?"

"मां?" पवन ने मानो स्वयं से कहते हुए मां को देखा। उसे यह संसार बिल्कुल नया लग रहा था। इस संसार की बातें पहेलियों जैसी लग रही थीं।

"पहचाना?" डॉक्टर ने आशा-भरे स्वर में पूछा।

पवन ने अपने मस्तिष्क पर जोर डाला। नहीं पहचान सका तो मानो स्वयं से ही खिसियाकर चीख पड़ा।, "मैं किसी को नहीं जानता, किसी को नहीं पहचानता। आखिर यह सब क्या है?" पवन ने एक झटके से मां से अपना हाथ छुड़ाया और अपना सिर दोनों हाथों से पकड़कर झिंझोड़ दिया, इस प्रकार की सिर की पट्टियां खुल गईं परन्तु उसके मस्तिष्क की कड़ियां नहीं खुल सकीं। पट्टी खुली तो सिर के घाव से रक्त निकल आया। एक असहनीय उलझन के कारण पवन पर दीवानगी छा गई। उससे यह दीवानगी भी सहन नहीं हो सकी तो वह एक ही झटके में पलंग से उतरकर नीचे खड़ा हो गया। उसकी यह स्थिति देखकर मां का दिल फट गया। कांपकर वह भी उठ खड़ी हुई। जानकीदास भी चिंतित होकर उठ खड़े हुए। यह उनके अच्छे-भले लड़के को क्या हो गया? पवन ने अपनी दीवानगी की स्थिति में वहां से भाग निकलना चाहा। वह वार्ड के द्वार की ओर भागा भी, परंतु द्वार पर पुलिस इंस्पेक्टर खड़ा पहले ही पवन की स्थिति पर विस्मित था। उसने सतर्क होकर तुरन्त पवन को पकड़ लिया। पवन ने पूरा बल लगाकर स्वयं को छुड़ा लेना चाहा, परन्तु बल जवाब दे गया। उल्टे उसे चक्कर आ गया। उसने अपना मस्तक पकड़ लिया। उस पर बेहोशी छाने लगी तो इंस्पेक्टर ने उसे अपने हाथों में संभाल लिया। फिर किसी प्रकार उसे वापस लाकर पलंग पर लिटा दिया।

मां से बेटे की स्थिति देखी नहीं गई। मन हुआ, उसे छाती से लगाकर फूटती हुई रो पड़ें। उनके लाल को यह क्या हो गया है? किसकी नजर उसे खा गई? जानकीदास भी खून के आंसू रो पड़े। उनके पुत्र को जवानी में क्या यही दिन देखना था?

डॉक्टर ने तुरन्त पवन की स्थिति संभाली। एक नर्स को बुलाकर उसने उसकी सहायता से पवन के सिर पर पट्टी दुबारा बांधी। उसकी आंखों के पपोटे खोल कर देखा। नब्ज टटोली। फिर नर्स को एक इंजेक्शन लगाने का आदेश दिया। क्षण भर खामोश रहा। फिर पवन के माता-पिता से बोला, "ऐसा लगता है, पवन 'अमेनेसिअ' का शिकार हो गया है।"

"अमेनेसिअ?"

"जी हां-" डॉक्टर ने कहा, "शायद पवन के सिर पर ऐसी घात पहुंची है, जिससे उसने अपनी स्मृति खो दी है।"

"तो क्या अब हम यह समझें कि इनकी स्मृति कभी वापस नहीं आएगी?" सहसा पुलिस इंस्पेक्टर बीच में पूछा। उसे इस केस की जांच की चिंता थी। जब पवन की स्मृति वापस नहीं आएगी तो वह अपने आक्रमणकारी को पहचानेगा कैसे?

"स्मृति वापस आ सकती है और नहीं भी वापस आ सकती है। 'अमेनेसिअ' में दोनों ही बातें हुआ करती हैं।" डॉक्टर ने जानकीदास तथा उनकी पत्नी की ओर देखा। बोला, "होश आने के बाद पवन को सहानुभूति की आवश्यकता पड़ेगी, असीम प्यार की आवश्यकता पड़ेगी, जो आप लोग तो उसे देंगे ही; परन्तु इसके साथ-साथ आपको उसका विश्वास भी जीतना होगा। उसे विश्वास दिलाना होगा कि आप का उसके साथ क्या संबंध है। ऐसा करने में भी आप लोगों को कोई कठिनाई नहीं होगी, क्योंकि अपने तथा पवन के सम्बन्ध को सिद्ध करने के लिए आप पवन के सामने वे सारी तस्वीरें प्रस्तुत कर सकते हैं, जिनमें वह अपने घरवालों के साथ बचपन से लेकर अब तक उपस्थित है। इसके बाद जब पवन स्वस्थ होकर आपके साथ अपने बंगले में पहुंचे तो उसकी पुरानी रुचियों को ताजा करके उसकी स्मृति वापस लाई जा सकती है। इस विषय में पूनम तथा नीलम पवन की सहायता आप दोनों से अधिक कर सकेंगी।" पवन की बहनों का नाम पूनम तथा नीलम ही था, जो अब किसी भी समय भारत आ सकती थीं।

जानकीदास ने डॉक्टर की राय के अनुसार फोन करके अपने एक नौकर द्वारा घर के सारे एलबम तुरन्त मंगवा लिए। एलबम की तस्वीरें देखकर पवन को उसकी स्मृति वापस मिले न मिले, परन्तु उसे विश्वास तो दिलाना ही था कि उस पर उनके खानदान का क्या अधिकार पहुंचता है। हर क्षण उन्हें प्रतीक्षा थी कि पवन को होश आ जाएगा। मां की छाती बेटे को गले लगाने के लिए फड़क रही थी। ऐसा न हो कि पवन इस बार भी होश में आने के बाद उन्हें स्वीकार करने से इनकार कर दे और छोड़कर दोबारा यहां से भागने का प्रयत्न करे। जो व्यक्ति अपने-आपमें नहीं हो, स्वयं को नहीं पहचानता हो, वह कुछ

भी कर सकता है, कहीं भी भाग सकता है, निराश होकर या खिसियाकर आत्महत्या भी कर सकता है।

पवन अपना परिचय नहीं जानता था, स्वयं को नहीं पहचानता था, इसीलिए डॉक्टर ने दूरदर्शिता से काम लेते हुए नर्स द्वारा एक दर्पण भी मंगवा लिया था। सम्भवतः अपनी तस्वीरों को देखते हुए उसे दर्पण में स्वयं को पहचानने की आवश्यकता पड़ जाए।

अस्पताल में पवन को लगभग एक घंटा बाद दोबारा होश आया तो उसकी स्थिति देखने के लिए बरामदे में खड़े लोग वार्ड के अन्दर उमड़ पड़ना चाहते थे, परन्तु डॉक्टर ने किसी को भी अन्दर आने की आज्ञा नहीं दी। भीड़ देखकर मरीज घबरा भी सकता था। वार्ड के अन्दर पवन के केवल घर वाले ही थे। जानकीदास तथा उनकी पत्नी एक ओर पवन के पलंग से कुछ दूर कुर्सियों पर बैठे थे। मां की गोद में एक एलबम रखा हुआ था। कुछेक एलबम अलग रखे थे। डॉक्टर तथा नर्स पवन के बिल्कुल समीप थे - सतर्क। इस बार होश में आने के बाद पवन पर जाने क्या प्रतिक्रिया हो?

पवन ने अपनी आंखें खोलीं। उसने डॉक्टर को देखा। गरदन घुमाकर उसने जानकीदास तथा मां को भी देखा। दोनों के दिल धड़क गए। वार्ड में सन्नाटा छाया हुआ था। ऐसा लग रहा था, मानो सबको पवन के द्वारा ही इस खामोशी के भंग होने की प्रतीक्षा थी। पवन ने अपने मस्तिष्क पर एक बार जोर दिया। कुछ भी नहीं समझ सका वह तो उसने अपनी आंखें बन्द कर लीं। दिल के अन्दर टीस उठ रही थी। वह किसी को पहचाने न पहचाने, परन्तु स्वयं को क्यों नहीं पहचान रहा है? अपने-आपसे क्यों अपरिचित है? ऐसी वास्तविकता कितनी कठोर होती है, कितनी कड़वी तथा कितनी दुःखदायक! ऐसा तो पागलों के साथ होता है, जो अपने विषय में कुछ भी नहीं जानतें। पवन के दिल की टीस जब असहनीय हो गई तो इस पर काबू पाने के लिए उसने अपने दोनों होंठों को समेटकर दांतों के बीच दबा लिया। दर्द फिर भी कम नहीं हुआ तो आंखों में आंसू भर आए। बन्द पलकों के किनारे खोलकर वे धीरे-धीरे बाहर निकलते हुए बहने लगे।

जानकीदास की धर्मपत्नी ने जवान बेटे की आंखों में आंसू देखे तो दिल तड़प उठा। वह अपनी कुर्सी पर बैठी नहीं रह सकीं और एलबम लिए लपककर पवन के पास चली आईं। पवन के समीप ही वह पलंग पर बैठ गईं। पवन को उनके बैठने की आहट मिली, परन्तु उसने तब भी अपनी आंखें नहीं खोलीं। मां ने बेटे के सिर पर बहुत प्यार से हाथ फेरा। बोलीं, "बेटा!"

पवन ने अपनी पलकें खोलीं। भीगी आंखों द्वारा मां को देखा। कितना प्यार, कितनी ममता थी इस स्त्री की आंखों की गहराई में, कितना अपनापन था इसके देखने के अन्दाज में, फिर भी यह स्त्री उसके लिए अपरिचित थी। पवन ने कुछ भी नहीं कहा। घुटनों को समेटता हुआ वह चुपचाप उठकर बैठ गया। उसने डॉक्टर को देखा, फिर जानकीदास पर दृष्टि डाली। क्या यह वास्तव में उसके पिताजी हैं? जानकीदास ने भी पवन के समीप ही अपनी कुर्सी खींच ली।

"बेटा-" मां ने उसके हाथ पर अपना हाथ रखते हुए कहा, "तुझे विश्वास नहीं हो रहा है ना कि मैं तेरी मां हूं?"

मां? पवन ने सोचा, परन्तु उत्तर कुछ भी नहीं दिया। उसी प्रकार पलकें झुकाए वह चुपचाप बैठा रहा।

"यह देख बेटे, यह - "मां ने पवन को एलबम खोलकर दिखाया। पवन नीचे पैर लटकाकर बैठ गया। मां ने पवन की गोद में खुला एलबम रखते हुए कहा, "इस एलबम में तेरी तस्वीरें हैं, हमारे साथ, तेरी बहनों के साथ।"

बहन? पवन ने सोचा। उसने आश्चर्य से मां को देखा।

"तेरी दो बहनें हैं - पूनम और नीलम।" मां ने पवन के दिल की बात का अनुमान लगाते हुए कहा, "वे दोनों जल्द ही यहां पहुंचने वाली हैं।"

पवन ने कोई उत्तर नहीं दिया। एलबम की तस्वीर पर उसने अपनी दृष्टि झुका दी।

मां कह रही थीं, "इन तस्वीरों को देखकर निश्चय ही तेरी स्मृति वापस लौट आएगी। तुझे विश्वास हो जाएगा कि हम तेरे कौन हैं और तू हमारा कौन है।"

"कौन हूं मैं? क्या नाम है मेरा?" पवन ने पूछा।

मां के दिल को एक बार और सख्त झटका लगा। दिल पर पत्थर रखकर मां ने कहा, "तेरा नाम पवन है बेटे! यह नाम तेरे दादा ने तुझे दिया था। बहुत प्यार करते थे वह तुझे।"

पवन ने कोई उत्तर नहीं दिया। केवल अपना नाम मन ही मन दोहराकर रह गया, मानो स्वयं को अपना परिचय दे रहा हो। उसने फिर एलबम पर दृष्टि झुका दी। पहला पृष्ठ 1 पूरे पृष्ठ पर केवल एक ही तस्वीर थी। एक वृद्ध व्यक्ति की जो कुर्सी पर बैठा हुआ था, बन्द गले का कोट तथा धोती पहने हुए। सिर पर गोल टोपी थी। उसके समीप ही चार वर्ष का एक बालक भी खड़ा हुआ था। मां ने तस्वीर में बालक की ओर संकेत करते हुए पवन से कहा, "यह तुम हो बेटे, अपने दादाजी के साथ।"

पवन ने बालक को ध्यान से देखा। क्या यही उसका बचपन था? पवन स्वयं को नहीं पहचान सका। अपने दादा को भी वह नहीं पहचानता था।

मां ने एलबम का अगला पृष्ठ पलटा। यह जानकीदास के खानदान की तस्वीर थी। जानकीदास अपनी पत्नी के साथ बैठे हुए थे। अगल-बगल दो प्यारी-प्यारी लड़कियां खड़ी हुई थीं। एक की आयु दस वर्ष की होगी, दूसरी की आठ वर्ष की। बारह-तेरह वर्ष का एक बालक बीच में पीछे खड़ा हुआ था। पवन ने तस्वीर देखने के बाद अपने माता-पिता को देखा। तस्वीर तथा उनके जीते-जागते रूप में नाममात्र भी तो अन्तर नहीं था। उसने तस्वीर के मध्य खड़े बालक को देखा।

"यह तुम हो।" मां ने तस्वीर में बालक की ओर संकेत करतें हुए कहा, "तब तुम्हारी आयु तेरह वर्ष की थी।"

पवन ने अपने एक हाथ की अंगुलियों तथा अंगूठे को ठोड़ी तथा होंठों से होते हुए अपने अपने गालों पर रखा, इस प्रकार, मानों स्वयं को टटोलकर पहचानने का प्रयत्न कर

रहा हो। तभी डॉक्टर ने उसकी इस क्रिया को देखकर तुरन्त दर्पण उसके हाथ में थमा दिया। पवन ने दर्पण लेकर स्वयं को ध्यान से देखा। पहचाना। फिर उसने तस्वीर में बालक को देखा। तस्वीर का लड़कपन जवानी के जीते-जागते रूप में निखर आया था, परन्तु और कुछ भी तो नहीं बदला था उसके अन्दर। वास्तव में उसके आगे कुर्सी पर बैठे दो प्राणी उसके माता-पिता ही थे।

"यह पूनम है।" मां ने तस्वीर में खड़ी लड़की की ओर संकेत किया। फिर छोटी लड़की की ओर संकेत करती हुई बोलीं, "और यह नीलम है। दोनों बहनें तुमसे छोटी हैं।"

पवन को मां की इस बात पर भी सन्देह रहा। दोनों ही बहनों का रूप कुछ उसी के समान था। इस बार उसने स्वयं ही अगला पृष्ठ पलटा। अगले पृष्ठ की तस्वीर पर पवन अपने भरपूर यौवन पर था, मुस्कराता, खिलता। किसी बात की मानो उसे चिंता ही नहीं थी। और साथ में थीं उसकी दो बहनें, फूल के समान खिलकर मुस्कराती हुई। आधुनिक फैशन की वेशभूषा में सबका रंग-रूप और निखर आया था। पवन के अन्दर अज्ञात तौर पर अपनी बहनों को देखने की अभिलाषा जागी। उसने एक के बाद एक पृष्ठ पलटना आरम्भ कर दिया। कहीं वह अपने पिता के साथ था तो कहीं मां के साथ, कहीं पूनम के साथ था तो कहीं नीलम के साथ। कहीं पूरा खानदान एकत्र था तो कहीं भाई-बहन ही एकत्र थे। तस्वीरों में पवन खो जाता था, परन्तु मस्तिष्क पर अत्यधिक जोर डालने पर भी जब पवन को अपना अतीत नहीं याद आ सका तो उसने एलबम बन्द कर दिया।

फिर भी जानकीदास तथा उनकी पत्नी को ऐसा लगा मानों उनका खोया हुआ बेटा मिल गया है। पवन का खोयापन तथा उसकी गम्भीर खामोशी इस बात का प्रतीक थी कि वह उन्हें अपने माता-पिता स्वीकार कर चुका है। यह क्या कम था उनके लिए। मां ने पवन के सिर पर प्यार से हाथ रखा तो पवन ने उनकी आंखों में झांककर ममता तलाश की। मां ने बेटे को छाती से लगा लिया, इस प्रकार, मानों एक युग बाद बेटे को प्राप्त किया था। ममता की भावना के दबाव से उनकी आंखें छलक आईं।

❑❑

काफी समय बीत गया। अब तक तो पिक्चर का शाम वाला पहला शो समाप्त भी हो गया होगा। समरेन्द्र तब भी रत्ना के पास नहीं आया तो रत्ना निराश हो गई। दिल में दर्द उठा। क्या समरेन्द्र को फिल्म इतनी प्यारी थी कि उसके लिए फिल्म नहीं छोड़ सका? फिल्म छोड़ी थी तो फिर आया क्यों नहीं? उसकी आंखों में आंसू छलक आए। क्या यही समरेन्द्र का प्यार है, जो उसकी बीमारी की स्थिति में उसे छोड़कर चला गया? रत्ना ने आंखें बन्द कर लीं और सोने का प्रयत्न करने लगी। यूं भी रात काफी बीच चुकी थी। समरेन्द्र को आना होता तो कब ही का आ गया होता। अब नहीं आया तो अब क्या आएगा?

अगली सुबह समाचारपत्र वाले ने पड़ोस में आवाज लगाई तो रत्ना जाग रही थी। आज उसका स्वास्थ्य पहले से ठीक था। शोभा को उसने पहले ही समाचारपत्र लेने के लिए कह दिया था। शोभा तुरन्त समाचारपत्र लेने के लिए बाहर लपकी और जब समाचारपत्र लाकर उसने रत्ना को दिया तो रत्ना का दिल एक दुविधा लिए धड़क उठा। समाचारपत्र में जानकीदास के पुत्र पवन का विवरण एक महत्त्वपूर्ण स्थान रखे हुए था। रत्ना ने जैसे ही पढ़ा कि पवन मृत्यु के पंजे से बच गया है तो वह चौंककर उठ बैठी। उसे इस समाचार पर विश्वास नहीं हुआ। क्या वह हत्या के एहसास में स्वयं को अब तक व्यर्थ ही जलाती रही थी? रत्ना के मन में ऐसा विचार आया तो जैसे उसकी छाती पर से एक बड़ा बोझ उतर गया; परन्तु अभी अचानक एक विचार आते ही वह फिर चौंक गई, बल्कि कांप भी गई। उसकी छाती पर एक नया बोझ आ गया - भय का बोझ। पवन का जीवन बच गया है। वह उसे पहचानता है उसकी बताई हुई पहचान पर पुलिस अपराधिन को तलाश करेगी और फिर...।

तभी रत्ना की तेज दृष्टि बढ़ती हुई समाचार की अगली पंक्तियों पर पड़ी। उसकी सांस जहां की तहां रुक गई। उसे आशा की एक नई किरण दिखाई पड़ रही थी। उसने पढ़ा; पवन की स्मृति खो गई है, जिसके कारण वह अपने आक्रमणकारी को पहचानने में असमर्थ है। पुलिस भी कुछ न कर सकने पर विवश है। फिर भी बिना किसी पहचान के

शीघ्र ही वह आक्रमणकारी को ढूंढ निकालने का दावा कर रही है। इस घटना को एक भयानक तथा गंदा रूप देकर शहर के आदरणीय व्यक्तियों ने निन्दा भी की थी तथा अपराधी को शीघ्र ही पकड़कर दण्ड देने की मांग भी की थी।

अब? रत्ना सोच में पड़ गई। मन हुआ, मां को सब कुछ बता दे। कल यदि वह पुलिस के हाथों पकड़ी गई तो माता-पिता को क्या उत्तर देगी? परन्तु उसके सामने फिर वही माता-पिता के चिंतित होने की समस्या आ खड़ी हुई। हत्या के अपराध में न सही, हत्या करने का प्रयत्न करने के अपराध में तो उसे सजा मिल ही सकती थी। पिताजी बीमार हैं। यह चिन्ता उनके स्वास्थ्य पर और बुरा प्रभाव डालेगी। रत्ना को घटना की बदली हुई स्थिति में भी समरेन्द्र ही ऐसा साथी समझ में आया, जिस पर वह अपने दिल का भेद खोल सकती थी। समरेन्द्र को उसका साथ देने में अब और भी आसानी थी। अब तो वह अनजाने में भी किसी हत्या की अपराधिन नहीं थी। रत्ना ने दिल की गहराई से इच्छा की - काश! पवन की स्मृति कभी वापस नहीं आए।

सुबह जब शोभा कॉलेज जाने लगी तो रत्ना ने उससे अपनी छुट्टी के लिए एक प्रार्थना-पत्र लिखवाया। फिर हस्ताक्षर करके उसी के हाथ अपने कॉलेज भेज दिया। उसने एक सप्ताह की छुट्टी ले ली थी, यद्यपि उसके स्वास्थ्य को देखते हुए यह भी कम थीं। शोभा घर से निकली ही होगी कि तब ही वहां समरेन्द्र आ गया। रत्ना के पिता अपने पलंग पर लेटे समाचार पत्र पढ़ रहे थे। समरेन्द्र ने उन्हें नमस्ते किया। फिर कुर्सी खींचकर वह रत्ना के समीप ही बैठ गया। कुछ लज्जित सा था वह, इसलिए रत्ना से दृष्टि नहीं मिला सका। रत्ना ने देखा तो उसे समरेन्द्र पर दया आई। पिछली शाम की शिकायत छोड़कर उसने उसे और लज्जित नहीं किया। उसने अपने पिताजी को देखा। वह उन दोनों की ओर से निश्चिन्त थे। रत्ना ने दबे स्वर में अपने दिल का भेद समरेन्द्र को बता देना चाहा। उसने होंठ खोले ही थे कि तभी समरेन्द्र बोल पड़ा, "कल मैं नहीं आ सका, इसका मुझे बहुत अफसोस है।"

रत्ना ने कुछ नहीं कहा। हल्के से वह मुस्करा दी।

"दरअसल..." समरेन्द्र ने फिर कहा, "कल केवल एक ही टिकट बिक सका तो मित्र जिद करने लगा कि मैं भी फिल्म देख लूं। बस, इसीलिए..." समरेन्द्र की समझ में नहीं आया कि आगे क्या कहे तो चुप हो गया।

"कैसी फिल्म थी?" रत्ना ने मुस्कराते हुए मानो समरेन्द्र का दिल रखा।

"फिल्म तो अच्छी थी, परन्तु एक बात नहीं पसन्द आई।"

"क्या", रत्ना ने रुचि ली।

"पिक्चर में खलनायक नायिका की लाज लूटने का प्रयत्न करता है।" समरेन्द्र ने कहा।

"क्या?" रत्ना कुछ इस प्रकार चौंककर उठ बैठी, मानो समरेन्द्र ने यह बात उसी के दिल पर चोट पहुंचाने के लिए कही हो।

"हां।" समरेन्द्र ने रत्ना के दिल से अज्ञात कहा, "परन्तु नायिका की लाज वह लूट नहीं पाता फिर भी उसे अनेक बार छाती से लगाने तथा बांहों में समाने में सफल अवश्य रहता है; बल्कि उसके शरीर का अच्छा-भला भाग भी वह देख लेता है। इस वास्तविकता के बाद भी पिक्चर का नायक उसे स्वीकार कर लेता है।"

रत्ना ने समरेन्द्र को बहुत ध्यान से देखा, इस प्रकार, मानो समरेन्द्र ने उसके दिल का भेद जानने से पहले ही अपना निर्णय दे दिया हो। उसने साहस एकत्र करके कहा "परन्तु नायिका तो निर्दोष तथा पवित्र थी। थी या नहीं?"

"निर्दोष थी, परन्तु पवित्र नहीं।" समरेन्द्र ने कहा, "पवित्रता तो उसकी उसी समय समाप्त हो गई, जब एक पराया पुरुष उसे अपनी छाती में समाने में समर्थ हो गया था। यूं भी एक पराए पुरुष के छू देने से ही एक कुंआरी लड़की कभी पवित्र नहीं रहती।"

रत्ना सन्न रह गई। उसने तो कभी स्वप्न में भी नहीं सोचा था कि समरेन्द्र के विचार इतने संकीर्ण होंगे। उसने कहा, "यह...तुम कह रहे हो समरेन्द्र?"

"हां-हां-क्यों?" समरेन्द्र ने आश्चर्य से पूछा।

"हूं?" रत्ना ने स्वयं से प्रश्न किया। उसने चाहा कि पिक्चर की नायिका की वकालत करके वह अपनी स्थिति समरेन्द्र के दिल में स्पष्ट कर ले, परन्तु फिर उसका विश्वास डगमगाने लगा।

"अब तुम्हीं बताओ, ऐसी लड़की के साथ कोई पुरुष कैसे सिर उठाकर चल सकता है? यदि रास्ते में कहीं भूले-भटके लड़की को बांहों में लेने वाला पुरुष मिल गया, तब क्या होगा? क्या उस लड़की के साथ उसके पति की आंखें भी नहीं झुक जाएंगी?"

रत्ना सोच में पड़ गई। यदि उसने समरेन्द्र को अपने दिल का भेद बता दिया तो निश्चय ही उसको प्राप्त होता प्यार खो देगी। यदि नहीं बताएगी तो वह समरेन्द्र के प्यार के साथ विश्वासघात करेगी, जबकि हर स्थिति में उसका विवाह समरेन्द्र के साथ ही होना था। अब? रत्ना असमंजस में पड़ गई। उसे समरेन्द्र को अपने दिल का भेद बताना चाहिए या नहीं? परन्तु रत्ना को यह भेद समरेन्द्र पर हर स्थिति में प्रकट करना था, आज नहीं तो कल। यदि नहीं बताएगी और फिर पवन की स्मृति वापस आने के बाद वह इस अपराध में पकड़ी गई तो समरेन्द्र उसे कभी क्षमा नहीं करेगा। यदि समरेन्द्र को अपना समझकर वह उसे अपने दिल के भेद में सम्मिलित कर लेगी तो कल इस अपराध में पकड़ी जाने के पश्चात् उसका विवेक स्वच्छ रहेगा, वह समरेन्द्र की दृष्टि से नहीं गिर सकेगी और तब शायद समरेन्द्र उसका साथ देकर उसे बचाने का भी प्रयत्न करे। रत्ना ने समरेन्द्र को अपने दिल की बात कभी और बताने के लिए सोच लिया। अभी समरेन्द्र के मस्तिष्क पर पिछली फिल्म की कहानी का ताजा प्रभाव था, इसलिए रत्ना ने उससे इस समय कुछ भी कहना उचित नहीं समझा। हां, रत्ना के मन को एक चिन्ता अवश्य लग गई। समरेन्द्र के मन और मस्तिष्क से यह संकीर्ण भावना कि एक पराए पुरुष के छू देने से ही एक कुंआरी लड़की अपवित्र हो जाती है, आगे भी नहीं उतरी, तब क्या होगा?

मां ने समरेन्द्र को चाय बनाकर दी। समरेन्द्र एक घंटे तक बातें करता रहा, अपनी नई बनाई हुई चित्रकारी की भी प्रशंसा करता रहा, फिर जब उसके स्टूडियो खुलने का समय हुआ तो वह चला गया।

समरेन्द्र के जाने के कुछ देर बाद समरेन्द्र के माता-पिता भी अपनी होने वाली बहू की स्थिति को देखने आए। उन्होंने उससे सहानुभूति प्रकट की। उसके शीघ्र ही स्वस्थ होने की कामना की। उसे आशीर्वाद दिया। कुछ देर बैठे। फिर चले गए।

उस सारे दिन रत्ना समरेन्द्र के ही विषय में सोचती रही। अब तक उसने समरेन्द्र को गलत क्यों समझ रखा था? कलाकार तो दिल का बड़ा कोमल होता है - भावुक। फिर समरेन्द्र की भावनाएं एक मजबूर लड़की के प्रति ऐसी क्यों हैं? क्या समरेन्द्र केवल व्यापारिक चित्रकार तो नहीं है? अनेक प्रकार की बातें रत्ना के मन में उठती रहीं। इसीलिए वह समरेन्द्र से अपने दिल का भेद नहीं कह सकी, उस समय, जब वह शाम को दोबारा आया तथा उस दिन के बाद भी वह जब कभी आया, रत्ना अपने दिल की बात छिपा गई। परन्तु कभी न कभी वह अपने विवाह से पहले समरेन्द्र को अपने दिल की बात बताने का निश्चय अवश्य कर चुकी थी।

❑❑

जानकीदास अरुणा कॉलेज के बड़े सहायकों में से एक थे, इसलिए रत्ना जानती थी कि जानकीदास के पुत्र के कांड पर उसके कॉलेज में अच्छी-भली चर्चा चल रही होगी। इस विषय पर उसकी सहयोगिनों की क्या राय थी, रत्ना यह जानने के लिए भी उत्सुक थी। कॉलेज जाने पर वह इस चर्चा का सामना कैसे करेगी, स्वयं नहीं जान सकी।

रत्ना को समाचारपत्र द्वारा पवन के विषय में बहुत कुछ ज्ञात होता रहा। समाचारपत्र् द्वारा उसे ज्ञात हुआ कि पवन की बहिनें दो दिन बाद लन्दन से अपने भाई को देखने के लिए आई हुई हैं। चौथे दिन पवन को अस्पताल से छुट्टी मिल गई तो वह अपने बंगले में रहने के लिए चला गया है। जानकीदास राजधानी जा चुके हैं। मां तथा बहनें पवन की

देख-रेख के लिए घर में रहती हैं। कुछेक समाचारपत्र बड़े लोगों की छोटी-छोटी बातें भी बहुत बड़ा महत्त्व देकर छापते हैं। समाचारपत्र द्वारा जब रत्ना को यह ज्ञात होता कि पुलिस अब भी आक्रमणकारी की तलाश में है तो उसका दिल धड़क उठता। फिर दिन-भर वह सहमी-सहमी-सी रहती। इसी स्थिति में समरेन्द्र का सामना भी करती। समरेन्द्र से अपने दिल की बात कहना चाहकर भी वह चुप रह जाती। समरेन्द्र उसकी गम्भीरता को उसकी अस्वस्थता समझकर चुप रह जाता। बहुत होता तो उसके साथ सहानुभूति प्रकट कर देता।

स्वस्थ होने के बाद रत्ना कॉलेज पहुंची। उसका दिल धक-धक कर रहा था। वह अध्यापिकाओं के कक्ष में प्रविष्ट हुई तो इतने दिनों बाद उसकी सहयोगिनों ने देखकर मुस्कराते हुए उसका स्वागत किया। अनिच्छुक होकर रत्ना को भी मुस्कराना पड़ा।

तीन

सहयोगिनों ने रत्ना से उसके स्वास्थ्य के विषय में पूछा। फिर इधर-उधर की बातों का सिलसिला चला ही था कि तभी वहां रत्ना की सखियों जैसी सहयोगिनें राजेश्वरी तथा अमृता आ गईं।

"अब कैसा स्वास्थ्य है?" अमृता ने पूछा, सामने की ओर झुककर तथा दोनों कोहनियों को मोड़कर मेज पर टेकतें तथा हथेलियों के मध्य मुखड़ा रखकर चंचलता से हिलाते हुए चंचलता मानो उसके शरीर में कूट-कूट कर भरी हुई थी।

"ठीक हूं।" रत्ना ने छोटा-सा उत्तर दिया।

"ठीक है तो तू आज ही शाम एक काम करना।" राजेश्वरी ने राय दी।

"क्या?" रत्ना ने आश्चर्य से पूछा।

"जानकीदास के पुत्र पवन जी के साथ जो दुर्घटना बीती है, उसका तो तुझे ज्ञान हो ही गया होगा?"

जानकीदास? रत्ना ने सुना तो थूक हलक में आकर अटक गया। थूक को बड़ी कठिनाई से हलक के नीचे उतारते हुए उसने कहा, "हां, समाचारपत्र में पढ़ा था।"

"हम सभी अध्यापिकाएं पवन जी को देखने तथा जानकीदास से सहानुभूति प्रकट करने अस्पताल गई थीं। अब पवन जी अपने बंगले में हैं, इसलिए तू उन्हें देखने बंगले चली जाना।"

"क्या?" रत्ना इस प्रकार चौंक पड़ी, मानो जिस नरक से बच गई थी, उसी में अब उसकी सहेलियां ढकेल देना चाहती हैं।"

"हां। ये छोटी-छोटी बातें आगे चलकर बहुत काम आ जाती हैं। जानती नहीं कि जानकीदास का इस कॉलेज में क्या स्थान है?" राजेश्वरी ने रत्ना के मन की स्थिति से अनभिज्ञ रत्ना को मानो अनुभव की बात बताई। "और फिर इसी बहाने तुझे पवन जी के दर्शन भी हो जाएंगे।"

दर्शन? रत्ना ने मन ही मन घृणा से सोचा - दर्शन वह उस पापी के करे, जिसने उसकी लाज लूटने का प्रयत्न किया था?

"हाय!" सहसा अमृता ने अंगड़ाई लेते अपने यौवन का प्रदर्शन किया। बोली, "क्या आकर्षक व्यक्तित्व है कम्बख्त का! गहरी काली आंखों में तो वह खिंचाव है कि बस पवन जी पर दृष्टि चिपक-सी जाती है। मेरा वश चले तो मैं दिन-रात उनके समीप बैठी उन्हीं को निहारती रहूं।" रत्ना के समान अमृता ने भी इसी वर्ष से कॉलेज में पढ़ाना आरम्भ किया था। दोनों हमउम्र भी थीं।

"मुझसे तो पवन जी की दर्दनाक स्थिति देखी नहीं गई।" राजेश्वरी ने पवन से सहानुभूति बरती, "भगवान उस पापी को कभी क्षमा नहीं करेगा जिसने उनके साथ ऐसा व्यवहार किया है।"

रत्ना दिल मसोसकर रह गई। वह कैसे बताती कि पवन को तो इस संसार में जीने का भी अधिकार नहीं है। मन ही मन उसने पवन को कोसा। कम्बख्त के कारण आज उसकी एक सहयोगिन तथा सखी उसी के मुंह पर उसे धिक्कार रही है।

"सुना है जानकीदास अगले चुनाव के बाद अपने बेटे का विवाह करने वाले थे।" सहसा राजेश्वरी बोली, "पता नहीं बेचारे पवन जी की स्मृति तब तक लौटती भी है या नहीं?"

बेचारे पवन जी! मन ही मन रत्ना ने क्रोध से दांत पीसे।

"स्मृति आए न आए, विवाह में क्या अन्तर पड़ेगा?"

अचानक एक अन्य सहयोगिन ने अपनी राय दी, "उनकी शारीरिक सुन्दरता पर कोई प्रभाव पड़ता तो बात अलग थी। उनके साथ विवाह करके तो कोई भी लड़की स्वयं को धन्य समझेगी।"

रत्ना को अपनी सहयोगिनों की बातें सुनकर बड़ा क्रोध आया। बिना कुछ जाने-बूझे ही ये पवन की प्रशंसा किए जा रही हैं; परन्तु वह स्वयं भी तो उन्हें पवन के विषय में कुछ नहीं बता सकती थी। सहयोगिनों की बातों से बचने के लिए उसने सामने की दीवार पर टंगी घड़ी देखी। कॉलेज आरम्भ होने में अधिक देर नहीं थी। उसने अपनी कक्षा का रजिस्टर संभाला और बिना किसी से कुछ कहे कमरे से बाहर निकल गई।

रत्ना के इस व्यवहार पर सभी अध्यापिकाओं को बड़ा आश्चर्य हुआ - विशेषकर अमृता तथा राजेश्वरी को। इससे पहले तो रत्ना घंटा बजने पर ही अपनी कक्षा की ओर जाती थी और वह भी उन दोनों के साथ ही, अकेली नहीं। आज रत्ना को क्या हो गया है?

रत्ना नई इमारत के हॉल में प्रविष्ट हुई। वह अपनी कक्षा की ओर बढ़ी, परन्तु तभी उसकी दृष्टि हॉल के अन्दर सामने टंगी एक बड़ी तस्वीर पर पड़ी। वह बुरी तरह चौंक गई।

ठिठककर उसके पैर जहां के तहां रुक गए। हाथ से रजिस्टर छूटते-छूटते बचा। तस्वीर सेठ दुलालचन्द दास की थी - पवन के दादा की। इस तस्वीर को उसने पहले अनेक बार देखा था, परन्तु आज मानो पहली बार वह तस्वीर को ध्यान से देख रही थी। रत्ना को ऐसा लगा, मानो तस्वीर की आंखें उसे बड़ी घृणा से घूर रही हैं। तस्वीर के बंद होंठ मानो उसे धिक्कार रहे थे, कमीनी, तुझे यह भी ध्यान नहीं रहा कि पवन हमारे कुल की एकमात्र निशानी है? यदि उसकी मृत्यु से मेरे कुल का नाम मिट जाता, तब क्या होता? एहसानफरामोश, तूने यह क्यों नहीं सोचा कि तेरा वेतन हमारे ही दिए चन्दों पर निर्भर करता है? रत्ना के दिल का यह चोर था या एक वास्तविकता, जो उसके विवेक को झिंझोड़ रही थी, वह कुछ भी अनुमान नहीं लगा सकी। फिर भी उसके दिल पर एक भय अवश्य छाने लगा। यदि पवन की स्मृति वापस आ गई, तब क्या होगा? हां, तब क्या होगा?

"क्या सोच रही है?"

अचानक रत्ना के कानों में स्वर पड़ा तो वह एक बार फिर चौंक गई, इतनी बुरी तरह कि उसके हाथ से रजिस्टर छूटकर नीचे गिर पड़ा। दिल की धड़कनें तेज हो गईं। किसी ने उसकी चोरी तो नहीं पकड़ ली? उसने पलटकर देखा। राजेश्वरी खड़ी थी। रत्ना ने तुरन्त झुककर अपना रजिस्टर फर्श पर से उठा लिया।

"क्या सोच रही थी?" राजेश्वरी ने अपना प्रश्न दोहराया।

"सोच रही थी! कौन, मैं?" रत्ना ने आश्चर्य प्रकट करते हुए मुस्कराने का असफल प्रयत्न किया।

"तू नहीं तो क्या मैं सोच रही थी?" रत्ना की समझ में नहीं आया कि क्या उत्तर दे। वह अपनी स्थिति पर काबू पाने का प्रयत्न करने लगी।

"मैं बताती हूं, तू क्या सोच रही थी।" राजेश्वरी भेद-भरे ढंग में मुस्कराई।

"क्या?" रत्ना का दिल धड़क गया। वह गम्भीर हो गई।

"इस तस्वीर को देखकर तू पवन के विषय में सोच रही थी।" राजेश्वरी ने सामने टंगी सेठ दुलालचंद दास की तस्वीर की ओर संकेत किया।

"क्या?" रत्ना ने फिर कहा।

"यही कि पवन जी में ऐसी क्या विशेष बात है, जो सारी अध्यापिकाएं उनकी इतनी प्रशंसा कर रही थीं। और यदि कोई विशेष बात है तो कहीं तू पवन जी को देखने के बाद अपना दिल उन्हें न हार बैठे।"

रत्ना ने तिरछी नजरों द्वारा राजेश्वरी को देखा। उसे राजेश्वरी की बातों पर क्रोध भी आया तथा उसकी मूर्खता पर हंसी भी आई।

"यदि ऐसी बात नहीं थी तो फिर मेरा स्वर सुनते ही क्यों चौंक पड़ी थी? क्यों तेरे हाथ से रजिस्टर छूटकर गिर पड़ा था?"

"हूं!" रत्ना ने मानो स्वयं से प्रश्न किया। कैसे बताती कि दुलालचंद दास की तस्वीर को देखकर वह क्या सोच रही थी।

सहसा कॉलेज आरम्भ होने का घंटा बजा। रत्ना को राजेश्वरी की बातों से छुटकारा मिल गया। राजेश्वरी ने भी अपनी बात छोड़ दी। तेज पगों से दोनों कुछ दूर साथ चलीं। फिर अपनी-अपनी कक्षा का रास्ता अपना लिया।

उस दिन रत्ना काफी दिनों बाद कॉलेज आई थी, इसलिए काम अधिक था। काम अधिक होने के कारण वह अपना समय सहयोगिनों को नहीं दे सकी। रत्ना स्वयं भी यही चाहती थी। अपने दिल का भेद अपने तक सीमित रखने के लिए वह सबसे दूर बरतना चाहती थी; परन्तु उसके मस्तिष्क से पवन के प्रति घृणा जरा भी कम नहीं हुई। हर क्षण वह यही सोचती रही कि उसकी सहयोगिनें कितनी मूर्ख हैं, जो पवन के साथ सहानुभूति

रखे हुए हैं, पवन का सपना देखकर स्वयं को धन्य बनाना चाह रही हैं। काश, उन्हें पवन की वास्तविकता ज्ञात होती तो ये ऐसा कभी नहीं कहतीं।

कॉलेज समाप्त होने के बाद रत्ना सीधी अपने घर चली गई। वह पवन को देखने नहीं गई। जाने का प्रश्न ही नहीं उठता था; बल्कि उसने ट्यूशन भी छोड़ दिया, जो पहले ही दिन उसके लिए ऐसा मनहूस सिद्ध हुआ था। अगले दिन उसे राजेश्वरी तथा अमृता ने याद दिलाया तो वह उन्हें टाल गई। अस्पताल की बात अलग होती है और घर की बात अलग। दोनों सखियों को रत्ना की बातें उचित ही लगीं। और फिर अब तो पवन स्वस्थ था। सहानुभूति का समय निकल चुका था। रत्ना पवन का सामना करने से बच गई। उसे देखकर पवन की स्मृति भी तो वापस आ सकती थी।

छुट्टियों में रत्ना समरेन्द्र से पहले के समान ही मिलती रही। उसके साथ घूमने जाती रही, परन्तु समरेन्द्र से अपने दिल की बात कहना चाहकर भी वह कहने का साहस नहीं कर सकी। समरेन्द्र के वही संकीर्ण विचार उसके सामने आ जाते। ऐसा न हो कि समरेन्द्र उसकी वास्तविकता जानने के बाद कि वह एक पराए पुरुष की बाहों में रह चुकी है, उससे घृणा करने लगे। पवन ने तो उसे अपनी बांहों में ही नहीं समाया था, बल्कि उसकी गरदन, उसने नग्न कंधे का चुम्बन भी लिया था। फिर भला समरेन्द्र अपने संकीर्ण विचारों का शिकार होकर उसे क्यों क्षमा करना चाहता? यद्यपि अब तक रत्ना के दिल में समरेन्द्र के प्रति प्रेमिका जैसा प्रेम नहीं उत्पन्न हुआ था फिर भी समरेन्द्र के साथ अपना भविष्य बंधा देखकर वह किसी भी स्थिति में उसकी घृणा मोल लेने के पक्ष में नहीं थी और इसीलिए जब कभी वह समरेन्द्र से मिलती तो यही सोचकर चुप रह जाती कि इस बार नहीं तो अगली बार अवश्य वह समरेन्द्र को अपने दिल का भेद बता देगी। परन्तु जब हर बार ही ऐसा सोचकर वह अपने दिल का भेद अपने तक ही सीमित रखने पर विवश रहने लगी तो बात पुरानी हो गई। बात पुरानी हो गई तो उसके दिल में एक भय और समा गया। यदि अब वह समरेन्द्र पर अपने दिल का भय प्रकट करेगी तो इतनी देर में उसे इस भेद पर से परदा न उठाने का कारण क्या बताएगी? संकीर्ण मन समरेन्द्र कुछ भी सोच सकता था।

उल्टे उसे ही दूषित ठहरा सकता था। रात के एकान्त में उसने एक पराए पुरुष के बंगले के अन्दर अकेले प्रविष्ट होने का साहस क्यों किया? ये पुरुष यूं भी बहुत शक्की स्वभाव के होते हैं। अपनी विवशता तो नारी को समझाना खूब जानतें हैं, परन्तु एक नारी की विवशता समझना ये अपनी शान के विरुद्ध समझते हैं। क्या इसलिए तो नहीं कि नारी किसी बर्तन के अन्दर ठहरे पानी के समान है, जो पराया हाथ लगते ही गन्दा हो जाता है और पुरुष बर्फ के टुकड़े समान है, जिसे जितना भी छुआ जाए, कोई प्रभाव नहीं पड़ता, क्योंकि वह स्वयं धुलकर स्वच्छ होता जाता है। पुरुष की धारणा कितनी गलत है, निराधार, क्योंकि पानी ही से बर्फ बनती है और बर्फ से पानी। फिर दोनों का महत्त्व एक-दूसरे के लिए बराबर क्यों नहीं है?

बीतते दिनों के साथ पवन पूर्णतया स्वस्थ हो गया, परन्तु उसकी स्मृति क्या खोई, उसका स्वभाव ही बदल गया। वह बहुत गम्भीर रहने लगा। बातें भी बहुत कम करता, वह भी केवल अपने घर वालों से। बाहर के सभी लोग उसके लिए अपरिचित थे, इसलिए उसने किसी में भी रुचि नहीं ली। मित्रों ने स्वयं आकर उसे पिछली बातें याद दिलानी चाही, परन्तु पवन को कुछ भी याद नहीं आया, बल्कि उसे अपने मित्रों की संगति में घुटन-सी होने लगी तो वह उनसे दूर रहने लगा। निराश होकर मित्रों ने उससे मिलना ही छोड़ दिया। पवन को पिछली बातें याद दिलाने के लिए उसकी प्रेमिकाएं भी आईं। दबे शब्दों में उन्होंने उसके सामने अपने प्रेम के दिनों को ताजा भी किया, परन्तु पवन ने उन्हें पहचानने से स्पष्ट इनकार कर दिया। यदि पवन किसी लड़की में रुचि लेता तो उसके मन की शांति के लिए उसके घर वाले लड़की को प्रतिदिन बुलाने तथा पवन के साथ मेल-जोल बढ़ाने में उत्साहित कर सकते थे।

बंगले में रहते-रहते पवन शीघ्र ही बंगले के दरो-दीवार से मायूस हो गया। दीवारों के एक-एक कोने से उसे अपनापन छलकता दिखाई पड़ने लगा। घर वाले उसके गन्दे चरित्र से परिचित हो चुके थे, परन्तु वह इस कुल का एकमात्र दीपक था। उसे अपने कार्यों का

दण्ड मिल चुका था, इसलिए मां की ममता में जरा भी कमी नहीं आई; बल्कि पवन की विवश स्थिति को देखकर मां की ममता तथा बहनों का प्यार बढ़ गया था।

बंगले में आने के बाद पवन ने अपने कुल की और भी बहुत सारी तस्वीरें देख ली थीं, जिनमें वह कहीं न कहीं अवश्य था। अनेक मित्रों के साथ भी उसकी तस्वीरें थीं, कहीं पिकनिक में तो कहीं नृत्य की पार्टी के उत्सव पर; परन्तु फिर भी पवन की स्मृति नहीं लौट सकी थी।

प्रायः पवन जब अपने मन और मस्तिष्क को अतीत से बहुत अधिकता के साथ खोखला महसूस करता तो स्वयं से खिसिया उठता। मन चाहता कि वह यहां से कहीं और भागकर चला जाए, परन्तु तब उसकी मां की ममता तथा बहनों का प्यार उसकी बेड़ियां बन जाते। आखिर इन्होंने ऐसा क्या पाप किया है, जो इनका दिल तोड़कर वह चोरों-समान चुपचाप यहां से भाग जाना चाहता है? और फिर वह यहां से भागकर जाता भी कहां। उसे स्वयं भी तो इनकी सख्त आवश्यकता थी - मां की, पिता की, बहनों की। ऊपर से इतना ऊंचा वंश! किसके भाग्य में यह सब आता है? पवन को मां की ममता तथा बहनों का असीम प्यार प्राप्त होता तो उनके प्रति अपने मन में पराएपन का एहसास करने पर भी उसके दिल को बड़ी शांति प्राप्त होती। यह कैसा विश्वास था, जिसमें पराएपन की भावना भी सम्मिलित थी? क्या मनोविज्ञान का यह एक और रूप नहीं है?

जब रात की तन्हाई होती, दूर-दूर तक खामोशी छाई रहती, सन्नाटे में यह बंगला ही नहीं, यह शहर ही नहीं, सारा संसार डूबा होता तो पवन अपने पलंग पर पड़ा चुपचाप बहुत देर तक अपने जीवन पर ध्यान करता रहता। उसका यह जीवन कहां आकर भटक गया है? कैसा नीरस है यह, निरर्थक अनुद्देश्य! इस जीवन का क्या बनेगा? क्या बनेगा उसके इस जीवन का? उसके जीवन की ठहरी हुई गाड़ी को आगे बढ़ने के लिए किसी लक्ष्य के पहिए मिलेंगे भी या नहीं? या वह अपनी स्मृति खोने के बाद यूं ही घुट-घुट कर दम तोड़ देगा, अपने अतीत के विषय में कुछ जाने बिना ही? यदि उसकी स्मृति वापस

आ जाती, उसका अतीत उसे ज्ञात हो जाता, तो निश्चय ही उसे अपने अतीत के अनुसार भविष्य की योजना बनाने में सहायता मिल सकती थी।

पूनम तथा नीलम अपने भैया को उसका अतीत याद दिलाने के लिए अब तक प्रयत्न कर रही थी। उन्हें विश्वास था कि उनके भैया की स्मृति अवश्य वापस आ जाएगी और तब वे निःसंकोच अपने भाई के प्यार का खजाना प्राप्त कर सकेंगी। जब से वे दोनों लंदन से आई थीं, उन्होंने पवन से खुलकर पहले समान एक बार भी प्यार नहीं प्राप्त किया था। पवन के साथ वे कितना ही घुलती-मिलतीं, परन्तु पवन उनके मध्य हर क्षण सकुचाया-सा रहता।

और इसीलिए भाई-बहन के प्यार के बीच संकोच की यह दीवार हटाने के लिए दोनों बहनों ने पवन की स्मृति वापिस लाने का हर मुमकिन प्रयत्न किया। वे जानती थीं कि उनके भैया को कार तेज गति से चलाने का शौक है, इसलिए वे पवन के साथ अनेक बार लम्बी ड्राइविंग पर भी निकलीं। आरम्भ में पवन को कार की स्टेयरिंग पर बैठते समय नया-नया अवश्य लगा था, परन्तु फिर कार स्टार्ट करके चलाते ही वह अपने पिछले स्वभाव पर चला आया था। बहनों के साथ पवन क्लब भी जाया करता था। नृत्य में उसे कोई रुचि नहीं रह गई थी, क्योंकि वहां हर लड़की उसे बिल्कुल नई-नई मालूम पड़ती; परन्तु क्लब के 'स्वीमिंग पूल' में वह अवश्य घंटों तैरता तथा मछली-समान पड़ा रहता था। 'स्वीमिंग पूल' उसके शौक के हिसाब से छोटा था। पवन नदियों में दूर-दूर तक तैरने का आदी था, इसलिए अपनी शिक्षा की पूर्ति करने के लिए लन्दन लौटने से पहले उसकी बहनें उसे एक बार एक पिकनिक-स्पॉट 'चन्दन फाल्स' पर भी ले गईं, जहां पवन स्मृति खोने से पहले उनके तथा मित्रों के साथ अनेक बार जा चुका था। बहनों का अनथक प्रयत्न था कि उनके लन्दन लौटने से पहले भाई की स्मृति अवश्य वापस आ जाए।

वह दिन रविवार का था। चारों ओर बदली छाई हुई थी। वातावरण भीगा-भीगा था। पिकनिक के लिए यह दिन वास्तव में बहुत सुहाना था। शहर से बाहर पच्चीस किलोमीटर की लम्बी ड्राइविंग के बाद जब 'चन्दन फाल्स' लगभग दो फर्लांग रह गया तो दो रास्ते

आ गए। एक सीधा रास्ता दाहिनी ओर ऊबड़-खाबड़ चढ़ाई चढ़ते हुए ऊंची चट्टानों के ऐसे अंत पर पहुंच जाता था, जिसके बाद बहुत नीचे एक गहरी नदी बहती थी। इस ऊंची चट्टान के किनारे खड़े होकर पिकनिक-स्पॉट का बहुत सुन्दर दृश्य दूर-दूर तक प्राप्त होता था। पक्की सड़क द्वारा पिकनिक-स्पॉट पर आते हुए इस चट्टान पर कोई भी वस्तु क्षितिज की सीध में दूर ही से बिल्कुल स्पष्ट दिखाई पड़ जाती थी। इस समय भी पवन को इस ऊंची चट्टान के अन्त के आसपास कुछेक यात्री खड़े दूर ही से दिखाई दे गए। वहीं एक कार भी खड़ी हुई थी। कुछेक झटकों के बाद कार आसानी के साथ इस चट्टान की ऊंचाई पर पहुंच जाती थी। पवन ने कार तथा यात्रियों का समूह चट्टान पर दूर ही से खड़े देखा तो उसने अपनी विदेशी काली लम्बी कार की गति धीमी कर दी। पूछा, "किधर चलें?"

"बाईं ओर।" पूनम ने तारकोल की ढलवानी सड़क की ओर इशारा किया।

पवन ने ढलवानी सड़क की ओर कार उतारकर गति दोबारा तेज कर दी।

यह ढलवानी सड़क चट्टानों के बगल से होकर एक घुमाव के बाद चढ़ाई चढ़ती हुई सीधी डाक बंगले के सामने पहुंचती थी। पवन ने पूनम के संकेत पर अपनी कार डाक बंगले के सामने रोक दी। फिर वह कार से बाहर निकल आया। एक गहरी तथा ठंडी सांस लेते हुए उसने अंगुलियों द्वारा अपनी बिखरी लटें संवारी। फिर कुछेक पग आगे बढ़कर प्रकृति की इस देन को निहारने लगा, जो आंखों को ठंडक तथा मन को ताजगी पहुंचा रही थी।

एक ओर दूर चट्टानों से होता हुआ झरना झाग का लबादा पहने बड़ी शान से नीचे गिर रहा था। झरने का हल्का शोर वातावरण में एक मीठा तथा सुरीला संगीत बिखेर रहा था। डाक बंगले से बहुत दूर तक नीचे छोटी-बड़ी सीढ़ियां आड़ी-तिरछी होकर गई हुई थीं, जिसके बाद पानी के मध्य छोटी-बड़ी चट्टानों को फलांगकर झरने के समीप बहुत आसानी के सा◌ा◌ि पहुंचा जा सकता था। पिकनिक पर आए यात्री झरने के पानी में नहाने तथा उसके चारों ओर एकत्र पानी में तैरने का पूरा आनन्द उठा रहे थे। कुछेक

नवयुवक-युवतियों ने पानी के मध्य ही अपनी दरियां बिछाकर रेडियोग्राम तथा ट्रांजिस्टर ऑन कर रखे थे। वातावरण सुहाना होने के कारण यहां मेला-सा लगा हुआ था।

"कुछ याद आया?" अचानक पूनम ने पूछा। अपने भैया को इस परिचित प्रकृति के दृश्य में खोया देखकर वह उसके समीप चली आई थी। नीलम कार से पिकनिक की सामग्री निकालने में व्यस्त हो गई थी।

पवन ने एक गहरी सांस ली। फिर मजबूरी प्रकट करते हुए निराशा के साथ नहीं के संकेत पर सिर हिला दिया।

"यहां पर हम पहले भी कई बार आ चुके हैं।" पूनम ने उसे याद दिलाने का प्रयत्न किया, "और जब भी आए हैं, तुम सदा नदी में बहुत देर तक तैरने का आनन्द उठाते रहे हो, बल्कि एक बार तो तुमने खेल ही खेल में उस चट्टान पर से पानी में छलांग भी लगा दी थी।" पूनम ने सामने की उस ऊंची चट्टान की ओर संकेत किया, जिस पर पवन की दृष्टि पहले ही थी।

चट्टान को देखते हुए पवन को विश्वास था कि इतनी ऊंची चट्टान पर से वह बहुत आसानी के साथ छलांग लगा सकता है, परन्तु इससे पहले उसने कब छलांग लगाई थी, यह उसे नहीं याद आ सका। उसकी इच्छा हुई वह उस चट्टान के ऊपर जाए, परन्तु वहां यात्रियों का समूह पहले ही था। स्मृति खोने के बाद उसे केवल अपने घर वालों की संगति ही भाती थी। अतः उसने इस चट्टान की ओर जाने का विचार छोड़ दिया।

दिन के लगभग बारह बजने वाले थे। पवन अपनी बहनों के साथ डाक बंगले के सामने तथा दूर तक नीचे जाती हुई सीढ़ियों के बाद पानी के मध्य एक चट्टान पर अधलेटा-सा आराम करने के बहाने चट्टानों से घिरे वातावरण का आनन्द उठा रहा था। पूनम उसके समीप ही बैठी अपनी उन सखियों की कहानी सुना रही थी, जो उसके साथ कभी इस पिकनिक स्पॉट पर आ चुकी थीं और अब विवाह करके अपनी गृहस्थी में लग गई थीं। नीलम आसपास पानी के मध्य चट्टानों पर पक्षी-समान फुदककर छोटे-बड़े दृश्यों का कोण

बनाती हुई अब भी अपने कैमरे द्वारा तस्वीरें खींचने का आनन्द उठा रही थी। यहां आने के बाद उसने अब तक अपने कैमरे में जाने कितनी तस्वीरों को कैद कर लिया था।

अचानक यहां पड़े-पड़े पवन का मन उकता गया तो वह उठ खड़ा हुआ। उसने अपने चारों ओर यूं ही एक सरसराती दृष्टि डाली। उसने देखा, उस ऊंची चट्टान पर इस समय कोई भी नहीं था, जहां से पूनम के कहने के अनुसार उसने कभी नीचे गहरे पानी में छलांग लगाई थी। पवन के पग अपने-आप ही उस ओर उठने लगे, इस प्रकार, मानो उधर का रास्ता स्वयं ही उसे आने को आमन्त्रित कर रहा हो। उसने लापरवाही से अपने समीप पड़ी चप्पलें पहनीं। फिर यूं ही टहलने के बहाने एक के बाद एक पानी के मध्य पड़ी चट्टानों को पार करना आरम्भ कर दिया। शीघ्र ही वह पानी के किनारे तथा चट्टानों की जड़ में पहुंच गया। कुछ दूर तक चट्टानों के कदमों में चलने के बाद उसे चट्टानों के मध्य ऊपर जाती हुई एक पथरीली पगडंडी मिली। चट्टानों के ऊपर जाने वाले रास्ते का अनुमान लगाकर पवन ने यह पगडंडी पकड़ ली। पगडंडी ऊबड़-खाबड़ थी, परन्तु रास्ते में उगी झाड़-झंखाड़ को जब पवन ने पकड़ा तो उसे ऊपर चढ़ने में बहुत आसानी हो गई।

अचानक वह चट्टान के ऊपर निकला तो चौंक गया। चट्टान के किनारे से कुछ हटकर एक लड़की खड़ी हुई थी, उसकी ओर पीठ किए, निश्चिंत। खड़ी-खड़ी वह नीचे बहती नदी के उस पार देखती हुई जाने किस धुन में खोई हुई थी। इतनी ऊंचाई पर हवा का बहाव तेज था, इसलिए लड़की की काली रेशमी लटें लहराकर घटाओं समान छा जाती थीं। उसके शरीर पर आसमानी रंग की साड़ी थी, जिसका आंचल हवा के दामन पर लहराते हुए नील गगन के रंग में घुल-मिल जाना चाहता था पवन के पग लड़की के पीछे कुछ दूर पर जाकर रुक गए। तभी लड़की को अचानक उसकी आहट मिल गई। वह पलटी, परन्तु तभी चौंक गई, इतनी सख्ती के साथ मानो उसने अपने सामने रक्त पीने वाले एक दैत्य को देख लिया हो। भय के कारण उसका पूरा शरीर थर-थर कांप उठा। उसी प्रकार कांपकर पीछे हटते हुए उसने कहा, "नहीं...नहीं-नहीं-नहीं।" लड़की अचानक बहुत तेज स्वर के साथ चिल्ला पड़ी।

पवन कुछ समझा नहीं। इस लड़की का उससे इस प्रकार भय खाने का कारण क्या है? फटी-फटी आंखों से वह लड़की को देखने लगा।

परन्तु लड़की को ऐसा लगा, मानो पवन की आंखों से उसके प्रति वासना की भूख टपक रही है। वह उसी प्रकार पीछे हटती हुई भयभीत-सी पूरे बल से चीख पड़ी, "बचाओ...बचाओ!"

लड़की कोई ओर नहीं, रत्ना ही थी। रत्ना समरेन्द्र के साथ पिकनिक पर गई थी। समरेन्द्र ने पिकनिक का यह प्रोग्राम अपने मित्रों के साथ बनाया था। सभी की पत्नियां आई थीं। समरेन्द्र के सभी परिचय वाले जाने थे कि समरेन्द्र तथा रत्ना शीघ्र ही विवाह के सूत्र में बंध जाएंगे, इसलिए उन दोनों के खुलकर मिलने पर किसी को कोई आपत्ति भी नहीं थी। समरेन्द्र इस समय चट्टान की दूसरी ओर अपने मित्रों के साथ ताश खेलने में मगन था। मित्रों की कुछेक पत्नियां भी ताश खेल रही थीं। कुछेक दिन का खाना बनाने में लगी हुई थीं। यहां आने के बाद जाने कैसे रत्ना ने अपने दिल का भेद समरेन्द्र पर प्रकट करने का पक्का विचार कर लिया था। यह शायद यहां के सुन्दर वातावरण का ही असर था, या फिर उसने ऐसा इसलिए सोचा था, ताकि अपने प्रति समरेन्द्र का निर्णय सुन ले और उसके बाद वह अपने जीवन के लिए एक ठोस पग उठा सके। उसकी बात जानने के बाद यदि समरेन्द्र के मन में उसके प्रति प्यार कम हो जाएगा तो वह अपने भविष्य के लिए दूसरा रास्ता अपना लेगी। रत्ना यही सब सोचकर दृश्य देखने के बहाने यहां एकान्त में चली आई थी - सबका साथ छोड़कर। आते समय उसने समरेन्द्र को बता दिया था कि वह किस चट्टान पर दृश्य देखने जा रही है। उसे पूरा विश्वास था कि समरेन्द्र खेल समाप्त करने के बाद यहां अवश्य आएगा। उसके साथ एकान्त में प्यार के कुछ क्षण बिताना चाहेगा। ऐसे सुन्दर स्थान पर किसका दिल रोमांचित नहीं हो उठता है? इस रोमांस का सहारा लेकर उसे अपने दिल का बोझ समरेन्द्र के सामने उतारने में आसानी हो जाएगी। रत्ना इसीलिए यहां खड़ी समरेन्द्र की प्रतीक्षा कर रही थी और इसीलिए आशा के विपरीत जब उसने पवन को देखा तो भयभीत हो उठी थी। इसी व्यक्ति के कारण तो वह उस उलझन का

शिकार थी। पवन को देखते ही उसकी आंखों में बरसात की वह भयानक रात घूम गई थी, जब पवन अपने बंगले में उसकी लाज लूट लेना चाहता था। पवन का वह भयानक मुखड़ा, वासना में डूबी आंखें, शराब से भभकते होंठ रत्ना की आंखों के दर्पण पर बहुत तेजी के साथ थिरक आए थे, इसलिए पवन को अचानक देखकर रत्ना का भयभीत होना स्वाभाविक ही था। इसी भय के कारण वह यह भी भूल गई कि पवन अपनी स्मृति खो चुका है, वह उसे नहीं पहचान सकता। कांपकर पीछे हटते समय वह यह भी भूल गई कि कुछेक कदमों के बाद चट्टान समाप्त हो जाती है तथा नीचे नदी है। उसे भय हुआ कि पवन लपककर उसे पकड़ न ले, उसे अपनी छाती में समा न ले। सहायता के लिए वह पूरी ताकत से फिर चीखी, "बचाओ...!"

अचानक चट्टान की सीमा समाप्त हो गई। रत्ना के कदम लड़खड़ाए। तभी उसने देखा, वहां समरेन्द्र आ चुका था, परन्तु समरेन्द्र वहां अकेला नहीं आया था। ताश का खेल समाप्त करने के बाद समरेन्द्र अपने मित्रों के साथ वहां आया था। कुछेक मित्रों की पत्नियां भी साथ में थीं। आते-आते जब उन्होंने अचानक रत्ना की चीख सुनी तो उनके पग तेज हो गए थे, परन्तु अब क्या हो सकता था? रत्ना के पग लड़खड़ाए तो वह संभल न सकी। समरेन्द्र तथा उसके साथी रत्ना तक पहुंच नहीं सके। रत्ना का फूल-सा शरीर हवा के दामन पर मानो उड़ता हुआ नीचे गिरा और छपक से पानी की सतह से जा टकराया। रत्ना पानी की तह में डूबती चली गई - डूबती चली गई। उसकी आंखों के सामने अंधकार छा गया। उसे ऐसा लगा, मानो उसके जीवन के दिन अब पूरे हो चुके हैं। शरीर के साथ दिल भी डूबने लगा तो दिल के दर्पण पर कुछेक तस्वीरें चली आईं - छोटी बहन शोभा, बीमार पिता, मां। इन सबका क्या होगा? उसकी लाश भी इन लोगों को मिलेगी या नहीं?

समरेन्द्र लपककर आगे बढ़ा। नीचे दी की ओर झांका। रत्ना पानी की लहरों के नीचे जाने कहां लुप्त थी। वह पवन के समीप आया। पवन उसी प्रकार खामोश खड़ा था। समरेन्द्र पर उसकी दृष्टि थी फिर भी आंखों के दर्पण पर रत्ना की छवि थी। दिल और दिमाग भी

रत्ना के विषय में ही सोच रहा था। समरेन्द्र ने घूरकर पवन से पूछा, "कौन हो तुम? रत्ना से क्या चाहते थे?"

रत्ना? पवन ने सोचा।

"चाहेगा क्या? अवश्य ही रत्ना की लाज लूटना चाहता था।" समरेन्द्र के एक मित्र ने क्रोध में कहा और आगे बढ़कर पवन की गरदन पकड़ ली।

लाज? पवन ने शब्द पर ध्यान दिया।

"मारो बदमाश को!" तभी समरेन्द्र के दूसरे मित्र ने कहा। और इसके साथ ही पवन के मुखड़े पर एक भरपूर घूंसा मारा।

पवन संभल भी नहीं सका कि उसके ऊपर घूंसों और थप्पड़ों की वर्षा आरम्भ हो गई, परन्तु फिर अचानक ही पवन ने अपने बचाव में पूरी शक्ति लगा दी। उसे याद आया कि एक लड़की की जान उसके सहारे पर निर्भर कर रही है एक ही झटके में उसने सबको अलग किया और फिर किनारे की ओर दौड़कर उसने चट्टान से पानी में छलांग लगा दी। छपाक! पवन ने पानी के गहराव में जाना आरम्भ किया कि तभी पानी के अन्दर उसके शरीर से एक शरीर टकरा गया। शरीर रत्ना का था। अपनी टूटती सांसों के साथ वह पानी में उभर रही थी। पवन ने तुरन्त रत्ना को कमर से थाम लिया। तेजी के साथ हाथ-पैर चलाए और फिर रत्ना को लिए पानी की सतह पर उभर आया। रत्ना पानी के जाने कितने घूंट पी चुकी थी, परन्तु जब उसके नथुनों को खुली तथा ताजी हवा प्राप्त हुई तो उसकी टूटती सांसों में नई जान आ गई। सहारे के लिए वह पवन की छाती से बुरी तरह लिपट गई। हताश स्थिति वह यह भी नहीं जान सकी कि उसको बचाने वाला कौन है। पवन ने पानी की सतह पर लेटकर रत्ना की बांहों की पकड़ ढीली की। तभी रत्ना की आंखों में पवन की एक धुंधली तस्वीर झलक गई। रत्ना का दिल घृणा की आग लिए धड़का। उसकी धड़कनों से अज्ञात पवन ने करवट बदली। फिर औंधा होकर रत्ना का शरीर अपनी पीठ पर कर लिया। रत्ना ने अर्द्धबेहोशी की स्थिति में भी पवन को छोड़ देना चाहा। इस व्यक्ति

के हाथों से बचने से तो अच्छा है कि वह अपनी जन दे दे; परन्तु रत्ना ऐसा नहीं कर सकी। मौत के मुंह में जाने की तड़प का अनुभव उसे अभी-अभी ही हुआ था। जीवन का मूल्य उसे अभी-अभी ही ज्ञात हुआ था। जीवन है तो संसार है। उसे जीवन की आवश्यकता थी, अपने लिए न सही, अपने घर वालों के लिए, माता-पिता तथा बहन के लिए और शायद समरेन्द्र के लिए भी। समरेन्द्र? रत्ना पवन की कमर से लिपट गई। पवन ने हाथ-पैर चलाते हुए किनारे की ओर बढ़ना आरम्भ कर दिया तो रत्ना सोचने लगी, उसे बचाने के लिए समरेन्द्र ने छलांग क्यों नहीं लगाई? समरेन्द्र को तो उसे बचाते हुए अपनी जान की भी चिन्ता नहीं करनी चाहिए थी। यह कैसा प्यार था, जो वह उससे करने का दावा तो करता था, परन्तु परीक्षा में सफल नहीं उतरा?

रत्ना की साड़ी खुल गई थी। ब्लाउज का निचला बटन भी टूट गया था। ब्लाउज सरककर ऊपर चला गया था। रत्ना को इसका ध्यान आया तो उसने अपना तन ठीक से ढांक लेना चाहा; परन्तु हाथ छोड़कर वह मौत के मुंह में दोबारा जाने का रिस्क नहीं ले सकी। अचानक उसे याद आया, पवन की स्मृति खो चुकी है। वह उसे नहीं पहचानता है। पहचानता होता तो उसकी आक्रमणकारिन के जीवन की इस प्रकार रक्षा नहीं करता। फिर क्यों नहीं वह पवन को एक रक्षक के रूप में स्वीकार कर ले?

रत्ना ने दृष्टि उठाकर देखा। पवन उसे जिस किनारे ले जा रहा था, वहां यात्री दौड़ रहे थे। रत्ना को कुछेक यात्रियों ने चट्टान पर से पानी में गिरते देखा था। फिर एक शोर-सा मच गया था। उसके बाद जब पवन पानी में कूदा था तो उसे सभी यात्रियों ने देखा था। रत्ना की समझ में नहीं आया कि वह किनारे पहुंचकर किस प्रकार यात्रियों का सामना करेगी। पानी में अपने वस्त्रों को ठीक करने का उसे अवसर ही नहीं मिल रहा था। उसने परिस्थिति के आगे स्वयं को अर्पण कर दिया। पवन की पीठ पर अपना मुखड़ा रखते हुए उसने अपनी आंखें बन्द कर लीं।

पवन रत्ना को संभाले आगे बढ़ रहा था। किनारे पहुंचने से पहले पवन को पानी के बीच उभरी एक छोटी चट्टान नजर आई। अचानक उसे कुछ ध्यान आया। वह चट्टान की

ओर बढ़ गया। चट्टान के समीप पहुंचते ही किनारे पर खड़े यात्री दृष्टि से ओझल हो गए। चट्टान के किनारे पानी में खड़े होते हुए पवन ने रत्ना को उठाकर अपनी दोनों बांहों में संभाल लिया तो रत्ना की आंखें खुल गईं। उसका शरीर बेहाल था। फिर भी उसने पवन की बांहों से उतर जाना चाहा; परन्तु पवन उसे लेकर चट्टान पर चढ़ चुका था। पवन उसे देख भी नहीं रहा था, जानबूझकर, जिसका एहसास रत्ना ने किया तो विश्वास नहीं किया। स्मृति खोने के बाद पवन में क्या इतना बड़ा अन्तर आ सकता है?

पवन ने रत्ना को चट्टान पर लिटाना चाहा तो रत्ना उठकर बैठ गई। अपनी छाती पर आंचल डालते हुए उसने इधर-उधर देखा। वह यात्रियों की दृष्टि से सुरक्षित थी। पवन भी उसकी ओर पीठ करके खड़ा था। पवन ने बिना उसकी ओर देखकर कहा, "अपने कपड़े ठीक कर लीजिए। उसके बाद मैं आपको किनारे पहुंचा दूंगा। यहां से जाने के लिए अब तैरने की आवश्यकता नहीं पड़ेगी।" पवन आगे बढ़ गया। एक ओर से वह बोल्डर पर चढ़ा और दूसरी ओर उतर गया, जहां सामने कुछ दूरी पर यात्रियों का समूह उसकी प्रतीक्षा में अधीर था। कुछेक यात्रियों ने घुटने-घुटने पानी में उतरकर उसकी ओर बढ़ना आरम्भ कर दिया था। उनमें समरेन्द्र सबसे आगे था। उसने चट्टान पर से पवन को रत्ना को बचाते हुए देख लिया था। दौड़कर वह उस किनारे पहुंच गया था, जिधर पवन रत्ना को लिए बढ़ रहा था। अचानक समरेन्द्र का पैर पानी में चट्टान पर जमी काई पर पड़ा। वह फिसला तो संभल नहीं सका। छपाक से वह पानी में गिरा तो उसके सारे कपड़े भीग गए। पवन ने उसे देखा तो अपनी दृष्टि दूसरी ओर फेर ली।

पवन के जाने के बाद रत्ना मन ही मन पवन को धन्यवाद कहे बिना नहीं रह सकी। यहां लाकर पवन ने उसे दूसरों का सामना करके लज्जित होने से बचा लिया था। अपने कपड़े ठीक करती हुई वह सोचने लगी कि पवन का अतीत कितना गन्दा तथा भयानक था। शायद वर्तमान भी ऐसा ही है। केवल उसकी स्मृति वापस आने की देर है। रत्ना ने दिल की गहराई से कामना की - पवन की स्मृति कभी वापस न आए। स्मृति वापस आने से एक भला व्यक्ति मर जाएगा तथा एक भयानक और आवारा व्यक्ति जी उठेगा।

समरेन्द्र बोल्डर के समीप पहुंचा तो पवन ने वहां ठहरने की कोई आवश्यकता नहीं समझी। निश्चय ही यह युवक रत्ना से कोई सम्बन्ध रखता है। किस अधिकार से वह रत्ना के लिए उससे लड़ाई कर रहा था? क्या लगता है वह युवक रत्ना का? कुछ भी हो सकता है, परन्तु पति नहीं हो सकता। सच्चा प्रेमी भी नहीं हो सकता। यदि होता तो वह उससे लड़ाई करने के बजाए पहले रत्ना को बचाने का प्रयत्न करता। रत्ना अपने कपड़े ठीक करने के बाद बोल्डर के ऊपर आ गई तो जनता को उसे देखकर संतोष हो गया। पवन के कदमों में रत्ना की छाया सरक आई। बदली से धूप जाने कब चटक आई थी। छाया देखकर पवन ने पीछे देखा। रत्ना खड़ी उसी को देख रही थी। रत्ना समझ नहीं सकी थी कि पवन से क्या कहे। उसे धन्यवाद दे या मन ही मन उससे घृणा करे। पवन की आंखों में सूनापन था। पवन ने भी कुछ नहीं कहा। पानी में उतरकर वह आगे बढ़ गया, किनारे की ओर, जहां उसकी बहनें खड़ी उसकी प्रतीक्षा में व्याकुल थीं।

समरेन्द्र ने पवन को जाते हुए घूर कर देखा। फिर रत्ना के समीप पहुंचा। उसकी बांह थाम ली। पूछा, "ठीक तो हो न?"

रत्ना ने मुस्कराने का असफल प्रयत्न करते हुए समरेन्द्र का हाथ अलग किया। फिर वह भी आगे बढ़कर पानी में उतर गई। पानी में वह पवन के पीछे-पीछे उसके अदृश्य चिह्नों पर चलने का प्रयत्न करने लगी। समरेन्द्र उसके साथ हो लिया। यात्रियों ने रत्ना को किनारे पहुंचते ही घेर लिया। रत्ना जवान लड़की थी। सहानुभूति दिखाने वालों की कमी नहीं रही। अनेक प्रकार के प्रश्नों की बौछार लोगों ने कर दी।

"कहीं चोट तो नहीं आई?"

"इतनी ऊपर से कैसे गिर पड़ीं?"

"जान बच गई, यही बहुत बड़ी बात हुई।"

"बड़ी बात नहीं, चमत्कार हो गया है।"

"सब ऊपर वाले की कृपा है।" एक यात्री ने भगवान के साथ पवन की प्रशंसा भी की थी। कहा, "बस, यह समझ लो कि भगवान ने अवतार भेजकर एक जान बचा दी है।"

"अवतार का पुत्र अवतार नहीं होगा तो क्या होगा?" सहसा एक यात्री ने कहा। वह पवन को पहचानता था, "जानते हो वह कौन थे?"

यात्रियों ने प्रश्नात्मक दृष्टि से उसे देखा। यात्रियों में समरेन्द्र के मित्र तथा उकनी पत्नियां भी थीं।

"अरे,यही तो हैं सेठ जानकीदास के पुत्र, जिन पर पिछले दिनों कातिलाना हमला हुआ था!" यात्री ने पवन का परिचय दिया।

"क्या?" लगभग सभी यात्री चौंक गए। जानकीदास का नाम किसने नहीं सुना था! पवन के कातिलाना हमले का विषय किसने समाचारपत्र में नहीं पढ़ा था! एक और यात्री ने कहा, "इनका नाम तो पवन है?"

"हां।" पहले यात्री ने कहा, "यही पवन जी हैं, शहर के जाने-माने आदरणीय व्यक्ति के एकमात्र पुत्र।"

लोग बातें कर रहे थे और रत्ना सिर झुकाए सोच रही थी - अवतार! अवतार और शैतान में कितना बड़ा अन्तर होता है - आकाश और धरती का परन्तु पवन के जीवन में दोनों ही रंग-रूप उपस्थित थे। कितनी विचित्र बात थी यह! पवन के वास्तविक रूप से घृणा करने के पश्चात् रत्ना को यात्रियों के होंठों द्वारा पवन की प्रशंसा अच्छी लगी। यह जीवन उसे अब पवन का ही तो दिया हुआ था। उसने दृष्टि उठाकर देखा। पवन अपनी बहनों के साथ चलता हुआ दूर पर एक चट्टान की आड़ में लुप्त हो रहा था। रत्ना के होंठों पर एक ठंडी आह चली आई।

समरेन्द्र भी पवन के कातिलाना हमले की घटना से परिचित था। उसके मित्रों ने भी उस कांड के विषय में पढ़ रखा था। समरेन्द्र को यात्रियों द्वारा पवन की प्रशंसा अच्छी नहीं

लगी, परन्तु उसके मित्र तथा उनकी पत्नियां नहीं समझ सकीं कि पवन की प्रशंसा उचित है या अनुचित। पवन ने जिस प्रकार अपनी जान पर खेलकर रत्ना की जान बचाई थी,उससे इंकार नहीं किया जा सकता था। पता नहीं, रत्ना का पवन से भय खाकर चट्टान से पानी में गिरने का क्या कारण था?

समरेन्द्र ने रत्ना को कमर से थामकर आगे बढ़ना चाहा, परन्तु रत्ना ने उसे सबके सामने स्वयं को कमर से पकड़ने का अवसर नहीं दिया। वह आगे बढ़ गई तो यात्रियों की भीड़ छंटकर उसे रास्ता देने लगी। उसके साथ समरेन्द्र तथा उसके मित्र अपनी पत्नियों सहित चल पड़े। रत्ना सोच रही थी कि यदि पवन ने उसकी जान की सुरक्षा नहीं की होती, तब क्या होता?

"चट्टान पर अकेली देखकर उस व्यक्ति ने तुम्हारी लाज लूटने का प्रयत्न नहीं किया था?" सहसा चलते-चलते, समरेन्द्र के एक मित्र की पत्नी ने पूछा।

रत्ना ने उसे देखा। फिर उसी प्रकार चलते-चलते नहीं के संकेत पर सिर हिला दिया।

"तो फिर तुम उसे देखकर चीख क्यों पड़ी थीं? समरेन्द्र ने तुरन्त पूछा। सभी को रत्ना के इंकार पर आश्चर्य हुआ था।

"मैं उसे अचानक वहां देखकर घबरा गई थी।" रत्ना ने मानो बड़ी कठिनाई से कहा।

"क्या?" समरेन्द्र के साथ सभी चौंक गए।

"अरे-अरे-रे!" तभी एक मित्र ने कहा, "तब तो हम सब ने मिलकर उसके साथ बड़ा भारी अन्याय किया है!"

"अन्याय!" रत्ना ने आश्चर्य से उस मित्र को देखां

"हां।" मित्र ने कहा, "तुम्हारी चीख-पुकार सुनने के बाद हमने सोचा कि वह तुम्हारी लाज लूटना चाहता था। बस, इसी लिए उसकी अच्छी-खासी मरम्मत कर डाली।"

मरम्मत? रत्ना के बढ़ते पग धीमे पड़ गए।

"यह तो अच्छा हुआ कि वह हमसे अधिक बलवान सिद्ध हुआ।" सहसा दूसरे मित्र ने अपनी राय दी, "कोई और होता तो उसे हमारी पकड़ से छूटकर पानी में कूदने का अवसर नहीं मिलता।"

और तब मेरे जीवन के बचने का भी प्रश्न नहीं उठता - रत्ना ने मन में सोचा। मन ही मन उसने सभी को धिक्कारा भी - कायर, पहले मेरी जान की चिंता करनी चाहिए थी या पवन पर अपना क्रोध उतारना चाहिए था? रत्ना का विश्वास समरेन्द्र पर से डगमगा गया। ऐसे व्यक्ति से वह क्या आशा रख सकती थी? रत्ना ने अपने दिल को धन्य कहा, जो अब तक समरेन्द्र को दीवानगी की सीमा तक प्यार करने में असमर्थ थी। यदि समर्थ होता तो समरेन्द्र को अपनी ओर से इतना लापरवाह पाकर उसका दिल टूट जाता। मानव जिस पर विश्वास करता है, उससे हर बात की आशा बांध लेना चाहता है, परन्तु जिससे प्यार करता है, उसके दिल में अपने प्रति प्यार की कमी देखकर निश्चय ही उसका जीना कठिन हो जाता है। रत्ना ने सोचा, पता नहीं अब वह समरेन्द्र को कभी प्यार कर सकेगी भी या नहीं? आज की घटना वह कैसे भूल सकती थी?

पवन उसके बाद पिकनिक-स्पॉट पर भी नहीं ठहरा। यह अच्छा हुआ कि बहनों ने अपने साथ उसके लिए भी एक जोड़ा कपड़े रख लिए थे। पवन की स्मृति वापस लाने का प्रयत्न करने के लिए उनका यहां शाम तक रहने का इरादा था, परन्तु कपड़े बदलने के बाद जब पवन ने वहां रुकना पसन्द नहीं किया तो उन्हें भी उसके साथ वापस जाना ही पड़ा।

और यात्रियों समान रत्ना भी अपने लिए एक जोड़ा वस्त्र अलग लाई थी। वह भी समरेन्द्र के साथ पिकनिक पर सुबह से शाम तक के लिए आई थी। अपने कपड़े बदलने के बाद उसने भी चाहा कि अपने घर वापस लौट जाए तो समरेन्द्र ने उसका दिल रखने के लिए किसी प्रकार की आपत्ति नहीं की!

रत्ना अपने घर पहुंची। समरेन्द्र घर तक छोड़ने आया था। घर वालो ने पिकनिक की घटना सुनी तो कांप उठे। जवान बेटी मौत के मुंह में चली जाती तो उनका क्या बनता? निश्चय ही इतना बड़ा सदमा उनसे बर्दाश्त नहीं होता। घर वालों ने भगवान के साथ पवन को भी धन्यवाद कहा। पवन पर हुए आक्रमण की घटना का पूरा विवरण वे समाचारपत्र में पढ़ चुके थे।

"जैसे देवता समान जानकीदास हैं, वैसा ही भगवान ने पुत्र भी उन्हें दिया है।" रत्ना की मां ने कहा, "भगवान उसे युगों जीवित रखे!"

"भगवान करे, उसकी स्मृति भी शीघ्र ही वापस आ जाए!" राजाराम ने भी पवन के लिए दिल की गहराई से शुभकामना की।

रत्ना को मां की बात पर कोई आपत्ति नहीं थी, परन्तु वह अपने पिता की बात से सहमत नहीं हुई। फिर भी वह खामोश ही रही; बल्कि अपने पिता की बात के बिल्कुल विपरीत उसने मन ही मन कामना की, पवन की स्मृति कभी वापस नहीं आए। पवन की स्मृति खोए रहने पर ही तो उसका सब कुछ निर्भर था।

रत्ना की जान बचने पर समरेन्द्र ने भी प्रसन्नता प्रकट की थी। रत्ना के घर वह कुछ देर बैठा, चाय पी और फिर दोबारा आने का वादा करके चला गया। फिर भी जाने क्यों रत्ना को ऐसा लगा,मानो समरेन्द्र की रुचि उसके अन्दर पहले से कम हो गई है। या फिर रत्ना ने सोचा - ऐसा तो नहीं कि पवन के स्थान पर समरेन्द्र उसकी जान नहीं बचा सका, इसलिए वह दिल ही दिल में लज्जित है? यह वास्तविकता तो आने वाले दिन ही बता सकते थे। वास्तविकता कुछ भी हो, समरेन्द्र अपने किए पर लज्जित हो या न हो परन्तु रत्ना को यह बात अवश्य खटक गई थी कि समरेन्द्र ने पवन के साथ झगड़ा करके समय गंवाने के बजाए पहले उसकी जान बचाने की चिंता क्यों नहीं की?

चार

अगले दिन रत्ना कॉलेज पहुंची। कॉलेज आरम्भ होने में अभी समय था। वह अध्यापिकाओं के कक्ष में प्रविष्ट हुई। सभी अध्यापिकाओं ने उसे घेर लिया। रत्ना को जानकर बड़ा आश्चर्य हुआ कि उसकी पिछले दिन वाली घटना के विषय में सभी अध्यापिकाओं को खबर है। दरअसल बात यह थी कि समरेन्द्र का एक मित्र रत्ना की सहयोगिन का पड़ोसी था। मित्र की पत्नी का पड़ोसिन के यहां आना-जाना था। पत्नी ने अपनी पड़ोसिन अध्यापिका को पिकनिक की सारी घटना बता दी थी, क्योंकि पत्नी जानती थी कि रत्ना उसी कॉलेज में पढ़ाती है, जिसमें उसकी पड़ोसिन अध्यापिका पढ़ाती है। बस, उसी अध्यापिका द्वारा पिकनिक की सारी घटना कॉलेज में फैल गई थी।

रत्ना को अध्यापिकाओं ने घेरकर प्रश्नों की बौछार कर दी।

"कैसे इतनी ऊंची चट्टान पर से गिर पड़ी थीं?"

"पवन जी को देखने के बाद डरने की क्या बात थी?"

"कहीं पवन जी ने तुझे छेड़ने का प्रयत्न तो नहीं किया था?"

"असम्भव। देवता जैसे पिता का देवता जैसा पुत्र ऐसी बात कभी सोच भी नहीं सकता।"

जितने मुंह थे, उतनी ही बातें। अध्यापिकाएं स्वयं ही प्रश्न करतीं और स्वयं ही आपस में उत्तर दे देती थीं। राजेश्वरी ने भी कहा, "चलो, अच्छा हुआ, तेरी जान बच गई, वरना समरेन्द्र तेरे बिना जी नहीं पाते।"

रत्ना ने सोचा, राजेश्वरी की बात में जाने कहां तक सच्चाई है!

"हाय!" तभी अमृता ने अपनी छाती पर हाथ रखकर एक ठंडी आह भरते हुए अपना चंचलपन दिखाया। आंखों नचाते हुए उसने बड़ी अदा से कहा, "पानी में डूबने का अंदाज भी कितना निराला होगा! बचाने का अंदाज भी कितना सुंदर होगा! पानी में उनका तुझे

बांहों में समेटना, छाती में समाना और फिर तुझे अपने शरीर से चिपकाकर किनारे तक पहुंचाना - दो जवान शरीरों का यह मिलन देखकर तो पानी में भी आग लग गई होगी।"

अमृता का अंदाज कितना सही था! रत्ना ने सुना तो मन ही मन लाज से पानी-पानी हो गई।

"तू तो ऐसे कह रही है, मानो तुझे भी किसी ने कभी डूबने से बचाया हो", सहसा एक अन्य अध्यापिका ने अमृता पर व्यंग्य कसा।

"काश, ऐसा सच होता!" अमृता ने फिर एक ठंडी आह भरी, "काश, रत्ना के स्थान पर मैं होती और मुझे बचाने वाले पवन जी होते तो निश्चय ही अपना बचाव करने के बजाए मैं उनकी बांहों में समाकर अपना दम तोड़ देती!"

"अगली बार जब पवन जी किसी पिकनिक पर जांएगे तो मैं तुझे बता दूंगी।" एक अन्य अध्यापिका ने अमृता से मजाक किया, "फिर तू उन्हें देखते ही पानी में छलांग लगा देना। तेरे मरने से कॉलेज से कम से कम एक दिन की छुट्टी तो हमें मिल ही जाएगी।"

अध्यापिका की बात सुनकर सभी ठहाका लगाकर हंस पड़ीं। सबमें अमृता भी सम्मिलित थी। रत्ना भी मुस्काए बिना नहीं रह सकी।

फिर दिन बीतने लगे। रत्ना कॉलेज जाती तो सहयोगिनें उसे पवन का नाम लेकर अकसर छेड़ देती थीं। फिर जो बात रत्ना के दिल में नहीं थी, उसे भी वे उत्पन्न कर देना चाहती थीं; परन्तु रत्ना के दिल में पवन के प्रति समाई घृणा अटल रही। पवन ने उसकी जान बचाई थी, इसलिए वह उसकी एहसानमन्द थी, परन्तु वह पवन के वास्तविक रूप से परिचित थी। पवन का वास्तविक रूप कितना घिनौना था, यह वही जानती थी; परन्तु इस विषय में वह किसी को कैसे बताती? उसका भेद अपना ही भेद था, जिसे वह अपने तक ही सीमित रखने पर विवश थी। इस भेद का उसने समरेन्द्र पर भी प्रकट नहीं किया था। उसने इसे प्रकट करने की अब चिंता भी नहीं की। समरेन्द्र उसके घर पर पहले समान ही आता था, पहले समान ही उस पर अपना प्यार भी प्रकट करता था। उसने पिकनिक में

डूबने वाली घटना भुला दी थी। पवन रत्ना के शरीर को हाथ लगाए बिना बचाता भी कैसे? उस घटना को भुलाते हुए समरेन्द्र को कितनी कठिनाई होती थी, यह केवल रत्ना ही जानती थी। यदि पवन ने रत्ना को किसी और बहाने हाथ लगाया होता तो निश्चय ही समरेन्द्र उसे कभी अपनाने की नहीं सोचता। ऐसी स्थिति में रत्ना समरेन्द्र को कैसे बताती कि एक रात पवन उसकी लाज लूटने के प्रयत्न में उसका अर्द्धनग्न शरीर देख चुका है, उसने उसके कन्धे तथा गर्दन का चुम्बन भी लिया है।

समरेन्द्र में रत्ना की रुचि का समाप्त होना भी स्वाभाविक था। समरेन्द्र ने उसे डूबने से नहीं बचाया था, उसको बचाने की चिंता करने के बजाए उसने पवन के साथ हाथापाई करने को अधिक महत्त्व दिया था। इसलिए जब समरेन्द्र उसके घर आता तो कभी-कभी उसका मन करता कि वह समरेन्द्र से विवाह करने से स्पष्ट इनकार कर दे। जिस पुरुष पर उसे विश्वास नहीं था, उसके साथ रहकर वह कैसे सुखी रह सकती थी? परन्तु फिर वह अपने घर की मान-मर्यादा तथा समाज का विचार करके चुप रह जाती थी।

जब रात होती, रात की खामोशी होती, जब घर की बातों से फुर्सत पाने के बाद रत्ना अपने पलंग पर लेटी होती तो प्रायः उसके मस्तिष्क की खिड़की खोलकर पवन भी उसके दिल के अन्दर झांक लेता था। रत्ना को पवन से घृणा थी, फिर भी वह सोचे बिना नहीं रहती कि उस दिन पवन ने उसे डूबने से बचाते समय अपने जीवन पर कितना बड़ा भय मोल लिया था! इतनी ऊंची चट्टान पर से कूदने के लिए बहुत बड़ा दिल होना चाहिए। रत्ना की आंखों में वह दृश्य चला आता था, जब वह पानी के अन्दर हताश होकर पवन की छाती से सख्ती के साथ लिपट गई थी। जब पवन उसे लेकर तैरते हुए किनारे की ओर बढ़ रहा था, उस समय उसने कितनी सख्ती के साथ पवन की कमर पर अपनी बांहें लपेटकर थाम रखी थीं! वह दृश्य भी रत्ना की आंखों के दर्पण पर थिरकता, जब उसने चट्टान पर अपने वस्त्र ठीक करने के बाद पवन को अन्तिम बार देखा था तो कुछ क्षण के लिए वह खो जाती थी। किनारे की ओर बढ़ने से पहले पवन ने उसे किस दृष्टि से देखा था! वह गम्भीरता-खामोशी-निराशा! कहीं पवन उससे कुछ पूछना तो नहीं चाहता था?

ऐसा विचार आते ही रत्ना का दिल हल्के से धड़क उठता। क्या इस धड़कन के पीछे उसके दिल में पवन के प्रति कोई सहानुभूति तो नहीं थी? नहीं, हरगिज नहीं। रत्ना स्वयं को विश्वास दिलाती और विश्वास दिलाने में सफल भी हो जाती थी। जिस व्यक्ति ने एक रात उसकी लाज लूटकर उसका जीवन नरक बना देना चाहा था, वह उससे किसी भी प्रकार की सहानुभूति कैसे रख सकती थी?

परन्तु बीतते दिनों के साथ रत्ना का यह विश्वास डगमगाने लगा। इतने दिन बीत गए थे पिकनिक की घटना को, फिर भी कॉलेज की सहयोगिनें उसे पवन का नाम लेकर छेड़ देती थीं। पवन की प्रशंसा करते हुए रत्ना की सहयोगिनों की जबान नहीं थकती थी। यही कारण था कि रत्ना के दिल में मनोवैज्ञानिक तौर पर पवन के प्रति समाई घृणा कम हो गई। कभी-कभी स्वयं पर उसे क्रोध भी आता। ऐसा क्यों हो रहा है? रत्ना कारण समझ नहीं सकी। दिल पर किसका वश रहा है? दिल वश में हो तो इच्छा के विरुद्ध कोई बात क्यों हो। इस वास्तविकता के पश्चात् रत्ना यह कामना करती कि पवन की स्मृति कभी वापस नहीं आए। स्मृति वापस प्राप्त करके राक्षस बनने से तो यही अच्छा था कि पवन इसी स्थिति में एक मानव बना रहे। और फिर उसकी भलाई भी तो सदा इसी में सुरक्षित थी - पवन की स्मृति खोई रहने में।

❑❑

पिकनिक वाली घटना के बाद पवन के जीवन में एक अनूठा ही परिवर्तन आ गया था। रत्ना की जान बचाने के बाद उसका दिल एक नई धड़कन से परिचित हो उठा था - मीठी-मीठी धड़कन, जिसका एहसास उसने अपने जीवन में पहली बार किया था। रत्ना दिन-रात उसके मस्तिष्क पर छाई रहती। उससे मिलने के लिए उसका दिल तड़प-तड़प उठता था। उसकी बांहों में रत्ना का स्पर्श अब भी ताजा था। छाती में रत्ना के शरीर की गरमी अब भी शेष थी। जब कभी पवन एकान्त में होता तो उसकी आंखों के दर्पण पर वह दृश्य थिरक आता था। जब उसने रत्ना को अपनी दोनों बांहों में उठाकर चट्टान के ऊपर

रखा था। तब क्यों नहीं उसने रत्ना से उसका पता पूछ लिया था? पूछता तो वह अवश्य बता देती। पवन अपनी बहनों के साथ शहर के किसी भी कोने में जाता, हर क्षण उसकी आंखें रत्ना को ढूंढती रहतीं। वह सोचता, यदि रत्ना उसे कहीं मिल गई तो क्या वह उससे बातें करना पसन्द कर सकेगी? पूनम तथा नीलम अपने भाई के दिल की स्थिति से परिचित थीं। आरम्भ में मजाक भी किया था, परन्तु फिर पवन की गम्भीरता को देखकर वे चुप हो गई थीं। सम्भवतः उनका अनुमान अपने भैया के प्रति गलत हो। स्मृति खोने के बाद पवन यूं भी सदा गम्भीरता की तस्वीर बना रहता था। पवन को कभी भूले-भटके उन्होंने मुस्कराते देखा भी था तो केवल अपने लिए, मां के लिए। अपरिचित संसार से तो मानो उनके भैया का कोई सम्बन्ध ही नहीं रह गया था।

कुछ दिनों बाद पूनम तथा नीलम अपनी शिक्षा जारी रखने के लिए लंदन चली गईं। मां भी अपने पति के पास दिल्ली जाना चाहती थीं। मां ने साथ में पवन को भी ले जाना चाहा, परन्तु पवन स्पष्ट इनकार कर गया। यहां से दिल्ली जाने के बाद रत्ना से दोबारा भेंट होने की सारी आशाएं जाती रहतीं। विवश होकर मां को भी रुक जाना पड़ा। बेटे को वह उसकी खोई स्मृति की स्थिति में कैसे अकेला छोड़ सकती थीं? दिन-भर पवन मां के ही साथ रहता। कभी-कभी वह फैक्टरी भी चला जाता था, परन्तु फैक्टरी का सारा काम अब मैनेजर ही देख रहा था। फैक्टरी के अतिरिक्त पवन अब कभी-कभी मां के साथ क्लब या सिनेमा भी चला जाता था। मां बेटे का दिल बहलाने के लिए उसके साथ चली जाती थीं, परन्तु कभी-कभी पवन अकेले ही शहर की सैर को निकल जाता था। वह जहां भी जाता, उसकी दृष्टि हर स्थान पर रत्ना को अवश्य ढूंढती रहती थी। शायद, जीवन के किसी मोड़ पर, कहीं-न-कहीं, कभी न कभी रत्ना उसे अवश्य मिलेगी। और तब, जब वह उससे बात करेगा तों निश्चय ही वह उससे मिलने से इनकार नहीं कर सकेगी। ऐसा पवन को विश्वास था।

एक दिन अरुणा कॉलेज में 'फेट' (मेला) का होना निश्चित पाया गया। कॉलेज की प्रधान अध्यापिका तथा कुछेक जिम्मेदार अध्यापिकाओं ने पवन की मांजी को मुख्य

अतिथि बनकर मेले का उद्घाटन करने का अनुग्रह किया तो वह इनकार नहीं कर सकीं। निश्चित दिन वह पवन को भी अपने साथ फेट में ले जाना चाहती थीं परन्तु निश्चित समय से कुछ पहले ही पवन का फोन आ गया। फोन पवन ने फैक्टरी से किया था।

"हैलो!" फोन मां ने ही उठाया था ।

"मां, मैं पवन बोल रहा हूं।" दूसरी ओर से पवन ने कहा।

"अरे बेटा, कैसे फोन किया?" मां ने दीवार पर टंगी घड़ी देखते हुए आश्चर्य प्रकट किया। पूछा, कब आ रहे हो?"

"मैं तुम्हारे साथ फेट में नहीं जा सकूंगा मां, तुम चली जाना।" पवन ने कहा, "मुझे समय मिला तो मैं बाद में आ जाऊंगा।"

"लेकिन...तुम अभी क्यों नहीं आ सकते?"

"मां!" पवन ने कहा, "कुछ ही देर में मजदूरों के लीडर के साथ हमारी सभा होने वाली है। मैनेजर साहब चाहते हैं कि सभा में मैं भी उपस्थित रहूं। यदि आज मजदूरों की मांग पर ध्यान नहीं दिया गया तो कल सुबह से सारे मजदूर हड़ताल कर देंगे।"

मां क्षण-भर खामोश रहीं। उन्हें प्रसन्नता हुई कि बेटा अब फैक्टरी की देखभाल में दुबारा रुचि लेने लगा है। फिर भी उन्होंने कहा, "ठीक है बेटा, मैं अकेली ही चली जाऊंगी; परन्तु हो सके तो तुम भी 'कर्टसी' के तौर पर 'फेट' का एक चक्कर अवश्य लगा लेना।"

"ठीक है मां", पवन ने मां की आज्ञा का पालन करते हुए कहा, "देर से ही सही, परन्तु मैं फेट में पहुंचने का प्रयत्न करूंगा।"

❑❑

शाम के लगभग तीन बज चुके थे। वातावरण सुहाना था। अरुणा कॉलेज का मैदान फेट के अनेक रंगीन स्टॉलों से सजा हुआ था। मैदान में संगीत की मिठास बिखरी हुई थी।

मैदान चारों ओर कनातों से घिरा हुआ था, जिसके मुख्य द्वार के बाहर लोगों की खासी भीड़ थी। मुख्य द्वार के बाहर इसलिए भीड़ थी, क्योंकि मेले का उद्घाटन अभी नहीं हुआ था। भीड़ में अरुणा कॉलेज की छात्राएं तथा अध्यापिकाएं ही नहीं, कॉलेज के अन्य विद्यार्थी भी सम्मिलित थे। शहर के जवान क्या, बूढ़े क्या और बच्चे क्या, सभी इस मेले का आनन्द उठाने आए थे, चाहे वे विद्यार्थी हों या न हों, क्योंकि कॉलेज का यह एक वार्षिक मेला था, जो शहर के मनोरंजन में अपना अलग ही स्थान रखता था।

रत्ना मुख्य द्वार से दूर तथा भीड़ से अलग खड़ी हुई थी। उसके साथ उसकी छोटी बहन शोभा भी थी। मेले में आए सभी लोग जानते थे कि मेले का उद्घाटन श्रीमती जानकीदास के द्वारा होगा। अरुणा कॉलेज की लगभग सभी अध्यापिकाओं को विश्वास था कि श्रीमती जानकीदास मेले में अकेली नहीं, बल्कि अपने पुत्र तथा दोनों पुत्रियों के साथ आएंगी। बहुत कम अध्यापिकाएं जानती थीं कि उनकी पुत्रियां अपनी शिक्षा पूरी करने के लिए लंदन जा चुकी थीं; परन्तु कॉलेज की गिनी-चुनी अध्यापिकाओं को तो मानो केवल पवन से ही मतलब था। ये अध्यापिकाएं कुछ दिन पहले से ही रत्ना को छेड़कर उससे मजाक करने वाली थीं। यही कारण था कि रत्ना मेले में नहीं आना चाहती थी; परन्तु मेले के आयोजकों ने उसे एक जिम्मेदाराना काम सौंप दिया था, इसीलिए उसे आना पड़ गया था। चाय, कॉफी, बिस्कुट, केक, स्नैक्स आदि की दुकान उसकी जिम्मेदारी पर थी, जिसकी बिक्री उसे राजेश्वरी तथा अमृता के साथ मिलकर करनी थी। फिर भी वह अलग इसलिए खड़ी हुई थी, ताकि पवन की दृष्टि उस पर न पड़ सके। पवन मेले में आकर चला जाए, तभी वह अपने स्टॉल पर जाने का इरादा रखती थी। वह जानती थी, मेले आदि में मुख्य अतिथि तथा उसके साथ आए लोग अधिक देर ठहरकर समय नष्ट करना अपनी शान के विरुद्ध समझते हैं। मेले में वह शोभा को नहीं लाना चाहती थी। ऐसा न हो कि पवन का सामना हो जाए और कोई अनुचित बात हो बैठे; परन्तु फिर हव शोभा की जिद के कारण उसे अपने साथ ले आई थी। पवन के ही डर से रत्ना ने समरेन्द्र से इस मेले

का जिक्र तक नहीं किया था। समरेन्द्र अपनी संकीर्ण भावना के कारण पवन से उलझ सकता था और फिर बात उसकी नौकरी पर आ सकती थी। समरेन्द्र को आना होगा तो स्वयं ही आ जाएगा, यदि आज के समाचार पत्र में उसने इस मेले का प्रचार पढ़ लिया होगा। रत्ना ने मन ही मन कामना की कि यदि समरेन्द्र मेले में आए भी तो उस समय, जब श्रीमती जानकीदास मेले का उद्घाटन करने के बाद अपनी संतानों सहित जा चुकी हों।

अचानक एक कार के आते ही वहां हलचल बढ़ गई। वह तैनात पुलिस ने मुख्य द्वार पर रास्ता बना दिया। कार मुख्य द्वार के समीप आकर रुकी। श्रीमती जानकीदास कार में बैठी हुई थीं। उनका स्वागत करने के लिए आयोजकों ने उन्हें घेर लिया। दूर खड़ी रत्ना का दिल धड़क उठा। इतने दिनों बाद पवन देखने को मिल रहा था, उसे देखने के लिए जाने क्यों उसके अन्दर जिज्ञासा बढ़ी। उसने कार की ओर गर्दन उचकाई। भीड़ के कारण उसे कुछ नहीं दिखाई दिया तो वह पंजों के बल भी उचककर खड़ी हो गई। कार से श्रीमती जानकीदास निकलीं। रत्ना के दिल की धड़कन और तेज हो गई। शायद अपनी मां जी के पीछे कार से पवन बाहर निकले, शायद पहले उसकी कोई बहन बाहर निकले; परन्तु कार के अन्दर से कोई नहीं निकला। श्रीमती जानकीदास अकेली आई थीं। कॉलेज की प्रधान अध्यापिका ने उन्हें फूलों के हार पहनाएं। श्रीमती जानकीदास ने हाथ जोड़कर मुस्कराते हुए आयोजकों को धन्यवाद दिया। फिर सबके साथ मुख्य द्वार की ओर बढ़ गईं, जहां एक सुनहरे फीते द्वारा रास्ता बन्द था। उन्हें बढ़ता देखकर मेले में बजती संगीत की धुन रुक गई।

रत्ना को कुछ समझ में नहीं आया। पवन तथा उनकी बहनें अपनी मांजी के साथ क्यों नहीं आईं? परन्तु न आना रत्ना के हित में था। उसने चैन की सांस ली। फिर शोभा के साथ वह आगे बढ़ गई। पवन तथा उसकी बहनों की अनुपस्थिति में वह अपनी मेले की जिम्मेदारी अच्छी तरह निभा सकती थी।

श्रीमती जानकीदास ने एक कैंची द्वारा मुख्य द्वार के बीच बंधा फीता काटा। आयोजकों के साथ मेहमानों ने भी तालियां बजाईं। फिर श्रीमती जानकीदास मुख्य द्वार में प्रविष्ट हो गईं, पीछे-पीछे आयोजक थे, मेहमानों की भीड़ थी। संगीत की मीठी धुन ने दुबारा बजकर सबका स्वागत किया।

मेला शीघ्र ही अपनी रौनक पर आ गया। जनता स्टॉलों पर टूट पड़ी। लगभग सभी प्रकार के स्टॉल थे इस मेले में, एक छोटी-सी प्रदर्शनी समान। कहीं इसी कॉलेज की छात्राओं के हाथों बुनाई के नमूने थे तो कहीं कढ़ाई के नमूने। कहीं इन्हीं छात्राओं के हाथों बनाई चटपटी वस्तुओं का स्टॉल था तो कहीं हॉट या कोल्ड ड्रिंक्स का स्टॉल था। मेले में अनेक प्रकार के स्टॉल ऐसे भी थे, जहां एक या दो रुपए लगाकर चार या छः गुना दाम की वस्तु जीती जा सकती थी। रंग-बिरंगे वस्त्रों में लड़कियां स्टॉलों पर फूलों समान मुस्करा रही थीं। मनचले युवक भंवरे बनकर इन सुन्दरियों की समीपता प्राप्त करने के लिए छोटी से छोटी वस्तु खरीदने में भी अधिक से अधिक समय लगा रहे थे। ऐसे रंगीन वातावरण में जाने कितनी प्यार की कलियां खिलीं और फूल बनकर मुस्करा पड़ीं, किसी को कुछ नहीं मालूम।

रत्ना भी निश्चिंत होकर अपने स्टॉल पर पहुंच चुकी थी। शोभा को उसने कहा था कि वह मेले का चक्कर लगा ले; परन्तु शोभा उसके साथ ही मेला घूमने के पक्ष में थी, इसलिए नहीं गई। रत्ना ने शोभा को अपने स्टॉल के पास ही बिठा लिया था, ताकि बाद में उसके साथ मेले का चक्कर लगा लेगी।

कुछ देर बाद श्रीमती जानकीदास मेले की औपचारिकता पूरी करके चली गईं, परन्तु मेले की रंगीनी में कोई कमी नहीं आई,वरन् रंगीनी बढ़ती गई। जैसे-जैसे शाम के वातावरण में सुहानापन आता गया, रंगीन बल्ब चारों ओर सितारों-समान जगमगा उठे।

कुछ देर बाद रत्ना ने अपना काम थोड़े समय के लिए राजेश्वरी तथा अमृता को सौंपा और फिर शोभा को लिए वह उसे मेले का आनन्द दिलाने चल पड़ी। वह गरीब थी, फिर

भी उसने छोटी-मोटी वस्तुएं अपनी बहन के लिए खरीद लीं। फिर वह एक ऐसे स्टॉल पर पहुंचीं, जहां उसकी अपनी ही कुछेक छात्राएं खड़ी हुई थीं। स्टॉल कढ़े हुए छोटे-बड़े कपड़ों का था - छोटी-बड़ी चादरें, टी-कोजी, तकिया-गिलाफ, टेबल-मैट्स आदि। छात्राओं ने कुछ खरीदने का अनुग्रह किया तो रत्ना इंकार नहीं कर सकी। रत्ना ने मन ही मन अपने पैसों का हिसाब लगाना चाहा कि तभी एक छात्रा ने एक तकिया-गिलाफ उसकी ओर फैलाकर बढ़ाते हुए कहा, “यह लीजिए मिस, यह आपके काम आएगा।”

रत्ना ने तकिया-गिलाफ हाथ में लेकर देखा, तकिया-गिलाफ के ऊपरी भाग में एक कोने पर फूलों की बड़ी सुन्दर कढ़ाई थी। बीच में कढ़ाई द्वारा लिखा था - ‘फॉरगेट मी नॉट’। रत्ना मन ही मन मुस्करा दी। उसे किसको याद रखना है? तकिए पर कढ़े इस वाक्य का अर्थ याद दिला रहा था कि वह पलंग पर लेटने तथा सोने के बाद सपनों में भी अपने प्रेमी को याद रखे। कौन था उसका प्रेमी? समरेन्द्र! रत्ना ने तकिया-गिलाफ खरीद लिया तो छात्रा ने उसे लिफाफे में रखकर थमा दिया। रत्ना लिफाफा लेकर शोभा के साथ आगे बढ़ी। अचानक वहां शोभा को उसकी कुछेक सखियां मिल गईं। शोभा चहककर उनके साथ घुल-मिल गई। रत्ना के ऊपर अपने स्टॉल की जिम्मेदारी थी। उसने शोभा से कहा, “तुम्हें कम्पनी मिल गई है। तुम अपना घूमो-फिरो। उसके बाद मेरे स्टॉल पर आ जाना, मैं वहीं मिलूंगी।”

शोभा अपनी दीदी की बात से सहमत हो गई। रत्ना शोभा को छोड़कर अपने स्टॉल की ओर बढ़ गई। मेले में भीड़ बढ़ती ही जा रही थी। लोगों का आना अधिक था तथा जाना कम। रत्ना लोगों के झुण्ड से कतराकर आगे बढ़ रही थी। अचानक वह एक युवक से टकरा गई। “सॉरी!” रत्ना ने कहते हुए युवक को देखा और चाहा कि उसके बगल से आगे निकल जाए, परन्तु तभी चौंककर उसके पग जहां के तहां स्थिर रह गए। उसके हाथ से तकिया-गिलाफ का लिफाफा छूटते-छूटते बचा। लिफाफा हाथ से नहीं छूटा,परन्तु उसके अन्दर से सरककर तकिया-गिलाफ अवश्य नीचे गिर पड़ा।

“आप!” पवन के होंठों से निकला। दिल बहुत जोर से धड़का। उसके सामने पवन खड़ा था।

“आप!” पवन के होंठों से भी रत्ना के शब्द के साथ ही निकला। उसे अपनी आंखों पर विश्वास नहीं हो रहा था कि रत्ना अचानक यहां मिल जाएगी।

क्षण-भर के लिए दोनों ही खामोश खड़े रह गए। कुछ समझ में नहीं आया कि कोई क्या कहे। फिर पवन ने झुककर तकिया-गिलाफ उठा लिया। उठाते समय गिलाफ की तह खुल गई। कढ़ाई पर उसकी दृष्टि पड़ी। पढ़कर गिलाफ रत्ना की ओर बढ़ाते हुए उसने कहा, “फॉरगेट मी नॉट”। अपने गम्भीर स्वर के साथ रत्ना की आंखों में देखते हुए उसने उसके दिल में डूब जाना चाहा।

रत्ना के दिल में कम्पन हुआ। उसे ऐसा लगा, मानो पवन ने कढ़ाई न पढ़कर अपने शब्द उससे कहे हैं - ‘फॉरगेट मी नॉट’। तकिया-गिलाफ उसने पवन के हाथों से ले लिया। बोली कुछ भी नहीं। अपनी पलकें उसने नीचे झुका लीं।

पवन की समझ में नहीं आया कि वह रत्ना से क्या कहे। रत्ना को वह केवल देखता ही रह गया। उसकी आंखों में रत्ना के प्रति गम्भीर चमक थी। गम्भीर होंठों के पीछे दबी-दबी मुस्कान छिपी थी। मेले में रिकॉर्ड बज रहे थे। धुन बज रही थी, ऐसा लगता था मानो धुन उनके अनूठे मिलन पर ही बज रही हो।

रत्ना ने दृष्टि उठाकर पवन की आंखों में झांका। पवन की दृष्टि का अर्थ उसने समझा भी और नहीं भी, या फिर समझने के बाद भी नहीं समझना चाहा। पवन की आंखों में उसके प्रति ऐसा अथाह प्यार था, जिसकी तलाश रत्ना को मानो जन्म-जन्म से थी। रत्ना ने घबराई हिरनी के समान इधर-उधर देखा। फिर उसने यहां से भागकर भीड़ में खो जाना चाहा। वह पलटती हुई बढ़ी ही थी कि जल्दबाजी में एक महिला से वहीं फिर टकरा गई। रत्ना ने उस महिला की चिंता न करते हुए आगे निकल जाना चाहा, परन्तु तभी अपना नाम एक परिचित स्वर द्वारा सुनकर वह रुक गई।

"अरे रत्ना।" महिला कह रही थी, "ऐसी भी क्या जल्दी है, जो टक्कर मारती हुई भागी जा रही है? जरा देखकर तो चल।"

रत्ना ने देखा, महिला उसके कॉलेज की एक सीनियर अध्यापिका थी - मिस कामिनी गुप्ता। मिस कामिनी गुप्ता इस मेले की एक आयोजक भी थीं। लजाकर रत्ना वहीं रुक गई। कनखियों से उसने देखा, पवन वहीं खड़ा हुआ था।

सहसा अध्यापिका की दृष्टि पवन पर पड़ी तो वह चौंक गई। बोली, "अरे पवनजी, आप! आप कब आए?"

"बस, अभी-अभी ही आया हूं!" पवन ने एक बार रत्ना को देखने के बाद कहा।

"पसन्द आया आपको हमारा यह फेट?" मिस गुप्ता ने पूछा।

"बहुत पसन्द आया।" पवन ने रत्ना को देखते हुए एक गहरी सांस ली।

रत्ना ने पवन की उन नजरों का अर्थ समझा। पवन की बात उसे अच्छी भी लगी और नहीं भी। ऐसी बातों की मिठास का अनुभव वह जीवन में पहली बार कर रही थी।

"यह रत्ना है।" मिस गुप्ता ने पवन की दृष्टि रत्ना पर देखी तो परिचय कराया; परन्तु तभी वह चौंक गई। बोली, "उफ! मैं भी किसका परिचय आपको देने बैठ गई। रत्ना को तो आप पहले ही जानते होंगे।"

"जी!" पवन समझा नहीं। इस अध्यापिका को कैसे ज्ञात हो गया कि वह रत्ना को जानता है?

"अरे, इसी की तो आपने डूबने से जान बचाई थी।" मिस गुप्ता ने कहा। फिर रत्ना को देखा। पूछा, "क्यों रत्ना?"

"जी!" डूबने का दृश्य याद करके रत्ना कुछ बौखला-सी गई।

"आप क्या इसी कॉलेज में पढ़ती हैं?" पवन ने मानो रत्ना की बौखलाहट दूर करने के लिए पूछा - रत्ना से।

"पढ़ती है?" मिस गुप्ता से पवन ने मानो कोई मजाक कर दिया था। वह हंस पड़ी-खी...खी...खी...खी। बोली, "अरे, यह तो हमारे कॉलेज की एक अध्यापिका है!"

पवन ने रत्ना को बहुत ध्यान से देखा। छरहरे शरीर की एक युवती अंग-अंग निखरा हुआ था। सादगी में उसकी सुन्दरता ऐसी थी, मानो बिना बदली के चांद।

रत्ना को पवन की बातें बहुत पसन्द आईं। अनजाने में पवन ने उसकी बड़ी सुन्दर प्रशंसा कर दी थी। उसे अध्यापिका ने समझकर छात्रा समझते हुए पवन ने मानो उसके पिछले कॉलेज के दिन लौटा दिए थे। वह लजाई। मन ही मन उसने सोचा, यह व्यक्ति अपनी स्मृति खोने के बाद कितना अच्छा हो गया है, कितना सुन्दर तथा कितना आकर्षक। उसके लिए विश्वास करना कठिन हो गया कि कभी पवन ने उसकी लाज लूटने का भी प्रयत्न किया होगा।

मिस गुप्ता जानती थी कि स्मृति खोने के बाद पवन के लिए मेले की हर बात नई-नई होगी। उसने पवन से कहा, "आप चाहें तो रत्ना वालेण्टीअर बनकर आपको इस मेले में गाइड कर देगी।"

"जी!" पवन ने बड़े आश्चर्य से अध्यापिका को देखा। इस प्रस्ताव पर उसे विश्वास नहीं हुआ। क्या ऐसा सम्भव था?

"जी!" रत्ना को भी एक सीनियर अध्यापिका से ऐसी आशा नहीं थी। वह स्वयं चौंक पड़ी।

"क्या बताऊं" मिस गुप्ता ने मानो अपनी मजबूरी प्रकट की। बोली, "आयोजक होने के नाते मेले में चैन की सांस लेने का समय तक नहीं मिल रहा है, वरना मैं स्वयं ही आपको गाइड कर देती। कभी यह काम तो कभी वह काम।"

सहसा माइक्रोफोन पर एनाउन्सर ने तेज स्वर में पुकारा, "मिस कामिनी गुप्ता, मिस कामिनी गुप्ता!" एनाउन्सर ने मिस गुप्ता का ध्यान दिलाने के लिए उसका नाम दो बार

पुकारा। "आप जहां कहीं भी हों, कृपया तुरन्त मुख्य आयोजक के स्टाल पर पहुंच जाएं। मिस कामिनी गुप्ता..."

एनाउन्सर पुकारता रहा। उसका ध्यान छोड़कर मिस कामिनी गुप्ता ने पवन से कहा, "देखा आपने, मेले की व्यस्तता ने तो नाक में दम कर रखा है। अच्छा, आप मुझे क्षमा कीजिए। रत्ना-"वह रत्ना की ओर पलटी। उसने कहा, "तू इन्हें गाइड कर दे।" मिस गुप्ता रत्ना के उत्तर की प्रतीक्षा किए बिना चलती बनीं।

रत्ना क्षण-भर खामोश खड़ी रही। सोचती रही कि मिस गुप्ता ने उसे यह कहां फंसा दिया! जिस व्यक्ति से वह दूर रहना चाहती थी, उसी के साथ उसने उसका दामन बांध दिया! अब?

"आपको मुझे गाइड करने में आपत्ति हो तो आप जा सकती हैं।" पवन ने रत्ना को चिंतित तथा खोया हुआ देखा तो कहा, "मैं अकेला ही फेट में घूम लूंगा।"

"नहीं-नहीं, ऐसी बात नहीं है।" रत्ना ने तुरन्त कहा। मिस गुप्ता की बात ठुकराकर वह कोई ऐसा काम नहीं करना चाहती थी, जिससे उसकी नौकरी पर आंच आए। क्षण-भर के लिए उसने सोचा, स्मृति खोने के बाद पवन के लिए मेले की हर बात नई है। अकेले में वह क्या घूमेगा, क्या देखेगा और क्या समझेगा? पवन का साथ देना उसने आवश्यक समझा। पवन ने उसकी जान बचाई थी। इसके बदले में पवन के लिए वह क्या इतना भी नहीं कर सकती थी? हल्के से वह मुस्करा पड़ी। बोली, आपको मेले में अकेला छोड़ना उचित नहीं होगा। आइए मेरे साथ।"

पवन रत्ना के साथ हो लिया।

रत्ना ने एक ओर से स्टॉलों पर जाना आरम्भ किया। कॉलेज की छात्राओं ने देखा तो आपस में कानाफूसी आरम्भ हो गई। सभी पुरानी छात्राएं पवन को जानती थीं। एक बार जब किसी फंक्शन में जानकीदास को मुख्य अतिथि बनाकर इस कॉलेज में बुलाया गया था तो उनकी पत्नी के साथ पवन भी फंक्शन में उपस्थित था। अध्यापिकाओं का

ध्यान भी रत्ना तथा पवन की ओर आकृष्ट हो गया। कुछेक अध्यापिकाओं ने रत्ना के भाग्य को सराहा तो कुछेक अन्दर ही अन्दर डाह से जल मरीं। समरेन्द्र तथा रत्ना के सम्बन्ध में कॉलेज की लगभग सभी अध्यापिकाएं जानती थीं, इसलिए कुछेक ने आपस में रत्ना को कपटी, आवारा तथा 'फ्लर्ट' भी कहा; परन्तु रत्ना दूसरों के मन के विचारों से कुछ भिज्ञ तथा कुछ अनभिज्ञ पवन के साथ चलती रही। रत्ना पवन से बातें करना चाहती थी, परन्तु समझ में नहीं आया कि वह उससे क्या बात करे। पवन कुछ पूछता तो वह उत्तर दे सकती थी, परन्तु पवन ने भी कुछ नहीं पूछा। वह हर क्षण खामोश ही रहा। स्टॉल पर रखी वस्तुओं पर वह केवल एक सरसरी दृष्टि डालता था। अधिकतर उसकी दृष्टि रत्ना पर ही लगी रहती थी। रत्ना को इस बात का अहसास था। अहसास करके कभी-कभी वह सोचती, पवन की आंखों में कहीं वह पुरानी वासनपा तो नहीं जाग उठी है। कांपकर वह पवन को देखती। तब पवन की आंखों में वह वासना नहीं बल्कि केवल प्यार देखती; ऐसा प्यार, जो उससे कुछ मांग नहीं रहा था केवल उस पर निछावर हो रहा था, बहुत खामोशी के साथ। रत्ना निश्चिंत हो जाती। उस भयानक रात में रत्ना को पवन की समीपता जितनी घृणात्मक लग रही थी, आज अनजाने तौर पर उतनी ही अच्छी लग रही थी। रत्ना ने अपने स्टॉल पर जाने से दूरी बरती। वहां राजेश्वरी तथा अमृता थीं। अमृता उसे पवन के साथ देख लेती तो छेड़छाड़ की सीमा पार कर देती, सम्भवतः पवन के सामने ही। तब भी अमृता ने उसे जा पकड़ा। पवन के सामने ही उसने कहा, "क्यों री! कॉलेज के सारे स्टॉलों का चक्कर काट रही है, परन्तु इतना नहीं हुआ कि हमारे स्टॉल से अपने मेहमान को एक कप चाय ही पिला दे!"

रत्ना अवाक् रह गई। कुछ समझ में नहीं आया कि पवन के सामने क्या कहे। इतने बड़े व्यक्ति को वह अपने पैसे से चाय पिलाने का साहस कैसे कर सकती थी? उसने पवन को देखा। पवन ने उसे देखने के बाद अमृता को देखा।

"नमस्ते पवन जी!" अमृता ने तुरन्त पवन को हाथ जोड़ दिए।

पवन ने सिर को झुकाकर नमस्ते करते हुए अपने बड़प्पन का प्रदर्शन किया। फिर बोला, “मैंने आपको पहचाना नहीं!”

“मैं अमृता हूं, रत्ना की सहयोगिन।” अमृता ने तुरन्त शोखी के साथ उत्तर दिया, “रत्ना आपके बारे में बहुत बातें करती है।”

“जी?” पवन को विश्वास नहीं हुआ।

“अमृता!” रत्ना ने अमृता को डांटा। अमृता से उसे इतने बड़े झूठ की आशा नहीं थी।

“जी हां।” अमृता ने रत्ना की चिन्ता न करते हुए पवन की बात का उत्तर दिया। बोली, “एक दिन तो कह रही थी अब इस जीवन पर केवल पवन जी का ही अधिकार है। जान बचाने के बाद पवन जी ने मेरे शरीर को ही नहीं, वरन् आत्मा को भी... “अचानक अमृता ने देखा कि यदि उसने एक शब्द भी आगे कहा तो रत्ना क्रोध में रो पड़ेगी। रत्ना पर उसे दया आई। बोली, “क्षमा कीजिए पवन जी, मैं केवल मजाक कर रही थी। मेरी रत्ना बहुत सीधी-सादी है। किसी के विषय में बातें करना तो दूर, वह कभी सोच भी नहीं सकती। अब तो चाय पिओगे ना हमारे स्टॉल से?” अमृता ने एक अच्छे दुकानदार के समान ग्राहक को फंसाया।

रत्ना मुस्करा पड़ी। पवन भी मुस्कराए बिना नहीं रह सका। अमृता ने रत्ना का हाथ पकड़ा फिर उसे अपने स्टॉल की ओर ले गई तो पवन भी साथ चल पड़ा। राजेश्वरी भेद भरी दृष्टि से देखते हुए मुस्कराने लगी तो रत्ना लाज के मारे गुलाबी हो गई।

अमृता ने अपने हाथ से चाय बनाकर पवन के हाथ में प्याला थमा दिया। फिर एक कप उसने रत्ना को भी दिया। पवन ने चाय का मूल्य चुकाना चाहा तो अमृता बोली, “यदि आप मेरी ओर से चाय नहीं पी सकते तो इसे रत्ना की ओर से स्वीकार कर लीजिए।” अमृता भेदभरी दृष्टि से रत्ना को देखकर मुस्कराई।

रत्ना को अमृता का यह मजाक भी पसन्द नहीं आया, परन्तु वह कुछ बोली नहीं।

"आइए, वहां चलकर बैठते हैं।" पवन ने हाथ में चाय का प्याला लिए एक ओर संकेत किया, जहां स्टॉल की कुछेक कुर्सियां तथा मेजें रखी हुई थीं।

रत्ना अमृता की नटखट बातों से यूं भी भय खा रही थी। वह पवन के साथ आगे बढ़ गई। वहां पहले ही अनेक ग्राहक बैठे हुए थे। पवन ने एक के बाद एक, दो खाली कुर्सियां अलग खींचीं। फिर रत्ना को एक कुर्सी पर बैठने का इशारा किया। रत्ना कुछ लजाई, कुछ सकुचाई; परन्तु फिर बैठ गई। उसके समीप ही पवन भी बैठ गया।

"रत्ना जी-" पवन ने चाय की चुस्की लेकर कहा, रत्ना की आंखों में झांकते हुए, कुछ सकुचाकर भी, "क्या..." पवन एक क्षण रुका, फिर साहस करके बोला, "ऐसा संभव नहीं कि आज के बाद भी मेरी भेंट आपसे यूं ही कभी हो सके?"

"जी!" रत्ना मानो इस प्रश्न के लिए तैयार नहीं थी। वह हल्के से चौंक गई। मन ने कहा, "ऐसा कैसे सम्भव है?" परन्तु जबान से वह कुछ भी नहीं कह सकी। जाने क्यों?

"आपने मेरी बात का उत्तर नहीं दिया!" पवन ने उत्तर न पाकर पूछा।

"कोई...विशेष काम है।" रत्ना ने डरते-डरते पूछा।

"काम तो मुझे भी नहीं मालूम।" पवन ने कहा, "फिर भी आपको देखने के बाद आपसे मिलते रहने को मन करता है।"

रत्ना ने सोच, क्या पवन उससे मिलते रहने के बहाने उसकी जान बचाने का मूल्य तो नहीं मांग लेना चाहता है? परन्तु नहीं, आज पवन को देखकर ऐसा नहीं सोचा जा सकता था। आज पवन वास्तव में इन्सान था, एक जीता-जागता और सुन्दर इन्सान। उस पर विश्वास किया जा सकता था। फिर भी रत्ना ने कोई उत्तर नहीं दिया। पवन के साथ कोई भी ध्येय लेकर मिलते रहना समरेन्द्र को धोखा देना था।

रत्ना की खामोशी से पवन को उत्तर मिल गया। रत्ना उससे मिलना पसन्द नहीं करती। आखिर क्यों? पवन की आंखों में समरेन्द्र का मुखड़ा घूम गया। पिकनिक पर वह किस

अधिकार से रत्ना के लिए लड़ बैठा था। उसे दुःख हुआ कि रत्ना का दिल ऐसे व्यक्ति के अधीन है, जो उसकी सुरक्षा नहीं कर सकता। उसने रत्ना को वह घटना याद दिलानी चाही, परन्तु फिर उसने उसे उचित नहीं समझा। किसी की बुराई करके मानव स्वयं अच्छा व्यक्ति नहीं बन सकता। रत्ना को उसने समरेन्द्र के हाल पर छोड़ दिया। उसने सोचा, रत्ना के प्रति जो प्यार उसके दिल में उपस्थित है, उसे वह कभी कम नहीं होने देगा। प्यार संसार की सर्वाधिक बहुमूल्य वस्तु है। एक बार प्राप्त करने के बाद इसे कभी नहीं खोना चाहिए। उसे रत्ना का प्यार नहीं मिलता है तो न मिले, परन्तु वह तो रत्ना को प्यार दे ही रहा है। प्यार प्राप्त करने वाले से अधिक प्यार देने वाला महान होता है। उसने एक गहरी सांस ली - ठंडी। फिर बोला, "ठीक है रत्ना जी, अब मैं आपसे मिलने का प्रयत्न कभी नहीं करूंगा; बल्कि प्रयत्न करूंगा कि आपको मेरी सूरत भी देखने को न मिले, यदि वास्तव में आपके दिल का संतोष इसी में सुरक्षित है। फिर भी आप मेरी एक बात अवश्य याद रखिएगा। कभी आपको भूले-भटके मेरी किसी भी प्रकार की आवश्यकता पड़े तो मुझे याद करने में संकोच मत कीजिएगा। आपके काम आना मैं अपने प्रति सौभाग्य की बात समझूंगा।"

रत्ना का दिल पवन की बात सुनकर पसीज गया। क्षण-भर के लिए वह वास्तव में रात की वह भयानक घटना भूल गई। फिर भी उसने कुछ नहीं कहा। चाय की अन्तिम चुस्की लेकर वह प्याला खाली कर चुकी थी। प्याला स्टॉल पर लौटाने के बहाने उसने उठ जाना चाहा। बहुत देर से वह कॉलेज की अध्यापिकाओं तथा ऊंची कक्षाओं की छात्राओं की दृष्टि में चढ़ी हुई थी; परन्तु तभी वहां शोभा आ गई। साथ में उसकी कुछेक सखियां भी थीं। रत्ना उठ खड़ी हुई। पवन को भी उठ जाना पड़ा।

शोभा ने एक दृष्टि पवन पर डाली। फिर रत्ना से बोली, "जीजाजी से भेंट हुई या नहीं? वह तुम्हीं को ढूंढ रहे हैं।"

रत्ना का दिल धक से कर गया - मानो उसकी चोरी पकड़ी गई हो। उसने सहमकर पवन को देखा। समरेन्द्र यूं भी शक्की है। मेले में किन्तु बात की बात लेकर तमाशा बना दे!

"आप जा सकती हैं।" पवन ने रत्ना की कठिनाई समझते हुए कहा। एक दृष्टि उसने शोभा पर डाली। फिर स्वयं ही वहां से हट गया और निकास द्वार की ओर बढ़ गया।

रत्ना पवन को जाता हुआ देखती रही। पवन ने पलटकर उसे एक बार भी नहीं देखा तो रत्ना सोचे बिना नहीं रह सकी कि पवन को उसकी कोई बात बुरी तो नहीं लगी? वह पवन के विषय में ऐसी बात क्यों सोच रही थी? क्यों सोच रही है? रत्ना स्वयं इसका कारण नहीं जान सकी।

"कौन थे वह दीदी?" शोभा ने पूछा। पवन की गम्भीरता से वह अज्ञात तौर पर प्रभावित थी।

"जानकीदास के पुत्र - पवन।" रत्ना ने उत्तर दिया।

"क्या?" शोभा को मानो विश्वास नहीं हुआ। उसने पूछा, "वही पवन तो नहीं जिन पर पिछले दिनों हमला हुआ था?"

"हां वही पवन।" रत्ना ने कहा। उसे अपनी बहन की बातें भी ऐसी लगीं, मानो वह उस हमले का दोष उसी को दे रही हो।

शोभा ही क्या, पवन की घटना शोभा की सखियां भी समाचारपत्र में पढ़ चुकी थीं। एक सखी ने तुरन्त रुचि लेकर पूछा, "उनकी स्मृति वापस आई या नहीं?"

रत्ना को यह प्रश्न अच्छा नहीं लगा। वह कब चाह सकती थी कि पवन की स्मृति वापस आए? उसने चुपचाप नहीं के संकेत पर सिर हिला दिया।

"बेचारे!" शोभा ने पवन के साथ सहानुभूति दिखाई। बोली, "जाने क्यों भगवान ने उनके साथ ऐसा अन्याय किया! आज उन्हीं के कारण मेरी दीदी का जीवन सुरक्षित है।" रत्ना के डूबने की घटना शोभा भी अपनी सखियों को बता चुकी थी।

शोभा ने बात ठीक ही कही थी। फिर रत्ना का मन हुआ, शोभा को वह पवन का विषय लेकर बातें करने से मना कर दे, परन्तु वह ऐसा भी नहीं कर सकती थी। तभी वहां

समरेन्द्र आ गया तो रत्ना पवन के विषय से पीछा छुड़ाने के लिए उसके साथ एक स्टॉल की ओर बढ़ गईं

उस शाम रत्ना समरेन्द्र को अधिक समय नहीं दे सकी। मन मानो उसके अधीन नहीं था, इसलिए समरेन्द्र का साथ देने में वह रुचि नहीं ले सकी तो अपने स्टॉल पर जा खड़ी हुई। ग्राहकों के साथ वह अपना कर्त्तव्य निभाने लगी तो समरेन्द्र ने शोभा का हाथ पकड़ लिया। समरेन्द्र मेले के कुछेक चक्कर लगाने के बाद रत्ना से मिला तो रत्ना मेले में अधिक नहीं रुकी। समरेन्द्र ने रत्ना तथा शोभा को उनके घर तक छोड़ा और कॉलेज की अगली छुट्टी में उसे फिल्म दिखाने का वादा करके चला गया। रत्ना ने कोई उत्तर न दिया।

उस रात खाना खाने के बाद पलंग पर लेटने से पहले जब रत्ना ने तकिए पर गिलाफ चढ़ाया तो पवन उसे तुरन्त याद आ गया। पवन की बात उसके कानों में गूंज गई, जो उसने मेले में तकिया-गिलाफ नीचे से उठाने के बाद कही थी - फॉरगेट मी नॉट। पवन के कहने का वह अन्दाज, उसकी आंखों में झांककर डूबने का वह ढंग रत्ना की आंखों में थिरक आया तो उसके कानों में मेले में बजते रिकॉर्डों की आवाज झंकार बन गई। रत्ना के दिल में एक नन्हीं-सी कली चटककर मुस्कराने को अधीर हो उठी तो अनजाने तैर पर वह तकिए के गिलाफ पर कढ़े फूल पर हल्के-हल्के अंगुलियां फेरने लगी। उसने उस स्थान पर भी अपनी अंगुलियां फेरीं जहां फॉरगेट मी नॉट लिखा था। फिर वह तकिए पर सिर रखकर लेट गई। करवट लेते हुए उसने अपना गाल तकिए पर रखा और आंखें बन्द कर लीं। अचानक उसे ऐसा लगा, मानो वह तकिए पर नहीं, पवन की कमर पर अपना गाल रखे हुए है और पवन उसे डूबने से बचाने के प्रयत्न में लहरों का मुकाबला करते हुए किनारे की ओर बढ़ रहा है। यह ख्यालों का झोंका था या कच्ची नींद का सपना? रत्ना ने मन झटककर अपनी आंखें खोल दीं। क्या उसका दिल उसके काबू से बाहर हुआ जा रहा है? क्या इसी को प्यार कहते हैं? प्यार और वह भी उसके साथ, जिससे वह घृणा करती है, क्या इतनी अटूट घृणा करने के पश्चात् किसी के लिए दिल में प्यार का पौधा जन्म ले सकता है? रत्ना ने महसूस किया कि आज उसकी पवन के साथ कुछ देर की भेंट ने पवन

को उसके समीप तथा समरेन्द्र को उससे दूर कर दिया है। इन बातों का परिणाम क्या होगा? क्या होगा परिणाम? उस रात यही सब बातें सोच-सोच कर रत्ना को बहुत देर में नींद आई।

दूसरी ओर पवन भी अपने बंगले में पलंग पर बहुत देर तक करवटें बदलता रहा। आज शाम मेले में आशा के विपरीत रत्ना को देखकर उसे उससे बहुत सारी आशाएं बंध गई थीं; परन्तु भेंट होने के बाद उसकी आशाओं पर पानी भी पड़ गया था। जाने उससे अब कभी उसकी भेंट हो या न हो। मेले में उससे अचानक ही टकराने का अन्दाज, फिर घबराने की अदा, सब कुछ पवन की आंखों के सामने तस्वीर बनकर चला आता था। पता नहीं रत्ना इस समय उसके विषय में सोच रही होगी या अपने प्रेमी को दिल में बसाए सपना देख रही होगी।

उस दिन के बाद से पवन के दिल से रत्ना का ध्यान नहीं निकल सका। कोई रात ऐसी नहीं होती, जब वह देर तक रत्ना के विचारों में डूबा नहीं रहता। कभी-कभी दिन के समय उसका मन करता कि वह रत्ना से उसके कॉलेज में फोन करके बातें करे। उसे विश्वास था कि रत्ना उससे दो-चार बातें करने में कोई हर्ज नहीं समझेगी। परन्तु फिर वह ऐसा करना उचित नहीं समझता। उसे रत्ना को मेले में दिया अपना वचन याद आ जाता। परन्तु दिल की दीवानगी बढ़ती ही जा रही थी। ऐसा लगता था, मानो वह अपने वचन पर अधिक दिन नहीं टिक सकेगा। वह प्यार ही क्या है, जो दीवाना न बने! दीवानगी में भी एक आनन्द है। दर्द में भी एक मिठास है। ये बातें तो एक प्यार करने वाला ही जान सकता है।

रत्ना के लिए भी उस रात के बाद कोई रात ऐसी नहीं गई, जब वह देर तक पवन के विषय में नहीं सोचती रही। पवन ने मानो उसकी जान बचाकर उसके दिल में समाई अपने प्रति घृणा का पलड़ा हल्का कर दिया था। ऐसा शायद इसलिए था, क्योंकि मारनेवाले से जान बचानेवाले का अधिकार अधिक होता है। दिन के समय वह कॉलेज जाती तो अनिच्छुक होते हुए भी उसे पवन के फोन की प्रतीक्षा-सी रहती। पवन फोन द्वारा तो उससे दो बातें कर ही सकता था। इसी ताने-बाने में रत्ना खोई-खोई-सी रहने लगी। पढ़ाने में भी

कभी-कभी मन नहीं लगता। उसकी यह स्थिति राजेश्वरी तथा अमृता से छिपी नहीं रह सकी। और आखिर एक दिन राजेश्वरी ने उसे टोक ही दिया। तब वह 'ब्रेक' के समय अध्यापिकाओं के कक्ष में एक किनारे बैठी हुई थी।

"खैर तो है? आजकल इतनी खोई-खोई-सी क्यों रहती हो?" राजेश्वरी ने उसके समीप बैठते हुए पूछा।

रत्ना कोई उत्तर न दे सकी। उदासीनता उसके मुखड़े पर लिखी गई थी। उसने मुस्कराने का प्रयत्न किया, पर वह असफल रही।

"समरेन्द्र से नाराजगी चल रही है क्या?" अमृता ने पूछा। रत्ना ने नहीं के संकेत पर सिर हिला दिया।

"कब हो रहा है तेरा विवाह उसके साथ?" अमृता ने पूछा।

"पता नहीं।" रत्ना ने हल्के से कंपन के साथ कहा।

"देख रत्ना-" अमृता ने स्पष्ट शब्दों में अपने दिल की बात कही", वह जो तेरा समरेन्द्र है न, वह हम लोगों की दृष्टि में उसी दिन से खटक रहा है, जिस दिन वह अपने प्यार में खरा नहीं उतरा। मेरा मतलब उस दिन वाली घटना से है। जिसमें वह तुझे डूबने से बचाने की बजाए पवन जी से लड़ बैठा था। पवन जी से तो वह बाद में भी निपट सकता था, परन्तु यदि तू डूब मरती, तब क्या होता?"

"होता क्या?" राजेश्वरी ने कहा, "दो-चार दिन गम खा किसी और लड़की का हाथ पकड़ लेता।" राजेश्वरी ने गम्भीरता पूर्वक रत्ना को सुझाव दिया, "मैं तो यही कहूंगी कि समरेन्द्र के साथ तू बहुत सोच-विचार के बाद ही विवाह करना। जो तेरी सुरक्षा नहीं कर सकता, वह जीवन-भर तेरा क्या साथ देगा?"

"अरे पगली, प्यार करने वाले तो अपनी जान की बाजी लगाने से भी नहीं चूकते।" अमृता ने कहा, "विवाह उससे कर, जो तेरी एक उफ पर तड़प उठे, तेरी एक आह पर

अपनी जान दे दे, तेरे होंठों पर एक हल्की-सी मुस्कान देखने के लिए सारे संसार की प्रसन्नताएं तेरे कदमों में निछावर कर दे। इसी को प्यार कहते हैं।"

रत्ना की सहयोगिनें उसके मन की बातें कर रही थीं। रत्ना को विश्वास होने लगा कि समरेन्द्र के साथ वह सुखी नहीं रह सकेगी। परन्तु पवन... निश्चय ही इस समय उसका प्यार निःस्वार्थ जान पड़ता है। परन्तु वह उसका प्यार कैसे स्वीकार कर सकती है? स्मृति खोने के बाद एक प्रकार से वह उसे अपनी बेहोशी में प्यार कर रहा है। उस समय उस पर क्या बीतेगी, जब उसकी स्मृति वापस आएगी?

अचानक कॉलेज के एक चपरासी ने आकर रत्ना को बताया कि दफ्तर में उसका फोन आया है। रत्ना का दिल धड़क उठा। कहीं वह फोन उसी का तो नहीं है, जिसकी प्रतीक्षा वह न चाहते हुए भी कर रही है। पवन का फोन? मन हुआ वह फोन रिसीव करने से इनकार कर दे। चपरासी से कहलवा दे कि वह जाने किस कक्षा में है। यह दिल भी कितनी विचित्र वस्तु है, जिस वस्तु को चाहता है, वह नहीं मिलती तो उसके लिए तड़पता है। जब मिलने लगती है तो अनिच्छुक होते हुए भी दूर भाग जाना चाहता है। अपने मन के संतोष के लिए रत्ना ने पूछा, "किसका फोन है?"

"पता नहीं।" चपरासी ने कहा, "जब नाम पूछा तो कहने लगे कि आपको फोन पर भेज दूं, बहुत आवश्यक काम है।"

आवश्यक काम? रत्ना ने सोचा। कॉलेज में उसका फोन पहली बार आया था। जाने किसका फोन हो। वह अपनी सहयोगिनों को छोड़कर दफ्तर की ओर चल पड़ी।

"हैलो!" फोन उठाकर रत्ना ने धड़कतें दिल से कहा।

"..." दूसरी ओर से कोई उत्तर नहीं मिला।

"हैलो!" रत्ना ने स्पीकर में फिर कहा।?

"..." दूसरी ओर फिर खामोशी थी।

"हैलो!" रत्ना ने एक बार फिर पुकारा। उसके दिल की धड़कन और तेज हो गई। कहीं पवन उससे किसी प्रकार का मजाक तो नहीं कर रहा है? फोन दूसरी ओर से कटा नहीं था।

दूसरी ओर फोन पर पवन ही था। दिल नहीं माना था तो उसने रत्ना को फोन कर दिया था। रत्ना उससे बातें करने को तैयार नहीं थी, फिर भी फोन पर वह उसे कुछ बताए बिना उसका स्वर तो सुन ही सकता था। इतने दिनों उससे दूर रहने के बाद उसके कान रत्ना के मीठे स्वर सुनने को तरसकर रह गए थे। रत्ना दूसरी ओर से हैलो-हैलो कर रही थी। उसके स्वर के साथ उसकी सांसों का हल्का-हल्का स्वर भी पवन के कानों में पड़ा तो शहद बनकर उसके दिल की गहराई में उतर गया। पवन का मन करने लगा कि वह रत्ना की हैलो का उत्तर दे, ताकि बातों का सिलसिला आरम्भ हो जाए और वह रत्ना का स्वर इसी प्रकार सुनता ही जाए, उसके स्वर की मिठास दिल में उतरती ही जाए, परन्तु फिर अपना वचन याद करके उसने स्वयं पर काबू पा लिया। उसका स्वर सुनने के बाद रत्ना जाने क्या सोचती? फिर भविष्य में वह किसी और का फोन उठाने का साहस नहीं करती। पवन ने सोचा, यदि रत्ना समरेन्द्र को प्यार करती है तो भला फोन पर एक पराए पुरुष से प्यार की बातें सुनना क्यों पसन्द करेगी?

फोन पर दूसरी ओर से कोई उत्तर नहीं मिला तो रत्ना ने फोन काट दिया। एक उलझन में गिरफ्तार वह अपनी कक्षा की ओर चल पड़ी। यदि पवन ने फोन किया था तो उससे बात क्यों नहीं की? यदि पवन ने फोन नहीं किया तो कौन उससे बात करना चाहता था? समरेन्द्र? रत्ना को ऐसा विश्वास नहीं था।

इस प्रकार के फोनों का सिलसिला कुछेक दिन चला, कभी एक दिन छोड़कर तो कभी दो दिन छोड़कर, तो रत्ना को विश्वास हो गया कि उसे फोन करने वाला और कोई नहीं, पवन ही है। समरेन्द्र उसके पास पहले-समान अब भी आता था। यदि उसने फोन किया होता तो अवश्य इसका वर्णन करता। और किसी का उसे इस प्रकार भेद-भरे ढंग में फोन करने का प्रश्न ही नहीं उठता था। छुट्टियों में समरेन्द्र उसे कभी फिल्म दिखाने तो कभी

पार्क या किसी होटल में ले जाना चाहता था, ताकि उसके साथ प्यार के कुछ क्षण बिता सके, परन्तु रत्ना सदैव इंकार कर देती। पर अब तक वह उससे विवाह करने से इंकार नहीं कर पाई थी। समरेन्द्र ने उसके साथ जीवन बिताने के लिए सपनों का एक महल बनाया था। क्या हुआ यदि वह अनेक भारतीय लड़कियों के समान विवाह से पहले अपने होने वाले पति को प्यार नहीं कर सकी थी, फिर भी उसने समरेन्द्र के साथ पत्नी के रूप में रहने का सपना तो अवश्य देखा था। समरेन्द्र को उसने सपनों के इस महल को रंगीन बनाने पर उत्साहित भी किया था। ऐसी स्थिति में वह समरेन्द्र के साथ विवाह से इनकार करती हुई एक ही झटके में उसके सपनों के महल को ठोकर मारकर कैसे चकनाचूर कर सकती थी? नारी का दिल यूं भी बहुत कोमल होता है इसलिए समरेन्द्र को देखने के बाद उसके दिल में समरेन्द्र के प्रति सहानुभूति का समाना स्वाभाविक ही था। रत्ना ने यदि पवन के प्यार के पक्ष में कोई निर्णय लिया होता तो वह समरेन्द्र को समझा सकती थी, उसके प्यार का वास्ता देकर अपने दिल की विवशता प्रकट कर सकती थी, परन्तु रत्ना के लिए पवन के प्यार के पक्ष में सोचने का भी कोई प्रश्न नहीं उठता था। पवन की स्मृति कभी भी वापस आ सकती थी। फिर तूफानी रात की घटना के भेद खुलते ही पवन का प्यार जाने कौन-सा मोड़ धारण करता! उसके कातिलाना हमले के कारण वह उसे सजा भी दिला सकता था।

शीघ्र ही इस भेद-भर फोन की चर्चा दफ्तर में बढ़ने लगी तो रत्ना ने फोन रिसीव करना बन्द कर दिया। दफ्तर में कह दिया कि जब कभी उसका फोन आए तो उसे न बुलाया जाए। स्पष्ट कह दिया जाए कि वह फोन पर किसी से बात नहीं कर सकती। ऐसा निर्णय लेते हुए रत्ना के दिल में एक चुभन भी हुई, परन्तु बदनामी से बचने के लिए वह और कर भी क्या सकती थी?

पवन को भी जब कॉलेज के दफ्तर द्वारा रत्ना का उत्तर मिला तो उसने उसे दोबारा फोन नहीं किया। रत्ना की मजबूरी का उसे पूरा एहसास था। उसे दुःख हुआ कि अब फोन पर भी उसका साथ रत्ना से छूट गया है। बीतते दिनों के साथ यह दुःख असहनीय तड़प

में बढ़ने लगा तो पवन को कभी-कभी ऐसा लगने लगा, मानो रत्ना के प्यार में वह दीवाना हो जाएगा। फिर भी उनने रत्ना के सामने अपने प्यार का प्रस्ताव रखने का निश्चय नहीं किया। समय से मेल करके उसने परिस्थिति का सामना करने का निश्चय किया। यदि उसका प्यार सच्चा है, तो रत्ना एक दिन स्वयं ही कच्चे धागे से बंधी उस तक चली आएगी।

❑❑

एक दिन समरेन्द्र रत्ना के घर पहुंचा। रत्ना का कॉलेज बन्द था। विद्यालयों की छुट्टी होने के कारण शोभा आज घर पर ही थी। परन्तु समरेन्द्र का स्टुडियो खुला हुआ था - हर दुकानदार के समान। उस दिन समरेन्द्र बहुत प्रसन्न था। रत्ना अकेले कमरे में कापियां जांच रही थी। शोभा अपने पिता के कमरे में किताब पढ़ रही थी। राजाराम सो रहे थे। उनकी पत्नी रसोई में थीं।

समरेन्द्र आते ही रत्ना के समीप बैठ गया। रत्ना ने कापी पर से दृष्टि उठाकर उसे देखा और फिर अपने काम में लग गई। समरेन्द्र ने कहा, "रत्ना तस्वीर पूरी हो चुकी है। चलो स्टुडियो चलो तुम्हें दिखा दूं। बहुत पसन्द आएगी।"

"किस तस्वीर की बात कर रहे हो?" रत्ना ने लापरवाही से कहा, जांचती हुई कापी पर से दृष्टि उठाए बिना ही।

"तुम्हारी तस्वीर की बात कर रहा हूं। क्या इतनी जल्दी भूल गई?" समरेन्द्र ने आश्चर्य से कहा, "उसे बनाते समय मैंने कहा था ना कि वह हमारे सच्चे प्यार की एक यादगार तस्वीर रहेगी। उसकी कीमत संसार का कोई व्यक्ति नहीं लगा सकेगा।"

सच्चा प्यार? उंह! रत्ना ने मस्तक पर बल डालकर तिरस्कृत ढंग से मन ही मन सोचा? परन्तु कुछ कहा नहीं। क्षण-भर के लिए उसकी कलम कापी पर जहां की तहां रुक गई।

"आ-हां!" तभी शोभा बगल के कमरे से उस कमरे में प्रविष्ट होती हुई मजाक में बोली, "तो मेरे जीजाजती ने अपने सच्चे प्यार की एक यादगार तस्वीर बनाई है। तब तो मैं भी उसे देखने चलूंगी।"

"शोभा!" रत्ना को शोभा का यह मजाक पसन्द नहीं आया तो उसे डांट दिया।

"ठीक है-" शोभा ने उसी मजाक में मुंह बनाते हुए कहा, "मैं अभी नहीं जा सकती तो किसी और दिन अकेले स्टुडियो पहुंच जाऊंगी, परन्तु तस्वीर अवश्य देखूंगी।"

"तस्वीर पूरी हो चुकी है, इसलिए आज के बाद वह स्टुडियो में रहने के बजाए मेरे घर पहुंच जाएगी - मेरे कमरे में।" समरेन्द्र ने शोभा से कहा।

"तो क्या हुआ, मैं किसी दिन आपके घर ही पहुंच जाऊंगी।"

"किसी दिन क्यों, आज ही चली जा।" रत्ना ने कापी का पृष्ठ पलटते हुए बेरूखी से कहा।

"क्यों?" समरेन्द्र ने पूछा, "क्या तुम नहीं चलना चाहतीं?"

"मेरे पास इतना समय नहीं कि कॉलेज का काम छोड़कर अपनी तस्वीर देखने जाऊं।" रत्ना ने समरेन्द्र को देखते हुए कहा।?

"क्या बात है रत्ना?" समरेन्द्र ने गम्भीर होकर पूछा, "आजकल तुम मेरे साथ कहीं भी जाने को तैयार नहीं होतीं। यहां आता हूं, तब भी तुम्हारे व्यवहार में पहले से अंतर पाता हूं। मुझसे कोई गलती हो गई है क्या?"

गलती? रत्ना ने मस्तक पर बल डालकर सोचा, परन्तु कहा कुछ भी नहीं।

शोभा को भी अपनी दीदी का व्यवहार बड़ा विचित्र लगा। कई दिनों से वह अपनी दीदी को वास्तव में बदली-बदली देख रही थी। शायद उसकी दीदी अपने कॉलेज के काम से परेशान है। शायद घर की चिंता उसे सताए रहती है। उसके विवाह के बाद इस घर का क्या होगा? विवाह के बाद शायद उसकी दीदी का पति उसे काम ही नहीं करने दे या फिर

उसे अपनी मां, बीमार पिता तथा छोटी बहन का खर्च ही न उठाने दे। प्रेमी को पति बनने के बाद रंग बदलते क्या देर लगती है? परन्तु इन दो प्रेमियों का विवाह तो होना ही था। अपने जीजाजी का दिल रखने के लिए उसने कहा, "ठीक है, मुझे आज शाम अपनी सहेली के घर जाना ही है। रास्ते में आपका स्टुडियो पड़ेगा। मैं आ जाऊंगी और तस्वीर देखकर जो गलती होगी, बता दूंगी। क्यों जीजाजी?"

"गलती! और तुम निकालोगी मेरी तस्वीर में?" समरेन्द्र ने शोभा की बात में रुचि लेते हुए पूछा, "तुम्हें यह भी मालूम है कि आर्ट किसे कहते हैं?"

"खूब जानती हूं।" शोभा ने कहा, "क्या यह आवश्यक है कि स्वादिष्ट खाना खाने से पहले खाने वाला खाने की पहचान के लिए अच्छा रसोइया भी बने?"

समरेन्द्र शोभा के तर्क पर मुस्कराकर रह गया। बोला, "तुमसे तो जीतना कठिन है। खैर - "समरेन्द्र रत्ना की ओर मुड़ा। बोला, "तुम्हें तो शाम को भी फुर्सत नहीं होगी। कॉलेज का काम नहीं होगा तो शायद किसी सहेली के पास ही जाना हो।"

रत्ना ने समरेन्द्र का व्यंग्य समझा। उसे उस पर सख्त क्रोध आया, परन्तु फिर दया भी आ गई। उसने महसूस किया कि आज उसने रूखा व्यवहार करके समरेन्द्र के साथ कुछ अधिक ही अन्याय किया है। यदि वह समरेन्द्र से प्यार नहीं करती या भविष्य में उसका दिल समरेन्द्र से विवाह करने की आज्ञा नहीं देगा, तो फिर उसे आश्वासन किस बात का दे रही है? उसने कुछ नम्रता से काम लिया। बोली, "जाना तो मुझे सचमुच ही एक पार्टी में है। आज शाम मेरी एक सहयोगिन की मंगनी है। नहीं गई तो बुरा मानेगी; परन्तु मेरे रास्ते में तुम्हारा स्टुडियो नहीं पड़ेगा, वरना मैं अवश्य आ जाती। मगर हां, अगली फुर्सत में मैं अवश्य आऊंगी। यह मेरा वादा रहा। तब तक के लिए मैं आशा करूंगी कि उस तस्वीर को तुम स्टुडियो में ही रखोगे।" रत्ना ने मुस्कराने का प्रयत्न किया। शोभा के समान आज शाम उसका भी अपनी एक सहयोगिन की मंगनी में जाने का प्रोग्राम था।

"स्टुडियो में ही रखूं? क्यों?" समरेन्द्र ने पूछा "क्या उस तस्वीर को घर आकर देखने में तुम्हें कोई आपत्ति है?"

"नहीं, यह बात नहीं। दरअसल..." रत्ना ने कहना चाहा, परन्तु चुप हो गई। उसे स्वयं पर विश्वास नहीं था कि वह समरेन्द्र से विवाह करने की इच्छुक है या नहीं। फिर समरेन्द्र के घर बराबर जाते रहकर स्वयं को साधारण बनाने से क्या लाभ?

"मैं समझ गया।" समरेन्द्र ने अपने अनुमान के अनुसार कहा, "विवाह से पहले लड़की को यूं भी लड़के वालों के यहां जाना बन्द कर देना चाहिए। यह भी अच्छा ही है। मैं निश्चय ही उस तस्वीर को अपने स्टुडियो में रखूंगा, जब तक तुम आकर उसे देखने के बाद मुझे बधाई नहीं दे दोगी।"

रत्ना मुस्करा दी, परन्तु इस मुस्कान के पीछे किसी प्रकार के प्यार का प्रदर्शन नहीं था, केवल औपचारिकता थी।

पांच

उसी शाम की बात है। पवन को अपनी मांजी के साथ एक पार्टी में जाना पड़ा। पार्टी शहर के एक प्रतिष्ठित व्यक्ति सेठ खेमचन्द ने दी थी, क्योंकि आज उनकी छोटी बेटी कान्ता की वर्षगांठ के साथ बड़ी बेटी चन्द्रा की मंगनी भी थी। पवन का मन रत्ना की ओर से निराशा पाकर टूट चुका था, इसलिए वह किसी भी सांसारिक बात में रुचि नहीं लेना चाहता था, परन्तु सेठ खेमचन्द उसके पिता के मित्रों में से थे, इसलिए जब मां ने पार्टी में चलने का आग्रह किया तो वह इनकार नहीं कर सका। मां को लेकर जब अपनी विदेशी कार द्वारा वह सेठ खेमचन्द की कोठी के समीप पहुंचा तो ऐसा लगा मानो वहां उनकी बेटी की मंगनी नहीं, विवाह होने वाला है। दूर ही से खेमचन्द की कोठी रंगीन बल्बों द्वारा जगमगाती दिखाई पड़ गई थी। कोठी के समीप पहुंचा तो चारदीवारी के बाहर मुख्य द्वार से लगी दूर तक रंगीन देशी-विदेशी कारें खड़ी आने वाले मेहमानों के स्तर का पता दे रही

थीं। पवन ने भी इन्हीं कारों के मध्य एक स्थान पर अपनी कार पार्क कर दी। उसने मंगनी के लिए उपहार उठाया और मां के साथ कार से बाहर निकला।

मां के साथ चलते हुए वह कोठी के लॉन में पहुंचा। कोठी के बड़े हॉल से ऑर्केस्ट्रा की धुन लॉन तक आ रही थी। पवन को अनुमान लग गया कि खेमचन्द ने आज की रंगीन शाम का प्रबन्ध किस सुन्दरता के साथ किया है। मां के साथ पवन कोठी के बरामदे पर चढ़ा। फिर जब कोठी के प्रवेश द्वार पर पहुंचा तो सेठ खेमचन्द ने उन दोनों का स्वागत पूरे जोश के साथ किया। स्वागत में कान्ता भी आई तो मां-बेटे ने उसे वर्षगांठ की बधाई दी। पवन ने उसका उपहार उसे थमा दिया।

"धन्यवाद भैया!" कान्ता ने मुस्कराकर कहते हुए उपहार स्वीकार किया। पवन को वह सदा भैया ही कहा करती थी उसने उपहार अपने वेटर को थमाया। फिर अन्य मेहमानों के स्वागत में व्यस्त हो गई।

खेमचन्द को अपने मित्र जानकीदास के न आने का दुःख था परन्तु वह जानते थे कि संसद सदस्य होने के नाते दिल्ली में वह बहुत व्यस्त रहते हैं, इसलिए उनके न आने की शिकायत वह पवन या पवन की मां जी से नहीं कर सके। मेहमानों से कोठी का हॉल भर चुका था, परन्तु मेहमान अब भी आ रहे थे। इसलिए खेमचन्द अपने अन्य मेहमानों के स्वागत में लग गए तो उनकी पत्नी ने पवन की मां जी का हाथ पकड़ लिया। पवन ने देखा, कोठी का यह बड़ा हॉल रंगीन कागजों तथा गुब्बारों से सजा हुआ है। ऑर्केस्ट्रा के स्टेज से कुछ हटकर विदेशी शराब का काउण्टर था। सॉफ्ट ड्रिंक तथा कोल्ड ड्रिंक का भी प्रबन्ध था। अभी से ही मेहमानों के हाथ में जाम थे। जाम खनक रहे थे तथा ठहाकों के साथ ऑर्केस्ट्रा की धुन में सम्मिलित होकर लुप्त हो जाते थे। बाहर के संसार से निश्चिन्त यहां सभी प्रसन्न थे। यदि कोई उदास था तो केवल पवन।

अपने निश्चित समय पर वर्षगांठ के साथ मंगली की रस्म अदा की गई। इधर कान्ता के लिए वर्षगांठ का अंग्रेजी गीत गाया गया - हैप्पी बर्थ डे टू यू। फिर कान्ता ने केक काटा,

उधर चन्द्रा की अंगुली में एक नवयुवक ने अंगूठी पहना दी। बहुत जोर-शोर के साथ ताली बजी। फिर खाने-पीने का दौर आरम्भ हो गया। खाने में वर्षगांठ के केक के साथ मिठाइयां थीं। अपने हाथ में इन वस्तुओं की प्लेट संभाले मेहमान इधर-उधर बिखर गए।

ऑर्केस्ट्रा की धुन बज रही थी। स्टेज पर एक नवयुवक ने अंग्रेजी गीत छोड़ दिया तो धुन यौवन पर आ गई। बिना कहे ही नवजवान जोड़े फर्श पर थिरकने लगे तो मेहमानों ने हॉल के बीच में उनवे‍ु लिए जगह छोड़ दी। विदेशी नृत्य का यह दोर था, जो आरम्भ हुआ तो चलता चला गया। जोड़ों के शरीर पर आधुनिक फैशन के रंगीन वस्त्र थे। कोई सुन्दरी पीठ से नग्न थी तो कोई गले से। मिनी स्कर्ट से नीचे थिरकती पिंडलियां बिजली के प्रकाश में बिजली के समान कौंध रही थीं।

गीत समाप्त हुआ तो ऑर्केस्ट्रा की धुन में नम्रता आई। जोड़े बांहों में बांहें डाले हल्के नृत्य 'फॉक्स ट्राट' करने लगे। हल्के नृत्य के लिए बूढ़े जोड़े भी रंगीनमिजाजी के साथ फर्श पर आकर 'फॉक्स ट्राट' करने लगे। समां और रंगीन हो गया; परन्तु पवन ने इस मनोरंजन में जरा भी रुचि नहीं ली। अपनी मांजी के बगल में चुपचाप बैठा वह इस पार्टी में अपनी उपस्थिति की केवल औपचारिकता बरतता रहा; परन्तु औपचारिकता बरतते हुए भी वह थक गया। नवयुवक अपने-अपने जोड़ों के साथ बांहों में बांहें डाले तथा एक-दूसरे की आंखों में देखते हुए प्यार में डूबे थिरक रहे थे। पवन को रत्ना की कमी बुरी तरह खटकने लगी। रत्ना को अपनी बांहों में समाने के लिए उसकी बांहें भी फड़कने लगीं। दिल तड़प उठा। पार्टी में शराब पानी के समान बह रही थी। शराब पवन के रक्त में समाई हुई थी। शराब देखकर पवन के शरीर का रक्त दौड़ने को तड़प उठा। रत्ना की कमी इस समय शराब ही पूरी कर सकती थी। पवन से रत्ना की दूरी सहन नहीं हो सकी तो उसने अपनी मांजी को देखा। मांजी खेमचन्द की पत्नी से बातें करने में मगन थीं। पवन उठा और हॉल के किनारे से होता हुआ शराब के काउण्टर पर जा बैठा। हॉल के दूसरे किनारे नृत्य करते जोड़ों की आड़ में बैठी उसकी मांजी उसे नहीं देख सकती थीं। उसने शराब पीना आरम्भ किया। इतने दिनों बाद उसने शराब को होंठों से लगाया था। कुछेक पैग बाद ही शराब ने

शरीर में पहुंचते ही अपना प्रभाव दिखाना आरम्भ कर दिया। पवन के अन्दर रत्ना की दूरी सहन करने की शक्ति आ गई। काउण्टर से उठकर उसने मां से दूर एक स्थान ले लेना चाहा। ऐसा न हो कि मां को उसके मुंह से शराब की गंध मिल जाये। वह हॉल के एक किनारे बैठने को चल पड़ा। हॉल के किनारे सोफों पर बैठे मेहमानों के पीछे भी एक कुर्सी खाली थी। पवन ने मेहमानों के बगल से निकलकर उस कुर्सी पर बैठ जाना चाहा, परन्तु तभी उस कुर्सी के बगल वाली कुर्सी पर बैठी एक कमसिन सुन्दरी को देखकर वह चौंक गया। लड़की को वह आज से पहले भी कहीं देख चुका था - जाना-पहचाना रंग-रूप, रत्ना से बिल्कुल मिलता-जुलता, बिल बदली का चांद। कहीं यह उस पर छाए नशे का प्रभाव तो नहीं था? तब भी पवन के होंठों से निकल ही गया, "आप!"

सुन्दरी उसके सम्मान में तुरन्त उठ खड़ी हुई। नमस्ते के लिए उसने हाथ भी जोड़ दिए। फिर बोली, "जी हां, मैं शोभा हूं - रत्ना दीदी की छोटी बहन। आपको मैंने पहली बार दीदी के कॉलेज के फेट में देखा था - उन्हीं के साथ।"

"ओह!" पवन को तुरन्त याद आ गया। इसी लड़की ने तो मेले में आकर रत्ना को सूचित किया था कि उसके जीजाजी रत्ना को ढूंढ रहे हैं। शोभा को उसने ध्यान से देखा। फिर खाली कुर्सी पर बैठता हुआ बोला, "आप भी बैठिए। खड़ी क्यों हैं?"

इतने ऊंचे समाज में आकर शोभा पहले ही हीन भावना की शिकार थी। इसलिए वह इस किनारे मेहमानों के पीछे बैठी हुई थी। पवन जैसे बड़े व्यक्ति के बगल में बैठने में वह कुछ सकुचाई, परन्तु फिर बैठ ही गई - स्वयं में सिमटकर, लजाई-सी भी।

"आप अकेली ही आई हैं?" पवन ने पूछा।

"जी हां!" शोभा ने कहा, "कान्ता मेरी सहपाठिका है। उसने केवल मुझे ही आमन्त्रित किया था, इसलिए मुझे अकेले ही आना पड़ गया। यूं भी यदि वह दीदी को आमन्त्रित करती, तब भी दीदी इस पार्टी में सम्मिलित नहीं हो पातीं।"

"क्यों?" पवन ने आश्चर्य के साथ उत्सुकता से भी पूछा।

"उसे आज अपनी एक सहेली की मंगनी की पार्टी में जाना था।"

"ओह!" पवन को इसका अत्यंत खेद हुआ। बातों का सिलसिला बनाए रखते हुए उसने पूछा, "कान्ता आपकी बहुत प्रिय सहेली है?"

"जी हां।" शोभा ने कहा, "हम दोनों कई वर्ष से एक साथ पढ़ रही हैं। इसके अतिरिक्त कई विषयों के साथ विज्ञान में तो हम दोनों का 'कॉम्पिटीशन' चलता है।"

"कान्ता तो विज्ञान में इसलिए विशेष रुचि लेती है, क्योंकि वह डॉक्टर बनना चाहती है।" पवन ने कहा, "क्या ऐसा तो नहीं कि आप भी उसी के समान डॉक्टर बनने का इरादा रखती हों?"

"इरादा तो अवश्य रखती हूं, बल्कि दीदी भी यही चाहती हैं कि मैं डॉक्टर बनूं, परन्तु..." शोभा ने एक गहरी सांस ली। बोली, "परिस्थिति क्या रंग लाएगी, यह भगवान ही जानता है।"

परिस्थिति? पवन ने सोचा, परिस्थिति ऐसा क्या रंग ला सकती है, जिसके कारण शोभा डॉक्टर न बन सके? पवन ने रत्ना की इच्छा पर भी ध्यान दिया। वह भी यही चाहती है कि उसकी छोटी बहन डॉक्टर बने। उसने शोभा को ध्यान से देखा इतनी बड़ी पार्टी में भी शोभा के शरीर पर एक साधारण सी साड़ी थी। कानों में सोने के बहुत पतले तार वाली बालियां थीं। गला नकली मोतियों के हार से आभूषित था। कलाइयों में चूड़ियां शीशे की थीं। पवन को शोभा की परिस्थिति समझ आने लगी। कॉलेज की एक साधारण अध्यापिका आखिर किस प्रकार अपनी छोटी बहन का खर्च पूरा करके उसे डॉक्टर बना सकेगी! पता नहीं रत्ना के घर की आर्थिक स्थिति कैसी है! रत्ना के पिताजी की आय भी जाने क्या है! परन्तु पवन ने शोभा की घरेलू स्थिति के विषय में इस समय कुछ पूछकर उसे लज्जित करना उचित नहीं समझा। बातों का विषय बदलने के लिए वह कुछ देर खामोशी के साथ फर्श पर होते नृत्य को देखता रहा। फिर उसने पूछा, "आप नृत्य में भाग क्यों नहीं ले रही हैं?"

शोभा ने पवन को देखा, परन्तु कोई उत्तर नहीं दिया। वह कैसे बताती कि इतने बड़े समाज में उसका कोई स्थान नहीं है।

"आपको नृत्य तो आता है ना?" पवन ने पूछा, शोभा की खामोशी का गलत अन्दाजा लगाकर।

"बहुत कम।" शोभा ने कहा।

"तो आइए मेरे साथ।" पवन ने खड़े होते हुए कहा, "मेरे साथ नृत्य करने में आपको कोई कठिनाई नहीं होगी।"

"जी?" शोभा को पवन की बात पर विश्वास नहीं हुआ कि वह उसके साथ नृत्य करने का प्रस्ताव रख देगा। उसके दिल की नन्हीं कली हल्की-सी चटक गई।

"यदि आपको नृत्य बिल्कुल भी नहीं आता; तब भी मैं आपको सिखा देता। इस 'स्लो डांस' को सीखने में अधिक समय नहीं गलता, आइए।" पवन ने अपना हाथ शोभा की ओर बढ़ा दिया।

क्षण-भर के लिए शोभा हीन भावना का शिकार हुई, परन्तु फिर उसने स्वयं पर काबू पा लिया। बहुत हल्के से मुस्कराकर वह पवन के साथ नृत्य के फर्श की ओर बढ़ गई।

फर्श पर पहुंचकर पवन ने अपने हाथ आगे बढ़ाए। शोभा कुछ सकुचाती पवन की बांहों में चली गई। पवन ने शोभा के साथ नृत्य करना आरम्भ कर दिया। नृत्य के सहारे शोभा शीघ्र ही पवन के साथ घुल-मिल गई तो उसके दिल के अन्दर एक नई मिठास ने जन्म लिया। ऐसी मिठास थी यह जिसका एहसास जब शोभा ने किया तो उसकी पलकें हवा के बोझ से झुक गईं। दिल के अन्दर चटकती नन्हीं कली हल्के से मुस्करा उठी। ऐसा क्यों हो रहा था? शोभा कारण जानने में असमर्थ थी।

"आपके पिताजी क्या करते हैं?" नृत्य करते हुए पवन ने पूछा, अपने सन्देह की पुष्टि के लिए। सम्भवतः रत्ना के पिताजी की आय बहुत कम हो।

"मेरे पिताजी कुछ भी नहीं करते।" शोभा ने मानो सपनों से चौंकते हुए कहा, "वह तो बेचारे रिटायर हो चुके हैं और अब...अब तो सदा बीमार रहते हैं।"

"ओह!" पवन के दिल को धक्का लगा। उसने सोचा, क्या रत्ना को अकेले ही पूरा घर संभालना पड़ता है? उसने पूछा, "आपके भाई कितने हैं?"

"एक भी नहीं।" शोभा ने पवन के दिल की बात से अनभिज्ञ कहा, "इसे हमारा दुर्भाग्य ही समझिए।"

पवन ने सोचा, पूरे परिवार को संभालने के लिए रत्ना बेचारी अकेली जान है। कितना चिन्तित, कैसा कष्टमय जीवन बीतता होगा उसका! उसने रत्ना का विषय छेड़ना चाहा।

"बस, एक ही इच्छा है मेरे पिताजी की।" शोभा ने पवन के कुछ कहने से पहले ही फिर कहा, "उनका प्रॉविडेंट फंड मिल जाए, ताकि वह शीघ्र ही दीदी का विवाह कर दें।" शोभा कभी सोच भी नहीं सकती थी कि पवन उसकी दीदी को दीवानगी की सीमा तक प्यार करता है तथा उसकी दीदी का दिल भी पवन की ओर आकृष्ट हो चुका है। पवन को उसने अपनी दीदी के साथ केवल एक बार ही देखा था, जबकि समरेन्द्र का उसके घर में आना-जाना आरम्भ से ही था। समरेन्द्र के साथ उसकी दीदी के विवाह की बात पक्की भी हो चुकी थी, जिस पर उसकी दीदी को कभी आपत्ति नहीं हुई थी, वरन् वह समरेन्द्र के साथ जहां चाहती थी, चली भी जाती थी। ऐसी स्थिति में पवन तथा रत्ना के मध्य किसी प्रकार का सन्देह करने का प्रश्न ही नहीं उठता था।

"आपके जीजाजी क्या आपकी दीदी को बहुत प्यार करते हैं?" पवन ने पूछा।

"बहुत अधिक।" शोभा ने पूरे विश्वास से कहा।

"और आपकी दीदी?"

"अपने होने वाले पति को कौन स्त्री प्यार नहीं करेगी?"

पवन ने निराशा की एक ठंडी सांस ली।

"और फिर-" शोभा ने अपनी बात जारी रखते हुए कहा, "ऐसे व्यक्ति को कौन प्यार नहीं करेगा, जो एक कलाकार है, चित्रकार है?"

पवन के दिल पर अंगारे दहकने लगे। वह व्यक्ति कितना भाग्यशाली है, जिसे रत्ना का प्यार प्राप्त हो रहा है!

"मेरे जीजाजी ने दीदी की एक सुन्दर तस्वीर बनाई है, जिसे देखने के लिए मैं आज उनके स्टुडियो भी गई थी।" शोभा ने अपने-आप ही कहा, "वह तस्वीर मेरे जीजाती तथा दीदी के सच्चे प्यार की एक यादगार तस्वीर है।"

"ओह!" पवन के दिल पर दहकते अंगारो ने छाले बना दिए। पवन रत्ना और उसके होने वाले पति की प्रेम-भरी बातें और अधिक नहीं सुनना नहीं चाहता था। उसने विषय बदल दिया, "आप यहां बस से आई हैं या...?" पवन ने प्रश्न अधूरा छोड़ दिया।

"आई तो बस से ही हूं, परन्तु इतनी रात में जाने के लिए कान्ता क्या साधन करेगी, वही जाने।" शोभा ने कहा, "जीजाजी मुझे लेने इसलिए नहीं आ सकते, क्योंकि वह दीदी को लेने गए होंगे।"

फिर वही रत्ना तथा उसके होने वाले पति की बातें। पवन को ऐसा लगा, मानो उसके दिल पर पड़े छाले फूट गए हैं। जलन सहनशक्ति से बाहर हो रही है। उसने शोभा का साथ छोड़ देना चाहा, छोड़ दिया, फर्श पर ही, तो शोभा को बड़ा आश्चर्य हुआ। नृत्य के बीच उसे छोड़ने की यह कैसी असम्भ्यता थी! पवन ने अपने दिल का दर्द कम करने के लिए बार काउण्टर की ओर बढ़ जाना चाहा, परन्तु पग उठाते ही उसे अपनी गलती का अहसास हो गया। नृत्य में यदि यह असभ्यता थी तो शोभा के साथ दुर्व्यवहार भी था, उसकी गरीबी का भरे समाज में मजाक उड़ाना था। पलटकर उसने तुरन्त शोभा को दोबारा अपनी बांहों में समा लिया तो शोभा फूलों समान खिल उठी।

तभी ऑर्केस्ट्रा की धुन ने समाप्ति का संकेत दिया। बहुत जोर का ड्रम बजा। पवन के दिल पर हथौड़े चलने लगे। परन्तु नृत्य समाप्त होने वाला था, शोभा का दिल न तोड़ने के

लिए उसने उसका साथ नहीं छोड़ा। ड्रम के शोर के साथ साजो का स्वर भी अपनी गति पर आकर ऊंचा हो चुका था। थिरकतें जोड़े एक-दूसरे के बिल्कुल समीप आ गए। शरीर से शरीर मिले, सांसें मुखड़ों पर भाप बनकर छा गई। छातियां धड़क उठीं। पवन ने शोभा को अपनी बांहों में समाकर समाप्त होती धुन पर एक ही जगह खड़े-खड़े कुछेक चक्कर लगाए तो शोभा की आंखों में हॉल के अन्दर की जगमगाहट चांदनी बनकर छा गई। इधर-उधर टंगे तथा जगमगाते बल्ब तारों की बारात बनकर थिरक उठे। कितना सुन्दर सपना था यह कितना अधिक सुन्दर, कि बस, शोभा का मन चाहा, यह सपना कभी न टूटे, सृष्टि अपने स्थान पर रुक जाए, यह क्षण कभी न टले। परन्तु क्षण-भर का ही यह सपना था। ऑर्केस्ट्रा की धुन क्या रुकी, शोभा का सपना टूटकर बिखर गया। धुन के साथ और जोड़ों के समान नृत्य करता पवन भी रुक गया था। हॉल के अन्दर बहुत जोर की ताली बजी। जोड़े एक-दूसरे से अलग हो गए। जाकर अपने-अपने स्थानों पर बैठ गए तो पवन ने भी शोभा को उसके स्थान पर जाकर छोड़ दिया, उसके साथ बगल में बैठा नहीं। शोभा के दिल में टीस उठी। दिल पहली बार किसी के लिए धड़का था, अप्रत्याशित ढंग से, इसलिए पलकों के कोने भी भीग गए। इतने बड़े व्यक्ति के लिए सपना देखकर उसने अच्छा नहीं किया।

पवन बार काउण्टर पर पहुंचा तो शोभा उसे देख रही थी। हॉल के एक किनारे पवन की मांजी बैठी अपने परिचित लोगों से बातें करने में तल्लीन थीं। पवन उनकी ओर पीठ करके स्वयं को उनसे छिपाते हुए बार के सामने रखे लम्बे स्टूल पर बैठ गया। पवन ने व्हिस्की पीना आरम्भ किया। दूर बैठी शोभा को ऐसा लगा, मानो पवन के हलक में नहीं, उसके अपने हलक में जहर जा रहा है। पवन यह जहर क्यों पी रहा था? क्यों पी रहा है? शोभा का मन हुआ, वह पवन के पास जाए, उससे इस जहर के पीने का कारण पूछे। लोग शराब शौक के लिए पीते हैं, ऊंचे समाज का फैशन स्थिर रखने के लिए पीते हैं, ऊंचे समाज का फैशन स्थिर रखने के लिए पीते हैं या फिर गम गलत करने के लिए पीते हैं। पवन की गम्भीर स्थिति जिस बात का प्रदर्शन कर रही थी, उसे शोभा ने समझने का प्रयत्न

किया तो उसने सोचा, इस संसार में क्या बड़े और क्या छोटे, सभी दुखी हैं; परन्तु पवन जी का दुःख बिल्कुल अलग ही है। उनका गम उनकी स्मृति खो जाने के कारण है। काश, वह उनकी स्मृति वापस दिलाने के काम आ जाए तो कितना अच्छा हो! उसने तय किया, यदि उसकी भेंट पवन से बढ़ी तो वह उसकी स्मृति वापस लाने का प्रयत्न अवश्य करेगी।

कुछ देर बाद नृत्य का दौर फिर आरम्भ हुआ। शोभा ने आशा की कि पवन उसके साथ नृत्य करने फिर आएगा, परन्तु पवन नहीं आया तो शोभा का दिल टूट गया। पवन शोभा की भावनाओं से अज्ञात था निश्चिंत जाम पर जाम चढ़ाता गया और शोभा नृत्य करते जोड़ों के मध्य पवन को देखती रही। आखिर कुछ देर बाद पवन पर नशा छाया तो वह उठ खड़ा हुआ। शोभा का दिल उसे अपनी ओर आकर्षित करने के लिए धड़क गया। पवन ने पलटकर पग बढ़ाया तो लड़खड़ा गया। शोभा की बांहें उसे संभालने के लिए फड़क उठीं। पवन ने अपने मस्तक पर बल डाला। आंखें मींचीं। दांतों द्वारा होंठ काटा तुरन्त ही वह अपनी बिगड़ती स्थिति पर काबू पाने में सफल हो गया। परन्तु वह जब भी मां का सामना करेगा, मां को समझते देर नहीं लगेगी कि उसके लाड़ले ने शराब पी है। उसने सोचा, क्यों न वह वहां से छिपकर निकल जाए। बंगले पर पहुंचने के बाद वह मां को लेने के लिए ड्राईवर को भेज देगा। मां पूछेगी तो कह देगा कि उसकी तबीयत घबरा रही थी, इसलिए चला आया। वह नृत्य करते जोड़ों की आड़ में मां की दृष्टि से छिपता हुआ हॉल से निकलकर कोठी के बरामदे में निकल आया। एक क्षण दम लेने के बाद उसने चाहा कि सीढ़ियां उतरकर लॉन में पग रखे कि तभी बरामदे के किनारे पहुंचते-पहुंचते हवा का एक तेज झोंका उसके शरीर से इस प्रकार आ टकराया कि उसका शराब के नशे में झूमता शरीर दो पग पीछे चला गया। अपने को संभालकर उसने आकाश की ओर दृष्टि उठाई। दूर-दूर तक एक भी तारा नहीं दिखाई देता था। सहसा बिजली कौंधी। कौंध में बदलियों की परतें दूर-दूर तक दिखाई पड़ गईं। पवन को अनुमान लगाते देर नहीं लगी कि वर्षा अब कभी भी हो सकती है। उसने आगे बढ़कर सीढ़ियां उतर जाना चाहा, परन्तु तभी फर्श पर एक छाया देखकर उसकी दृष्टि ठिठक गई। उसने पलटकर देखा,

बरामदे में शोभा खड़ी थी। वह शोभा के समीप पहुंचा। अपने झूमते शरीर पर काबू करते हुए उसने पूछा, "क्या आप भी घर ही जा रही हैं?" पवन के होंठ क्या खुले, शराब का एक भभका शोभा के नथुनों में प्रविष्ट हो गया।

"जी नहीं, मैं तो बस...यूं ही चली आई थी।" शोभा ने पवन की बांहों में समाकर नृत्य किया था। पवन के प्रति ही उसका कुंवारा दिल पहली बार धड़का था। पवन ने ही उसके दिल के सूने आंगन में फूल खिलाए थे। पवन को उसने शराब पीकर लड़खड़ाते देखा तो उसका पवन के प्रति अज्ञात तौर पर चिंतित होना स्वाभाविक ही था। इस बात की जिज्ञासा बढ़ना भी स्वाभाविक था कि आखिर पवन हॉल के बाहर क्यों जा रहा है?

"मैं अपने बंगले जा रहा हूं।" पवन ने कहा, "आप चाहें तो मैं आपको आपके घर छोड़ सकता हूं।"

"जी?" शोभा को पवन से ऐसी सुन्दर आशा नहीं थी। मन हुआ, कह दे कि 'हां, आप मुझे घर छोड़ दीजिए', परन्तु फिर वह अपने नारीत्व पर काबू पा गई। पहली ही भेंट में किसी के साथ इस प्रकार रात के समय अकेले जाना उसे उचित न लगा। हॉल के अन्दर रंगीन वातावरण की बात और है, परन्तु बाहर के एकान्त वातावरण की बात और है। उसने कहा, "जी नहीं, धन्यवाद! कान्ता पार्टी समाप्त होने के बाद मेरे जाने का प्रबन्ध कर देगी।"

"पार्टी समाप्त होते-होते रात के डेढ़-दो बज जाएंगे। ऊंचे समाज की पार्टियां इससे पहले समाप्त नहीं होतीं। वैसे आपकी इच्छा!" पवन चलने को तैयार हुआ।

शोभा ने समय का अनुमान किया इस समय रात के साढ़े दस बजे होंगे। तीन-साढ़े तीन घंटे वह इस ऊंचे समाज में किसके साथ बिताएगी? आज के इस शुभ अवसर पर कान्ता आखिर उसे अपना कितना समय देगी? शोभा ने सोचा, आखिर पवन के साथ जाने में हर्ज ही क्या है! पवन को वह आज से नहीं, मेले के दिन से नहीं, वरन् एक युग से जानती थी। जानकीदास के पुत्र पवन की कहानी कौन नहीं जानता था! और फिर पवन को तो उसने अपनी दीदी के साथ देखा था। उसकी दीदी का पवन से परिचित होना शोभा

की दृष्टि में स्वाभाविक ही था। वह पवन के साथ चलने को तैयार हो गई। इसी बहाने उसे पवन की संगति प्राप्त हो जाएगी और इसी बहाने वह अपने घर भी जल्दी पहुंच जाएगी। उसने कहा, "आप दो मिनट रुकिए, मैं कांता को सूचित करके आती हूं।" शोभा तुरन्त पलटकर हॉल के अन्दर चली गई।

पवन वहीं खड़ा रहा। उसने सोचा चलो इसी बहाने वह रत्ना का घर भी देख लेगा। शायद उस द्वार को देखने से ही उसके दिल को शांति प्राप्त हो जाए, जहां से रत्ना आती-जाती रहती है।?

शोभा हॉल के अन्दर से तुरन्त वापस आ गई। बोली, "चलिए। कांता को तो इस समय मुझे देखने तक की फुर्सत नहीं है।"

"इसमें कांता का भी दोष नहीं।" पवन ने बरामदे की सीढ़ियां उतरते हुए कहा, "जहां बहुत अधिक संख्या में मेहमान होते हैं, वहां मेजबान किस-किसका ध्यान रखेगा?"

शोभा कुछ न बोली।

दोनों एक साथ चलते हुए पवन की कार के समीप पहुंचें। पवन ने स्टेयरिंग के सामने बैठकर दूसरी ओर का द्वार खोला तो अन्दर बैठने से पहले शोभा के दिल में हीन भावना छा गई, परन्तु फिर उसने तुरन्त स्वयं पर काबू किया, अपने शरीर पर साड़ी को समेटा और फिर लजाई-सी अन्दर बैठ गई। पवन ने ही शोभा के समाने हाथ बढ़ाकर कार का द्वार बन्द कर दिया। फिर कार स्टार्ट करके बैक की। उसके बाद शोभा से उसके घर का रास्ता पूछकर उसने कार को गति में लाते हुए सड़क पर छोड़ दिया।

रात के इस पहर सड़क सुनसान थी सड़क दोतरफा थी। सड़क के बीच, दूर तक एक पंक्ति में लगे बिजली के खम्भे मरकरी बल्ब से जगमगा रहे थे। दोतरफा सड़क के दूसरी ओर कभी-कभी कुछेक कारें थोड़ी देर बाद जाती हुई दिखाई पड़ जाती थीं। फुटपाथ पर पैदल यात्री भी केवल नाम को ही थे, वातावरण में खामोशी-सी थी। पवन और शोभा

दोनों ही चुपचाप कार में बैठे हुए थे। शोभा पवन के विषय में सोच रही थी और पवन के मन और मस्तिष्क में रत्ना थी - केवल रत्ना।

कुछ देर बाद एक मोड़ से एक बाजार आरम्भ हुआ। बाजार बन्द था, परन्तु निऑन लाइट्स से जगमगा रहा था। दुकानों के 'शो-केस' तथा 'नेम-बोर्ड' स्पष्ट दिखाई पड़ रहे थे। पवन की कार सनसनाती हुई इस बाजार में से होकर जाने लगी अचानक एक स्थान पर शोभा ने अंगुली द्वारा संकेत करते हुए कहा, "मेरे जीजाजी का वही स्टुडियो है।"

पवन का पैर अचानक ही ऐक्सीलेटर पर से उठ गया। कार की गति हल्की-सी कम हो गई। क्षण-भर के लिए पवन ने शोभा के संकेत पर दृष्टि उठाई। बोर्ड पर लिखा था - रत्ना स्टुडियो। पवन के दिल पर जैसे बम फूट गया। उसके मस्तिष्क का संतुलन डगमगा गया। हाथ कार की स्टेयरिंग पर ढीले पड़ गए। पहिए बहक गए। कार काबू से बाहर होकर एक ओर दौड़ पड़ी तो शोभा कांपकर बहुत जोर से चीखी, "पवन जी!"

पवन को अचानक ही अपनी स्थिति का ज्ञान हुआ। पैर ने स्वयं ही एक झटके के साथ ब्रेक को पूरी शक्ति से दबा दिया। साथ ही उसने स्टेयरिंग भी संभाल ली। कार अपने पहियों की चीख के साथ सड़क के बिल्कुल किनारे जाकर रुकी। कार रुकने के बाद पवन ने शोभा को देखा, भय के कारण उसके मस्तक पर पसीने की बूंदें उमड़कर चमक रही थीं। यदि दुर्घटना हो जाती, तब क्या होता? पवन ने अपने दोनों हाथ स्टेयरिंग व्हील पर लपेटे फिर उस पर सिर टेककर क्षण-भर के लिए उसने अपनी आंखें बन्द कर लीं। दिल तड़पकर कह रहा था - उफ! यह उसे क्या हो गया है? यह कैसी दीवानगी है? कैसा पागलपन है? कैसी जलन है दिल के अन्दर, जो वह अपनी रत्ना का नाम तक किसी और के दिल के सन्तोष के लिए काम आते नहीं देख सकता? फिर उस समय उसके दिल की स्थिति क्या होगी जब रत्ना किसी और की बन रही होगी?

"क्या बात है पवनजी?" सहसा शोभा अपनी घबराहट भूलकर पवन की परेशानी में सम्मिलित हुई। उसने पूछा, "आपकी तबियत तो ठीक है ना?"

पवन ने कोई उत्तर नहीं दिया। क्षण-भर वह उसी प्रकार आंखें बन्द किए अपना मसतक स्टेयरिंग व्हील पर टेके रहा। फिर स्वयं पर काबू पाने के बाद उसने सिर ऊपर उठाया। उसने शोभा को नहीं देखा। कार स्टार्ट कर दी। शोभा उसकी इस स्थिति का कारण नहीं समझ सकी। उसने कुछ पूछा भी नहीं। चुपचाप वह उसी प्रकार बैठी रही और पवन सामने देखते हुए बहुत सावधानी से कार चलाता रहा।

शोभा के संकेत पर पवन ने कार उसके घर के सामने रोकी। एक साधारण-सा मकान, बन्द खिड़की तथा द्वार की दरारों से प्रकाश झलककर बाहर आ रहा था। चारों ओर खामोशी छाई हुई थी, ऐसी खामोशी कि कार के रुकने का स्वर भी इसे भंग नहीं कर सका। पवन की दृष्टि रत्ना के घर के द्वार पर बिछ गई।

कार से उतरने से पहले शोभा ने अपने घर की ओर देखते हुए मद्धिम स्वर में कहा, "लगता है, दीदी अब तक जाग रही हैं।"

पवन का मन रत्ना की सूरत देखने के लिए व्याकुल हो उठा, मानो उसने युगों से रत्ना को नहीं देखा था। शायद शोभा के लिए रत्ना ही द्वार खोले; परन्तु तभी उसे अपना वह वचन याद आ गया, जो उसने अरुणा कॉलेज के फेट में रत्ना को दिया था - अब मैं आपसे मिलने का प्रयत्न कभी नहीं करूंगा, बल्कि प्रयत्न करूंगा कि आपको मेरी सूरत भी देखने को न मिले, यदि वास्तव में आपके दिल का संतोष इसी में सुरक्षित है। पवन का दिल मसोसकर रह गया। उसने हाथ बढ़ाकर शोभा के लिए कार का दरवाजा खोल दिया। शोभा बाहर निकली तो पवन ने द्वार बन्द किया - भट्ट! स्वर रात की खामोशी में जाने कहां जाकर लुप्त हो गया। इससे पहले कि शोभा उससे कुछ कहे, उसे धन्यवाद दे या गुड नाइट कहे, पवन ने कार स्टार्ट की और फिर इस प्रकार आगे बढ़ गया, मानो एक प्यासा पनघट पर आता है और बिन प्यास बुझाए ही चला जाता है।

शोभा को पवन की यह बात बड़ी विचित्र लगी। फिर भी वह वहीं खड़ी पवन की कार को जाता हुआ दूर तक देखती रही। पवन की कार की बैक लाइट, लाल बत्ती जब

एक मोड़ पर जाकर गुम हो गई तो उसने एक गहरी सांस ली। फिर अपने घर की ओर पलटी। तभी वह चौंक गई। द्वार खुला हुआ था और द्वार पर रत्ना खड़ी थी।

रत्ना अपनी सखी की पार्टी से शीघ्र ही चली आई थी, समरेन्द्र की प्रतीक्षा किए बिना ही, क्योंकि उसकी सखी की मंगनी की रस्म पूरी होने के बाद पार्टी शीघ्र ही समाप्त हो गई थी। इसके अतिरिक्त मौसम भी ठीक नहीं लग रहा था। सखी के घर के समीप ही बस का अड्डा था, जहां से उसे अपने घर जाने के लिए बस मिल गई थी। समय की बचत करके वह अपनी छात्राओं की कापियां भी जांचना चाहती थी।

जिस समय पवन ने कार रोकी थी, उस समय रत्ना अपनी छात्राओं की कापियां ही जांच रही थी। अपने घर के सामने कार का द्वार बन्द होने का स्वर सुनकर वह चौंक गई थी, और जब कार स्टार्ट होने का स्वर सुना तो खिड़की खोलकर उसने बाहर झांक भी लिया था। तब तक कार उसकी खिड़की से आगे बढ़ चुकी थी। हैडलाइट्स के कारण कार के आगे जितना झागदार प्रकाश था, उतना ही हैडलाइट्स के पीछे कार अंधकार में डूबी हुई थी, इसलिए रत्ना कार को नहीं पहचान सकी। यूं भी उसने कार को पहचानने की आवश्यकता नहीं समझी। खिड़की द्वारा कमरे का जो प्रकाश बाहर निकला, उसमें शोभा खड़ी हुई थी, इसलिए उसने द्वार खोल दिया था। शोभा कार को देखती हुई पवन के विचारों में इस प्रकार तल्लीन थी कि उसे घर का द्वार खुलने की आहट भी नहीं मिल सकी थी। जाती हुई कार को देखने में शोभा तल्लीन थी, इसलिए रत्ना भी द्वार पर खड़ी-खड़ी कार देखने लगी थी। शोभा के दिल में प्यार का चोर था। इसलिए वह दरवाजे पर पहुंचकर कुछ झिझकी। अपनी दीदी से आंखें भी नहीं मिला सकी वह। रत्ना दरवाजे पर से हटी तो वह सीधी अन्दर प्रविष्ट हो गई। शोभा अगले कमरे में प्रविष्ट हो जाना चाहती थी कि अपनी दीदी का स्वर सुनकर रुक गई।

"कौन था वह कार वाला, जो तुझे छोड़ने आया था?" रत्ना दरवाजा अन्दर से बन्द करती हुई पूछ रही थी; कुछ दबे स्वर में - ऐसा न हो कि माता-पिता सोते से जाग जाएं।

शोभा पलटी, परन्तु लाज के मारे कुछ कह न सकी। रत्ना ने दरवाजा बन्द करने के बाद शोभा को देखा तो शोभा ने अपनी दृष्टि नीचे झुका ली।

"बता ना, कौन था वह?" रत्ना शोभा के समीप आई। प्यार से उसने कहा, "अपनी बड़ी बहन से कोई बात नहीं छिपाते। कोई अनुचित बात होगी तो मैं स्वयं ही तुझे समझा दूंगी।"

"वह..." शोभा ने डरते-डरते कहते हुए अपनी दीदी को देखा; परन्तु कांपकर उसने एक बार फिर अपनी पलकें नीची कर लीं।

"तुझे बताने में लाज आ रही है तो ले, मैं अपना मुखड़ा दूसरी ओर किए लेती हूं।" रत्ना ने बहन के लिए अपनी निजी भावनाओं को भुला दिया। शोभा की ओर वह पीठ करके खड़ी हो गई। अपनी आंखें बन्द करती हुई बोली, "ले, मैंने अपनी आंखें भी बन्द कर ली हैं।"

"वह..." शोभा तब भी झिझक रही थी; परन्तु फिर उसने कह ही दिया, "वह पवन जी थे।"

क्या? रत्ना की छाती पर मानो अचानक बम गिरकर फूट गया। दिल के टुकड़े-टुकड़े हो गए। पलटकर उसने शोभा को देखना चाहा, परन्तु फिर स्वयं पर काबू कर गई। पलट पड़ती तो उसके अपने प्रेम का भेद खुल जाता। कुछ कर भी नहीं सकी वह। शोभा की बात सुनते ही उसकी सांसें जहां की तहां अटक-सी गई थीं। दिल का दर्द सहनशील से बाहर हो रहा था। आंखें बन्द किए वह दांतों द्वारा अपना निचला होंठ सख्ती से काटने लगी। दर्द तब भी कम नहीं हुआ, बल्कि आंखों से आंसू बाहर छलक आए। जब कोई वस्तु मिलती है तो उसका मूल्य नहीं मालूम पड़ता, परन्तु जब वही वस्तु मिलने के बाद छिनती है तो उसका मूल्य मालूम होने लगता है। रत्ना को अब पता चला कि वह पवन से कितना अधिक प्यार करती है। शायद अब वह उसके बिना जी भी नहीं सकेगी। परन्तु यह उसकी बहन शोभा उसके प्यार के रास्ते में कहां से चली आई?

"दीदी!"

शोभा उसी प्रकार रत्ना के पीछे खड़ी कह रही थी, "आज पार्टी में मुझे देखते ही वह चौंक गए। मेरे समीप आकर वह स्वयं ही बैठ गए। तुम्हारे विषय में भी पूछा।"

रत्ना का दिल तड़पकर पुकार उठा - पवन ने उसके विषय में क्या पूछा था? परन्तु होंठों से वह कुछ भी नहीं कह सकी, बल्कि अपने होंठों पर ताला डालने के लिए उसने दांतों द्वारा होंठों को और भी सख्ती से दबा दिया। आंसुओं की धार बन्द पलकों के कोने उठाकर बाहर निकली और मोतियों की लड़ियां बनकर गालों पर बहने लगीं।

"दीदी-" शोभा उसी प्रकार कह रही थी, रत्ना के दिल में तड़पते तूफान से अज्ञात, "उन्होंने मुझे नृत्य के लिए भी उठाया। तेरे साथ नृत्य किया। जिस समय मैं उनकी बांहों में समाकर नृत्य कर रही थी, उस समय मैंने जाना कि. . . कि प्रेम..." शोभा लाज के मारे बहन से नहीं खुल सकी तो उसने बात बदल दी। बोली, "परन्तु जाने क्यों दीदी, आज मैंने उन्हें हर क्षण बहुत खोया-खोया सा देखा। उन्होंने शराब भी बहुत पी ली थी। ऐसा लगता है, मानो वह अपनी स्मृति खो जाने के कारण अन्दर ही अन्दर घुटते रहते हैं।"

सहसा राजाराम के कमरे से उनके खांसने का स्वर सुनाई पड़ा। रत्ना की मांजी भी जाग गई थीं। उन्होंने वहीं अपने कमरे से आवाज लगाकर कहा, "अरे इतनी रात में क्यों बकबक मचा रखी है? सो क्यों नहीं जातीं? क्या अगला दिन बातें करने के लिए नहीं है?"

रत्ना ने बड़ी कठिनाई से अपनी स्थिति संभाली। मन पर काबू किया। फिर उसी प्रकार खड़ी-खड़ी शोभा से बोली, "जा तू सो जा, मुझे अपनी कांपियां जांचनी हैं।" रत्ना शोभा की ओर बिना पलटे खिड़की की ओर बढ़ गई, जहां उसके कॉलेज की कापियां मेज पर रखी हुई थीं।

मां की आवाज सुनकर शोभा भी वहां खड़ी नहीं रह सकी और पलटकर अन्दर के कमरे में चली गई। आज मानो सपने में उसने पवन को देखने की सौगंध खा रखी थी। यह

आयु ही ऐसी होती है, जब रात की सारी नींदें उड़ जाती हैं और नींद आती है तो सपनों में बीत जाती है।

रत्ना मेज के सामने कुर्सी पर बैठ गई, अन्दर के दरवाजे से मुखड़ा छिपाते हुए। जब उसे एहसास हो गया कि शोभा जा चुकी है तो उसने अपने आंसू पोंछे। आंचल द्वारा पलकों के साथ कपोलों को भी साफ किया, परन्तु आंसू थे कि आंखों में उमड़कर गालों पर बहते ही जाते थे। होंठ रह-रहकर कांप उठते थे। हिचकियां होंठों पर आने को तड़प उठती थीं, जिन्हें वह दबाने का प्रयत्न करती तो सारा शरीर कांप उठता था। उसका मन फूट-फूट कर रो लेने को कर रहा था। वह जानती थी कि पवन पार्टी में हर क्षण क्यों खोया-खोया था, क्यों उसने शराब पी थी। अपने दिल की तड़प पर काबू पाने के लिए मानव को कोई न कोई सहारा तो चाहिए ही। पवन ने शराब पीकर अपनी स्थिति पर काबू पा लिया होगा, परन्तु अब वह अपनी स्थिति जानने के बाद अपने दिल की तड़प पर किस प्रकार काबू पाए? हां, किस प्रकार अपने दिल की तड़प पर काबू पाए? उफ! ओह पवन. . . पवन - रत्ना का दिल तड़पकर मानो पुकार उठा - यह तुमने मुझ पर क्या कर दिया? क्या कर दिया पवन? और आखिर रत्ना जब अपने दिल की तड़प पर काबू नहीं पा सकी तो वह लपककर स्नानकक्ष में चली गई। द्वार उसने अन्दर से बन्द कर लिया और फिर दोनों हाथों की हथेलियों में अपना गुलाब-सा मुखड़ा छिपाती हुई वह फूट-फूट कर रो पड़ी। उसकी सिसकियों के साथ उसका पूरा शरीर थरथरा जाता था। आंसू थे कि रुकने का नाम भी नहीं ले रहे थे। यदि इस समय उसके सामने पवन आ जाता तो वह निश्चय ही उसकी छाती से लिपट जाती। उसकी बांहों में समा जाती। उस पर अपने दिल का भेद प्रकट कर देती। उसे अपनी मजबूरियां बताती, अपने दिल का वह घाव दिखाती, जो नासूर बनकर उसके शरीर में जहर घोल रहा था। फिर वह उसके पैरों पर गिरकर अपने प्यार की भीख मांग लेती। प्यार का यह कैसा अजीब इकरारनामा था, जो वह अपने-आप से कर बैठी थी, इस समय, यह भूलकर कि उसकी छोटी बहन की भी कुछ भावनाएं हैं, पवन के प्रति। यही है दीवानी प्यार की, जिसमें मानव सब भूल जाता है, माता-पिता, जिन्होंने बचपन से

उसे अपना रक्त देकर पाला है. भाई-बहन, जिनके बिना जीवन सूना और निरर्थक महसूस होता रहा है, सभी इस दीवानगी के आगे पराए बन जाते हैं या मन और मस्तिष्क से उतर जाते हैं। रत्ना के लिए शोभा पराई नहीं बनी थी, परंतु हां, उसकी दीवानगी की स्थिति में शोभा इस समय अवश्य उसके मन और मस्तिष्क से उतर चुकी थी, क्योंकि वह जानती थी कि शोभा एक बहुत बड़े भ्रम में है; पवन उसे कभी प्यार नहीं कर सकता - कभी नहीं। शोभा को तो वह बाद में समझा सकती थी, परन्तु इस समय उसे अपने ही दिन की तड़प से फुर्सत नहीं थी।

रो लेने के बाद उसका जी हल्का हो गया तो उसकी सिसकियां होंठों के अन्दर घुटक रह गईं। हिचकियां रुक गईं, परन्तु आंसू अब तक धीमे-धीमे बह रहे थे। आंचल द्वारा उसने अपनी भीगी पलकें पोंछीं, पलकों का किनारा साफ किया। भीगे कपोल पोंछे और फिर जब वह अपनी स्थिति संभालकर स्नानकक्ष से बाहर आई तो शोभा पलंग पर लेट चुकी थी। रत्ना के लिए बहुत कापियां जांचने का प्रश्न ही नहीं रह गया था। मन उदास था। उसने सामने के कमरे की बत्ती बुझाई और फिर चुपचाप जाकर अपने पलंग पर लेट गई। उसका पलंग शोभा के पलंग के समीप ही था। यही कारण था कि वह आरम्भ में अपने आंसू बहाने के लिए पलंग पर न जाकर स्नानकक्ष चली गई थी। इस समय पलंग पर लेटने के बाद उसे अपनी हिचकियों और और सिसकियों पर काबू था, परन्तु आंसू थे कि अब तक बेआवाज होकर बह रहे थे, इसलिए उसने अपनी करवट दूसरी ओर बदल ली। रात के नीले बल्ब के हल्के प्रकाश में उसने देखा, तकिए के गिलाफ के कढ़े हुए फूलों पर उसके आंसू शबनम की बूंदों समान चमक रहे थे। 'फॉरगेट में नॉट' भीग चुका था, फिर भी अमिट था, पवन की यादों के समान। रत्ना देर तक सोचती रही, अपने और पवन के विषय में, शोभा और पवन के विषय में।

रत्ना ने ठंडे मन से अपनी स्थिति पर ध्यान दिया तो वह मन ही मन लज्जित हुई। अपने स्वार्थ के लिए वह अपनी बहन के जज्बात को क्यों ठेस पहुंचा रही है? क्यों शोभा की खुशियों को भूले जा रही है? रत्ना ने सोचा, वह पवन से विवाह नहीं कर सकती।

विवाह न कर सकने के कारण ही उसने अब तक अपना प्रेम पवन पर प्रकट नहीं किया था, परन्तु कम से कम इस समय वह शोभा की भावनाओं की सुरक्षा तो कर ही सकती है। अपने प्यार का वास्ता देकर पवन को शोभा को स्वीकार करने पर तो विवश कर सकती है। पवन की स्मृति खो चुकी है। वह उस पर जी-जान से निछावर है, इसलिए जब वह उसके आगे अपनी बहन का प्रस्ताव रखेगी तो वह कभी इनकार नहीं करेगा। उसने कहा था; हां, उसने कहा था - कभी आपको भूले-भटके मेरी किसी भी प्रकार की आवश्यकता पड़े तो मुझे याद करने में संकोच मत कीजिएगा। आपके काम काम आना मैं अपने प्रति सौभाग्य की बात समझूंगा। शोभा के साथ विवाह करने के बाद यदि पवन की स्मृति वापस आ भी गई तो पवन शोभा को दोष नहीं दे सकेगा। केवल उसे दोष देगा - उस रत्ना को, जिसे स्मृति खोने के बाद वह अपनी आत्मा से भी बढ़कर प्यार करने लगा था। रत्ना ने सोचा, उसके अपने जीवन का परिणाम कुछ भी हो, परन्तु वह अपनी बहन के जीवन के रास्ते में तो फूल बिछा ही सकती थी। उसने तय कर लिया कि वह अगले दिन पवन से मिलेगी। उसके आगे अपना दामन फैलाएगी और प्यार के बदले में बहन की भीख मांग लेगी। यद्यपि इस प्रकार वह पवन की भावनाओं से खेलकर उसके साथ अन्याय करेगी, उससे अनुचित लाभ उठाएगी, परन्तु इसके अतिरिक्त चारा भी क्या था? उसका अपना जीवन तो नष्ट हो ही चुका है, परन्तु अपनी बहन की प्रसन्नता को सुरक्षित रखते हुए वह पवन को भी उसके मन का सुख अवश्य प्रदान कर सकेगी। उसकी भोली बहन निश्चय ही इस योग्य है कि एक दिन वह पवन का मन जीत लेगी।

शोभा का विवाह हो गया। विवाह बहुत साधारण हुआ। जानकीदास ने राजाराम के स्तर तथा उनकी आर्थिक स्थिति का ध्यान रखते हुए उन पर जरा-सा भी भार नहीं डाला। गिने-चुने लोगों की बारात आई और फिर शोभा को ब्याहकर ले गई। बारात से लेकर विदाई तक रत्ना दिल ही दिल में तड़प कर रोती रही, परन्तु होंठों पर गम्भीरता की एक झलक तक नहीं आने दी। हर क्षण वह मुस्कराती ही रही, अपने दिल के अन्दर उठती टीस का गला दबाते हुए। शोभा के बिदा होने के बाद रत्ना इतना अधिक रोई थी कि उसकी आंखों के पपोटे सूज गए थे।

शोभा का विवाह उसकी शिक्षा छुड़ाने के बाद किया गया था। इतने बड़े घर में जाने के बाद उसे शिक्षा जारी रखने की आवश्यकता ही क्या थी! वह तो जानकीदास के बंगले में रानी बनकर राज करने गई थी।

जानकीदास के बंगले में शोभा का स्वागत किसी महारानी से कम नहीं हुआ। इतने बड़े बंगले की बैठक में शोभा मेहमानों के बीच नई-नवेली दुल्हन बनी स्वयं में ही सिमटी बैठी हुई थी। दिल धक-धक कर रहा था, पिया से गले मिलने को तड़प रहा था। दृष्टि थी कि उठती ही नहीं थी। बस, किसी प्रकार रात हो, मेहमानों से पीछा छूटे, वह अपने कमरे में जाए और जब पिया आएं तो वह उनके कदमों में बिछ-बिछ जाए। उसने तो सपने में भी नहीं सोचा था कि उसका एक दिन का प्यार सारे जीवन के लिए उसके कदमों में मुस्कराते फूल बिछा देगा।

फिर शाम डूबी। रात ने अंगड़ाई ली तो जाने कहां से हवा के झोंके उठे और बंगले के रेशमी परदों को अन्दर तक लहरा गए। हवाओं में नमी थी। ठंडक भी थी। शायद इस समय कहीं दूर वर्षा हो रही थी, शायद वहां वर्षा पहुंचने ही वाली थी। वर्षा कभी भी हो सकती थी। शोभा ने अनुमान लगाया, आज की रात कितनी सुहानी होगी, कितनी प्यारी, कितनी पवित्र! अनुमान लगाकर शोभा स्वयं ही लाजवन्ती बन गई। स्वयं में सिमटकर गुलाबी हो गई। अभी से ही उसकी आंखों में गुलाबी डोरे कांपने लगे।

कुछ देर बाद पूनम और नीलम के साथ अनेक सुन्दरियों ने उसे दूसरी मंजिल पर उसके कमरे में पहुंचा दिया। शर्म और हया के बोझ से झुकी-झुकी पलकें कमरे की सजावट देखने के लिए नहीं उठ सकीं,फिर भी वातावरण फूलों से सुगंधित था। कमरे के बीच में एक बड़ा पलंग था - सुन्दर फूलों की झालरें चारों और लटक रही थीं। शोभा पलंग पर बैठी तो कुशनदार गद्दा इस प्रकार अंदर तक धंसता चला गया कि शोभा चौंककर खड़ी हो गई। कहीं सुन्दरियों ने मिलकर उसे गिराने का मजाक तो नहीं किया था? सुन्दरियां उसका यह भोलापन देखकर खिलखिला पड़ीं तो शोभा लजाकर दोबारा पलंग पर बैठ गई। सुन्दरियां मीठे-मीठे मजाक करके उसका दिल बहलाने लगीं।

कुछ देर बाद दूल्हा बना पवन कमरे में प्रविष्ट हुआ तो सुन्दरियां पक्षियों-समान चहकती हुई चली गईं। दोनों अकेले रह गए। पवन उदास था। ऐसा लगता था, यह उदासी उसके मुखड़े पर एक छाप बन चुकी है। अब यह कभी नहीं मिट सकेगी। रत्ना को प्यार करके उसने ऐसा कौन-सा पाप किया था, जो उसे शोभा को स्वीकारने का दण्ड मिला था? परन्तु जब उसकी रत्ना की प्रसन्नता ही इसमें थी तो वह क्या करता? शोभा के समीप आकर वह पलंग पर बैठ गया तो शोभा तुरंत उठ खड़ी हुई। उसने झुककर अपने पति के चरण छू लिए। पवन ने उसे बांहों से पकड़कर खड़ा किया। अपने समीप ही उसने उसे पलंग पर बिठा लिया। शोभा की पलकें ही नहीं, उसका मुखड़ा भी झुका हुआ था। सिर का आंचल लम्बा होकर उसके मुखड़े को ढंके हुए था। पवन ने उसका मुखड़ा अपने सामने किया। उसका आंचल पीछे सरकाया। फिर ठोड़ी के नीचे अंगुली रखकर उसका मुखड़ा ऊपर किया। कलियों जैसा मुखड़ा - अभी फूल भी तो नहीं बना था। फूल बनने के लिए ही तो यह कली उसके कदमों की खाक में चली आई थी। पवन देखता ही रह गया। क्या अन्तर था इसमें और रत्ना में? कुछ भी तो नहीं। केवल कली और फूल का। कली को देखते-देखते पवन की आंखों में फूल समा गया। शोभा के स्थान पर रत्ना उसकी आंखों में चली आई, मन और मस्तिष्क में भी। उससे रत्ना की दूरी सहन नहीं हो सकी। उसने तुरन्त रत्ना को खींचकर अपनी बांहों में समा लिया। शोभा को उसका संसार पहले ही प्राप्त हो चुका था। उसके संसार में फूल ही फूल खिल उठे।

बाहर के वातावरण में वर्षा आरम्भ हो चुकी थी, जिसकी ठंडी तथा सौंधी सुगंध अन्दर कमरे तक आ रही थी। बादलों की गरज भी हल्की-हल्की सुनाई पड़ जाती थी। सामने बड़ी खिड़की पर पड़ा परदा भी चमककर बाहर की कौंधती बिजली का पता देता था। कौंध के साथ बिजली कड़क भी उठती थी, परन्तु अब तूफान आए या भूकम्प, उन्हें किसी की भी परवाह नहीं थी। उन दोनों के जीवन में अब स्वयं एक तूफान जन्म ले रहा था।

पवन की आंखों में रत्ना समाई हुई थी। शोभा को रत्ना समझते हुए उसने उसके कुंवारे होंठों पर अपने गरम-गरम होंठ रख दिए। शोभा के शरीर में आग लग गई। जीवन में पहली बार उसने इस नई मिठास का आनन्द प्राप्त किया था। लाज के मारे उसका मुखड़ा गुलाबी पड़ गया तो वह पवन की छाती में और अधिक समाने का प्रयत्न करने लगी। पवन ने अपनी रत्ना के कपोल चूमे, उसकी गुलाबी कनपटियों का चुम्बन लिया, आंखों के पपोटे भी चूमे तो शोभा की सांसें तेज-तेज चलने लगीं। सांसों के साथ उसके नन्हे-नन्हे नथुने भी फूलने लगे। छाती का उतार-चढ़ाव तेज हो गया। होंठ भीग गए। आंखों में गुलाबी डोरे खुमार बनकर छा गए। पवन ने जब उसके गले के गड्ढों में अपने होंठ रखे तो शोभा के शरीर में गुदगुदी मच गई। शरीर का रोम-रोम खड़ा हो गया। रोम-रोम पुकार रहा था - पवन... पवन... पवन और पवन का मन और मस्तिष्क पुकार रहा था - रत्ना... रत्ना... रत्ना!

शोभा को अब इस संसार में कुछ भी नहीं चाहिए था; हां, कुछ भी नहीं - केवल उसका पति... और उसका प्यार। शोभा ने स्वयं को पवन के हवाले कर दिया। पवन ने अपनी रत्ना को बांहों में समा लिया।

अचानक एक बहुत बड़ा भूकम्प आया - एक बहुत बड़ा बवंडर, मानो बाहर के वातावरण से यह अचानक ही कमरे में प्रविष्ट हो गया था। पवन की बांहों में शोभा पलंग सहित चकरा गई, इस तेजी के साथ कि पवन को स्वयं चक्कर आ गया। तड़पकर पवन शोभा को छोड़कर तुरन्त उठ खड़ा हुआ। उठते समय पलंग पर फूलों की जाने कितनी झालरें टूटकर बिखर गईं, किसी अबला के टूटे हुए सपनों के समान। परन्तु पवन ने किसी भी वस्तु की परवाह नहीं की। अतीत की एक धुंध आई और चली गई... फिर आई और चली गई - जाने कितनी बार। अचानक उसे होश आया। उसे ऐसा लगा, मानो वह एक बहुत लम्बी और गहरी नींद से जगा है। उसने कमरे की हर वस्तु पर चारों ओर बहुत तेजी के साथ अपनी दृष्टि दौड़ाई। फिर शोभा को उसने फटी-फटी दृष्टि से देखा। शोभा कांपकर

उठ बैठी। अपना अर्द्धनग्न शरीर उसने तुरंत ढंक लिया। घबराई-सी वह पवन को देखने लगी। यह अचानक ही उसके पति को क्या हो गया?

पवन को अपनी स्मृति खोने से पहले की सारी बातें याद आ गई थीं, परन्तु स्मृति खोने के बाद की घटनाएं याद करने के लिए उसका मस्तिष्क अभी भी उलझनों में गिरफ्तार था। यही कारण था कि वह शोभा को नहीं पहचान सका। उसने शोभा से सख्त स्वर में पूछा, "कौन हो तुम? और यहां क्या कर रही हो?" पवन के अन्दर का सोया शैतान मानों एक युग बाद फिर जाग उठा था।

"जी?" शोभा कुछ समझी नहीं। वह और सहम गई।

"कौन हो तुम? यहां कैसे आई?" पवन बहुत जोर से गरजा।

"जी, मैं... मैं..." शोभा कांपकर पलंग से नीचे उतर गई। बोली, "जी मैं आपकी पत्नी हूं, आपके चरणों की दासी।" शोभा पवन के चरणों में झुक गई।

शोभा के झुकते-झुकते पवन के मस्तिष्क की रही-सही उलझनें भी तुरंत दूर हो गई। उलझन का एक कोना मिल जाता है तो कुछ सुलझ जाता है। पवन के साथ भी ऐसा ही हुआ, क्योंकि वह अमेनेसिअ का शिकार था। उसे अमेनेसिअ के दौर की भी सारी घटनाएं याद आ गई तो यह जानते देर नहीं लगी कि उसके चरणों में बैठी लड़की शोभा है - रत्ना की बहन; रत्ना, जिसने उस पर कातिलाना हमला किया था। उसे रत्ना के साथ शोभा से भी घृणा हो गई। उसने घुटने द्वारा अपने चरणों में बैठी शोभा के मस्तक पर एक भरपूर घात करते हुए क्रोध में चीखकर कहा, "गेट आउट!" शोभा पीछे को ढुलक गई। पवन शोभा को कमरे से बाहर निकालने के लिए द्वार की ओर लपक गया।

शोभा को चक्कर आ गया। दर्द के कारण आंखें छलक आई। दर्द बर्दाश्त नहीं हुआ तो वह फूट-फूट कर रो पड़ी। आखिर उसे यह किस बात का दण्ड मिल रहा है? मन हुआ वह अपने स्वामी से अपना दोष पूछ ले, परन्तु इसका साहस उसके अन्दर उत्पन्न नहीं हो सका।

पवन ने कमरे से बाहर जाने वाला दरवाजा एक झटके के साथ खोला। फिर शोभा की ओर देखा। शोभा कालीन पर घुटनों के बल बैठी सिर झुकाए आंसू बहा रही थी। पवन उस पर फिर चीखा। बोला, "कुछ सुना कि नहीं? निकल जाओ यहां से, इसी समय!"

बंगले के बाहर के सभी दरवाजे चारों ओर से बन्द थे, इसलिए पवन की चीख अन्य कमरों में भी गूंज गई। घर वाले पवन के कमरे की ओर दौड़ पड़े। यह अचानक इस शुभ रात्रि के समय क्या तमाशा हो गया। माता-पिता, भाई-बहन तथा कुछेक रिश्तेदार पवन के कमरे के सामने जा खड़े हुए। कुछेक रिश्तेदार पवन के कमरे को जाती सीढ़ियों पर खड़े तमाशा देखने लगे। नौकर-चाकर भी एकत्र हो गए।

"क्या बात है बेटा? तुम इतना क्रोध क्यों कर रहे हो?" मां ने घबराकर पूछते हुए कमरे के अन्दर बहू को देखा।

"मां, यह डायन उसी हत्यारिन की बहन है, जिसने एक रात मुझ पर कातिलाना हमला किया था।" पवन ने शोभा की ओर इशारा करते हुए कहा।

"क्या?" मां का कलेजा मुंह को आ गया।

अन्य उपस्थित जनों को भी पवन की बात पर विश्वास नहीं हुआ।

शोभा ने सुना तो उसे अपने कानों पर विश्वास ही नहीं हुआ। यह कैसे संभव है?

"मां, मुझे एक-एक बात याद आ गई है।" पवन ने कहा, "मेरी स्मृति वापस आ गई है मां, मेरी स्मृति वापस आ गई है।"

"क्या?" मां की प्रसन्नता का ठिकाना न रहा। मां की प्रसन्नता में सभी सम्मिलित थे - पूनम और नीलम भी, परन्तु वे दोनों गम्भीर ही रहीं।

"हां मां -" पवन ने कहा, "इस पापन की बहन रत्ना ने मुझ पर आक्रमण करके मुझे मार डालना चाहा था, परन्तु यह मेरा भाग्य था, जो मैं बच गया। स्मृति खोने के बाद तो

मेरा जीवन नरक से भी बुरा हो गया था। अब मैं उस हत्यारिन को हरगिज नहीं छोडूंगा। मैं उसे अपन हाथों से दण्ड दूंगा।"

शोभा का दिल बैठ गया। क्या उसकी बहन ऐसी है कि किसी पर कातिलाना हमला करे? क्या इसके पीछे कोई भेद नहीं था? भेद था भी तो उसने अपनी छोटी बहन को इस व्यक्ति के हाथों में क्यों सुपुर्द कर दिया? क्यों नहीं उसे समझाकर दीदी ने उसकी नासमझी में बढ़े पग रोक दिए? क्यों नहीं उसने अपनी छोटी बहन के भविष्य का ध्यान रखा? क्यों नहीं उसे ऐसे व्यक्ति से बचा लिया, जिसकी स्मृति वापस आते ही उसके जीवन में आग लगने वाली थी? शोभा मन ही मन सिसकियां लेने लगी। पति की बात सुनकर उसके दिल पर आरे चलने लगे थे।

पवन शोभा की ओर पलटा। उसकी ओर बढ़ते हुए वह फिर घृणा से बोला, "नीच, तू ऐसे नहीं मानेगी।" उसने शोभा को लटों द्वारा सख्ती के साथ पकड़ा। उसे बेदर्दी से द्वार की ओर खींचा तो शोभा की जान ही निकल गई। नई-नवेली दुल्हन का बनाव- श्रृंगार उथल-पुथल हो गया। सारे सपने एक ही झटके में टूटकर बिखर गए। फूट-फूट कर वह फिर से रो पड़ी। पवन की इस क्रोध-भरी दशा में वह उसे कैसे समझाती कि वह अपनी दीदी तथा उसके मध्य हुई घटना के विषय में कुछ भी नहीं जानती थी। दरवाजे पर घिसटते हुए शोभा ने भीगी दृष्टि से अपने सास-ससुर को देखा। ससुर को उस पर दया आ गई। बोले, "बेटा, बहू को निकालना ही है तो निकाल दो, परन्तु इसके साथ इस प्रकार अत्याचार मत करो।"

"हां भैया" - आखिर पूनम को भी शोभा पर दया आ ही गई। दया आती भी क्यों नहीं? इतनी सुन्दर, कमसिन तथा भोली-भाली सुन्दरी, जिसे वह भाभी कह चुकी थी, जो इस घर की लक्ष्मी बन चुकी थी, उसे वह इतनी आसानी से वैसे जाने दे सकती थी? उसने कहा, "आखिर इसमें इनका क्या दोष है? जो भी पग उठाना हो, इनकी बहन के विरुद्ध उठाओ।"

“तुम चुप रहो!” पवन ने उसे डांट दिया। बोला, “नागिन की बहन सदा नागिन ही रहेगी, चाहे दूध पिलाओ या न पिलाओ। वह नागिन मुझे डस न सकी तो उसने इसे डसने के लिए भेजा।”

नीलम भी शोभा के पक्ष में कुछ बोलने वाली थी, परंतु फिर चुप रह गई। भाई इसी लड़की की बहन के कारण मृत्यु की खाई में जा चुका था, दोबारा इस प्रकार का कोई रिस्क लेने को वह तैयार नहीं हो सकी। अपना रक्त अपना ही होता है।

पवन को उसके घर वालो ने क्या समझाया, मानो जलते पर तेल छिड़क दिया। उसका क्रोध और भड़क उठा। शोभा को वह उसी प्रकार खींचकर सीढ़ियों पर से गिरता-पड़ता नीचे लाया। वह बड़े कमरे में पहुंचा। शोभा ने तब भी अपने बचाव में कुछ नहीं कहा। चीखी-चिल्लाई भी नहीं। केवल फूट-फूट कर रोती रही और अपने भाग्य को दोष देते हुए मानो अपनी बहन को भी कोसती रही, जिसके कारण आज उसकी यह दुर्दशा हो रही थी। पवन ने उसी प्रकार शोभा की लटें पकड़े हुए बैठक का द्वार खोला। बादलों की गरज तथा खिड़की की कड़क के साथ हवा का झोंका तेजी के साथ कमरे में प्रविष्ट हो गया। पवन शोभा को घसीटकर बरामदे के किनारे लाया, पोर्टिको से अलग, जहां लॉन में उतरने की सीढ़ियां नहीं थीं। उसी प्रकार लटों द्वारा पवन ने शोभा का मुखड़ा अपनी ओर उठाया। शोभा के गाल पर उसने एक भरपूर थप्पड़ मारा। शोभा की आंखों के सामने अंधकार छा गया। होंठों के किनारे से रक्त निकल आया। यह कैसी क्रूरता थी, कैसा पागलपन, जो एक व्यक्ति अपनी निर्दोष पत्नी के साथ ऐसा व्यवहार कर रहा था? पवन ने दांत पीसते हुए कहा, “नीच तुझे तो मैंने जीवित छोड़ दिया, परन्तु तेरी बहन को मैं हरगिज नहीं छोड़ूंगा। उस नीच की ऐसी दुर्गति करूंगा कि सारा संसार देखेगा।” पवन ने शोभा को एक धक्का दिया, ऐसा कि वह बरामदे के बाहर पानी में गिरकर कलाबाजी खा गई। कीचड़ में उसका शरीर लथपथ हो गया। वर्षा की झड़ी उस पर छा गई। ठंडी-ठंडी हवाएं उसके शरीर को सुई समान छेदने लगीं। उसका शरीर थर-थर कांपने लगा। उसने कीचड़ में पड़े-पड़े मन की

गहराई से प्रार्थना की - हे भगवान, अब और कुछ देखने से तो अच्छा है कि उसे मृत्यु दे दे। क्या यही दिन देखने के लिए उसका जन्म हुआ था?

सहसा बहुत जोर की बिजली कड़की-कौंधी भी। कौंध से दूर-दूर का वातावरण सुनहरा होकर चमक उठा। कौंध में शोभा का शरीर एक शव समान खामोश पड़ा था। बिजली उसके दिल पर गिरकर उसके अरमानों को राख कर रही थी। बिजली की कड़क अब तक गूंज रही थी। ऐसा लगता था मानो कड़क की लपेट में सारा शहर आ गया है।

❑❑

बिजली की इस कड़क की लपेट में रत्ना भी आ गई।

रत्ना अपने पलंग पर सो रही थी कि अचानक बिजली की तेज कड़क सुनकर उसकी आंखें खुल गई। नींद में वह बेचैनी के साथ बहुत देर से कभी अपने मस्तक पर बल डाल रही थी तो कभी दिल में उठते दर्द पर काबू पाने के लिए दांतों द्वारा अपने होंठों को काट रही थी। नींद में वह कभी-कभी 'नहीं' के संकेत पर बहुत बेचैनी के साथ सिर भी हिला देती थी। वह सपना ही देख रही थी, पवन के साथ शोभा के विवाह का तथा फिर उसके बाद शोभा के भयानक परिणाम का, जो उसकी सहनशक्ति से बाहर होता जा रहा था। उसकी आंखें खुलीं तो उसके कानों में वर्षा के स्वर के साथ बिजली की कड़क गूंज बनकर अब भी सुनाई पड़ रही थी। फिर अचानक वह उठकर बैठ गई। रात के नीले प्रकाश में उसने गरदन घुमाकर देखा, शोभा अपने पलंग पर बेसुध पड़ी सो रही थी। उसने शोभा की ओर भी ध्यान से देखा। फिर एक संतोष की सांस लेकर सामने मुंह करती हुई बैठ गई। स्वप्न के विषय में उसने सोचा तो उसका दिल कांप गया। उफ! कितना भयानक सपना था कितना अधिक! यदि उसने पवन के हाथ में शोभा का हाथ दे दिया तो क्या उसकी बहन का यही परिणाम होगा, जो अभी-अभी उसने स्वप्न में देखा है? क्या इस स्वप्न द्वारा उसे चेतावनी तो नहीं मिली थी कि वह अपनी भोली-भाली बहन का हाथ पवन के हाथ में न दे?

कुछ देर बाद रत्ना फिर पलंग पर लेट गई, परन्तु उसे इस भयानक स्वप्न के बाद नींद जरा भी नहीं आ सकी। बादल गरज रहे थे, बिजली कौंध के साथ कड़क जाती थी, वर्षा की झड़ी शोर मचा रही थी, इसलिए स्वप्न की एक-एक घटना रत्ना की आंखों में दोबारा तस्वीर बनकर आती और चली जाती थी। इस स्वप्न का प्रभाव रत्ना के मस्तिष्क पर ऐसा पड़ा कि उसने निश्चय कर लिया, अब वह अपनी बहन का हाथ पवन के हाथ में कभी नहीं देगी। यदि वह स्वयं भी पवन को अपनाएगी तो उसका अपना परिणाम भी वही होगा जो अभी-अभी उसने स्वप्न में शोभा के प्रति देखा है। पवन की स्मृति कभी भी आ सकती है। स्मृति वापस आने के बाद भला वह उस स्त्री को क्यों क्षमा करना पसन्द करेगा, जो उसकी हत्या कर देना चाहती थी?

परन्तु अब प्रश्न यह था कि वह अपनी छोटी बहन को पवन के सपने देखने से कैसे मना करे? मना करने से उसकी बहन की प्रतिक्रिया जाने क्या होती? उसके ऊपर प्रभाव उल्टा भी पड़ सकता था। शोभा की छाती में नन्हा-सा दिल था। पहली बार किसी के लिए धड़का था। यदि वह शोभा पर किसी प्रकार का प्रतिबन्ध लगाती तो उसका दिल टूट सकता था। सम्भवतः दिल के अन्दर उत्पन्न हुई प्यार की चिंगारी बुझने के बजाए भड़ककर शोला बन सकती थी। यह आयु बड़ी बागी होती है। अपने भविष्य से निश्चिंत प्यार में आई एक-एक दीवार को फांदकर या गिराकर इस आयु की लड़की आगे निकल जाना चाहती हैं। पता नहीं पवन ने रत्ना को कैसा प्रोत्साहन दिया है? यदि वह अपना स्वप्न शोभा को बताकर उसे सावधान करेगी तो उसका अपना भेद भी खुल सकता था। पवन द्वारा सपने में की हुई क्रूरता का कारण वह शोभा को क्या बताती? उसने निश्चय कर लिया कि वह अगले ही दिन पवन से भेंट करेगी। उस पर शोभा का भ्रम प्रकट करेगी। उससे विनती करेगी कि शोभा को समझाकर उसके एकतरफा प्यार से उसे हटा दे। ऐसा न हो कि आगे चलकर यह पागलपन सिद्ध हो। शोभा का अभी भी कुछ नहीं बिगड़ा है। प्यार के रास्ते में वह इतना आगे नहीं बढ़ी है कि वापस नहीं जा सके। अभी उसकी आयु

ही क्या है? अभी तो उसके खेलने-कूदने तथा पढ़ने-लिखने के दिन हैं। यदि वह अपने दिन और रात के सपनों में किसी को बसाकर खोई रहेगी तो अपनी शिक्षा कैसे पूरी करेगी?

अगली सुबह रत्ना ने शोभा के मुखड़े पर ध्यान दिया तो उसे बहुत प्रसन्न पाया। ऐसा लगता था, जैसे शोभा ने पवन के विषय में उतना ही सुन्दर सपना देखा है, जितना रत्ना ने भयानक सपना देखा था; परन्तु उसने शोभा से पवन के विषय में कोई बात नहीं छेड़ी। वह स्वयं अपने दिल से भी विवश थी। पिछली रात तो वह किसी प्रकार मुंह फेरकर अपनी स्थिति छिपाने में सफल हो गई थी, परन्तु इस समय उसके लिए अपने दिल पर काबू पाना कठिन हो जाता। नाश्ता करने के बाद वह अपने कॉलेज के कामों में ऐसी व्यस्त हुई कि शोभा को उससे किसी प्रकार की बातें छेड़ने का अवसर ही नहीं मिला।

उस दिन रत्ना ने कॉलेज पहुंचने के बाद पवन को फोन करके शाम के समय उससे मिलने का प्रोग्राम निश्चित कर रखा था; परन्तु जब वह कॉलेज पहुंची तो पता चला कि आज सुबह कॉलेज की एक पुरानी अध्यापिका का अचानक निधन हो गया है। छोटी-सी प्रार्थना, फिर दो मिनट की खामोशी की औपचारिकता बरतने के बाद कॉलेज की छुट्टी हो गई। उसके बाद सभी अध्यापिकाएं एक साथ मृतक अध्यापिका के यहां सहानुभूति अर्पित करने चली गईं तो रत्ना पवन को फोन नहीं कर सकी। मृतक अध्यापिका के यहां रत्ना को काफी देर हो गई। लगभग बाहर बजे वह वहां से निकली तो सबसे पहले समीप के टेलीफोन बूथ पर पहुंची। टेलीफोन निर्देशिका उठाई। जानकीदास का फोन-नम्बर देखा। निर्देशिका में उनके निवास-स्थान के साथ दफ्तर का भी फोन नम्बर था। रत्ना ने धड़कते दिल के साथ निवास स्थान पर फोन मिलाया। पवन से इतने दिनों बाद वह कैसे बातें कर सकेगी? बंगले पर घटी बजी तो पवन ने ही फोन रिसीव किया।

"हैलो?" पवन ने कहा। उसका स्वर बहुत गम्भीर था।

"..." रत्ना की सांस जहां की तहां अटक गई। वह परिचित स्वर-गम्भीर-उदास-निराश-। भला इस स्वर को वह कैसे भूल सकती थी? यह तो उसके दिल की पुकार थी,

सांसों की आवाज थी। कुछ भी उत्तर नहीं दे सकी रत्ना। स्वर मानो गले में अटककर रह गया।

"हैलो!" पवन ने दुबारा पुकारा। कहीं दूर मानो कोई टूटा हुआ साज बज उठा था।

"हैलो!" रत्ना ने बड़ी कठिनाई से कहा, अपने गले में अटका थूक घोंटने के बाद, बहुत ही मद्धिम तथा कांपते स्वर में। यदि वह उत्तर नहीं देती तो शायद पवन टेलीफोन काट सकता था।

फोन पर पवन के कानों में रत्ना का स्वर क्या पड़ा, पवन के दिल के टूटे साज में मानो एक नई जान उत्पन्न हो गई। एक ही शब्द में वह रत्ना का स्वर पहचान गया। पहचानता भी क्यों नहीं? मानो एक युग से उसके कान इस स्वर को सुनने के लिए तरस रहे थे। फिर भी उसे अपने कानों पर विश्वास नहीं हुआ। आज का सूर्य पश्चिम से कैसे उदय हो गया? उसने पुष्टि करने के लिए पूछा, "रत्ना जी आप...!"

"जी हां, मैं रत्ना ही बोल रही हूं।" रत्ना के दिल को विचित्र-सी प्रसन्नता प्राप्त हुई। पवन उसके स्वर की एक हल्की-सी झलक पाने के बाद भी उसे पहचान गया।

"..." पवन खामोश रहा। कुछ न समझ में आया कि रत्ना से क्या बात करे, क्या पूछे क्या कहे?

"मुझे आपसे एक आवश्यक काम है।" रत्ना ने ही आगे कहा।

"आज्ञा दीजिए।" पवन ने भावुक होकर कहा, "यदि मेरे वश में हुआ तो अपनी जान देकर भी उसे पूरा करने से नहीं चूकूंगा।"

रत्ना क्षण-भर खामोश रह गई। पवन को उससे कितना प्यार है - कितना अधिक! वह स्वयं भी तो पवन को बहुत प्यार करती है! फिर भी वह पवन को अपने जीवन का सहारा नहीं बना सकती। कैसी अभागिन है वह! उसने मानो विनती करते हुए कहा, "क्या आज शाम आप मुझसे मिलना पसन्द करेंगे?"

“आप जहां कहें, मैं अवश्य उपस्थित हो जाऊंगा।” पवन को रत्ना से एक हल्की-सी आशा बंधी तो उसने निःसंकोच कहा।

“जगह आप ही नियुक्त कर लें तो अच्छा होगा, परन्तु शहर की भीड़ से कुछ दूर।” रत्ना पवन से शहर में मिलकर समरेन्द्र का दिल दुःखी नहीं करना चाहती थी। समरेन्द्र न सही, समरेन्द्र का कोई परिचित ही उसे पवन से भेदभरे ढंग में मिलता देखकर समरेन्द्र को सूचना पहुंचा सकता था। समरेन्द्र से छुटकारा प्राप्त करने के लिए उसे सहूलियत से काम लेना था। इसके अतिरिक्त यदि शोभा को ज्ञात होता कि उसकी दीदी स्वयं पवन में रुचि ले रही हैं तो शोभा का दिल ही नहीं टूटता, बल्कि रत्ना उसकी दृष्टि से गिर भी जाती।

“उं...” पवन ने एक क्षण सोचा। फिर बोला, “ठीक है आप शाम पांच बजे मिंटो पार्क के मुख्य द्वार पर मेरी प्रतीक्षा कीजिएगा। वहां आपको मैं पिकअप कर लूंगा। उसके बाद कहीं चलकर संतोष से बात करेंगे।”

“धन्यवाद!” रत्ना ने कहा।

“मेरे योग्य और कोई सेवा?” पवन ने मानो जान निछावर करते हुए पूछा।

“मिलने पर ही बताऊंगी।” रत्ना ने बात समाप्त की। बोली, “अच्छा, नमस्कार।”

“नमस्कार।” पवन ने अनिच्छुक होकर कहा। वह बातों का सिलसिला थोड़ी देर तक और नहीं, बल्कि घंटों जारी रखना चाहता था।

रत्ना ने टेलीफोन रख दिया। दूसरी ओर पवन को भी टेलीफोन रख देना पड़ा। आज मानो एक युग बाद उसके दिल की तपती आग ठंडी होती महसूस हो रही थी। उसके दिल को एक खोया हुआ संतोष-सा प्राप्त हो रहा था। उसके लिए क्या यह कम था कि आज वह रत्ना की मांग पर उसके काम आ रहा था।

फोन करने के बाद रत्न ने अपने घर पहुंचने के लिए एक बस पकड़ी। यहां से बस सीधी उसके घर के रास्ते नहीं जाती थी। बाजार से बस दूसरा रास्ता पकड़ लेती थी,

इसलिए बस जब बाजार के बस अड्डे पर रुकी तो रत्ना उतर गई, ताकि यहां से अपने घर के लिए दूसरी बस पकड़ ले। 'रत्ना स्टुडियो' भी यहां से अधिक दूर नहीं था। अतः उसने सोचा कि वह क्यों न पहले स्टुडियो जाकर अपनी तस्वीर देखे। परन्तु फिर सोचा कि वहां जाने पर समरेन्द्र अपने प्रेम की गाथा लेकर न बैठ जाए। वह अभी कोई निर्णय नहीं कर पाई थी कि अचानक सामने से आता हुआ समरेन्द्र का एक असिस्टेंट दिखाई पड़ गया। असिस्टेंट भी उसे देख चुका था। वह क्या, समरेन्द्र के सभी परिचित जानते थे कि रत्ना का विवाह समरेन्द्र से होने वाला है। असिस्टेंट ने रत्ना को देखते ही उसकी ओर बढ़कर नमस्ते के लिए हाथ जोड़ दिए। उसके सामने आकर असिस्टेंट ने कहा, "आप स्टुडियो जाने वाली थीं ना? समरेन्द्रजी स्टुडियो में उपस्थित हैं। आप ही की तस्वीर बना रहे हैं वह।"

रत्ना ने सोचा, समरेन्द्र का असिस्टेंट उसे यहां देख चुका है। अब यहां आकर स्टुडियो न जाना तथा वहां अपनी बनी हुई तस्वीर न देखना समरेन्द्र की भावनाओं के साथ अन्याय होगा। समरेन्द्र से उसने तस्वीर देखने का वादा किया था, इसलिए इसी बहाने उसकी बात भी रह जाएगी। वह असिस्टेंट के साथ स्टुडियो की ओर बढ़ गई।

रत्ना स्टुडियो में प्रविष्ट हुई। समरेन्द्र कुर्सी पर बैठा था तथा सामने मेज पर रखे एक सादे कागज पर पैंसिल द्वारा रत्ना का खाका बना रहा था। खाका लगभग तैयार हो चुका था। रत्ना उसके समीप जाकर खड़ी हो गई। तभी समरेन्द्र उसे देखकर चौंक गया। बौखलाकर वह इस प्रकार खड़ा हो गया, मानो उसकी कोई चोरी पकड़ी गई हो।

"यह तुमने..." रत्ना ने मेज पर अपने रेखाचित्र को देखते हुए पूछा, "मेरी दूसरी तस्वीर बनानी क्यों आरम्भ कर दी?"

"दरअसल..." समरेन्द्र ने अपनी स्थिति संभाली, परन्तु समझ में नहीं आया कि क्या उत्तर दे।

“मेरी वह तस्वीर कहां चली गई, जो तुमने कल ही बनाकर तैयार की है?” रत्ना ने एक कोने में उस स्टैंड की ओर देखा, जिस पर उसकी तस्वीर टंगी रहती थी। स्टैंड इस समय खाली था।

“वह तस्वीर? वह तस्वीर तो मैंने...” समरेन्द्र ने मानो बहाना बनाना चाहा, परन्तु फिर अपने समीप मेजों पर बैठे सहायकों को देखकर उसने कहा, “वह तस्वीर मैंने आज ही बेच दी।”

“बेच दी?” रत्ना को अपने कानों पर विश्वास नहीं हुआ। उसने सोचा, उस तस्वीर पर तो समरेन्द्र अपने सच्चे प्यार की यादगार का दावा किया करता था।

“हां।” समरेन्द्र ने मानो मजबूरी प्रकट की। बोला, “दरअसल एक घंटा पहले यहां एक ग्राहक आया था। तुम्हारी तस्वीर देखते ही उसने उसे पसन्द कर लिया। मैं तो उसे बेचना नहीं चाहता था, परन्तु जब उसने दो हजार रुपए दिए तो मैंने इनकार करना मूर्खता समझी। सोचा, अपने प्यार की यादगार में मैं दूसरी तस्वीर बना लूंगा।”

रत्ना ने जीवन में पहली बार महसूस किया कि उसके दिल में समरेन्द्र के प्रति घृणा घर कर रही है। आज समरेन्द्र ने पैसों के लिए अपने प्यार की यादगार तस्वीर को बेच दिया है। क्या यही था उसके सच्चे प्यार का दावा? समरेन्द्र ने अपने प्यार की यादगार नहीं, बल्कि उसका रूप-रंग बेचकर उसे अपमानित कर दिया था।

“अब तुम्हीं सोचो रत्ना-” समरेन्द्र ने रत्ना को गम्भीर देखकर कहा, “यदि उस जैसी मैं पचास तस्वीरें इतने ऊंचे दामों में बेच दूं तो क्या मैं शीघ्र लखपति नहीं बन जाऊंगा? आखिर यह सब मैं किसके लिए कमाऊंगा? हमारा एक अच्छा-सा घर होगा। उस घर में तुम रानी बनकर राज करोगी तब मैं इस छोटे-से स्टुडियो को भी एक खूबसूरत रंग दे दूंगा। स्टुडियो बड़ा होगा तो इन्हीं तस्वीरों का मूल्य अधिक मिल सकेगा।” एक ही तस्वीर बेचने के बाद समरेन्द्र ने कितने सारे सपने देख लिए थे!

रत्ना ने एक गहरी सांस ली। स्टुडियो में रुकना उसने उचित नहीं समझा। उसने समरेन्द्र से कुछ नहीं कहा। वह पलटी और फिर स्टुडियो से बाहर निकलने के लिए दरवाजे की ओर बढ़ गई।

"अरे-अरे रत्ना-" समरेन्द्र ने रत्ना के पीछे लपकते हुए कहा, "कहां चल दीं? बैठोगी नहीं क्या?"

"नहीं।" रत्ना ने रुककर स्पष्ट शब्दों में कहा, "मुझे घर पर बहुत सारे काम करने हैं।" उसने बहाना किया यहां सबके सामने समरेन्द्र से कुछ कहने-सुनने में उसने अपना ही अपमान समझा। वह आगे बढ़ गई।

समरेन्द्र उसके साथ-साथ उसे छोड़ने बस-अड्डे तक आया। वह जानता था कि रत्ना उससे नाराज है। उसने रत्ना की तस्वीर एक पराए पुरुष को बेचकर अच्छा नहीं किया; परन्तु वह तस्वीर बेच चुका था, इसलिए अब क्या करता? पैसों की आवश्यकता किसे नहीं पड़ती? तस्वीर बेच चुकने के कारण ही तो वह उसकी जगह पर एक नई तस्वीर जल्द से जल्द बनाकर टांग देना चाहता था। उसे क्या पता था कि रत्ना आज ही अचानक आ धमकेगी? उसने रत्ना को मनाने के लिए उसे सन्तुष्ट करना चाहा, सन्तुष्ट करने के लिए उसने शब्द एकत्र करने चाहे, परन्तु तभी बस आ गई। रत्ना ने समरेन्द्र की ओर देखा तक नहीं और बस में जा बैठी। समरेन्द्र रत्ना की खिड़की के समीप आया। उसने रत्ना से कहा, "मैं शाम को आऊंगा।"

रत्ना ने उसे देखा, परन्तु कोई उत्तर नहीं दिया। अपने मस्तक पर बल डालकर उसने मुखड़ा फेर लिया। समरेन्द्र से अब कभी न मिलने का मानो वह निश्चय कर चुकी थी। फिर आज शाम को तो उसे विशेष तौर पर पवन से मिलना था।

❑❑

रत्ना शाम को पांच बजे से पहले ही मिंटो पार्क के मुख्य द्वार पर जा खड़ी हुई। पवन अपने निश्चित समय पर पहुंचा, दिल में आशाओं की अगणित धड़कनें लिए। रत्ना को देखा तो धड़कनें तेज हो गईं। एक युग बाद मानो उसकी आंखों की प्यास बुझी थी। उसके मुखड़े की रौनक बढ़ गई। कार उसने रत्ना के बिल्कुल समीप ले जाकर रोकी। फिर जोर से हॉर्न बजा दिया।

रत्ना का ध्यान कहीं और था, अपनी बहन की ओर। पवन से वह इस विषय पर कैसे और क्या बातें करेगी। हॉर्न समीप बजा तो वह चौंक गई। पवन को कार में बैठा देखा तो उसके गम्भीर मुखड़े पर एक रौनक-सी आ गई। पवन ने अपनी बगल वाली सीट के लिए कार का द्वार खोला तो रत्ना कार के अन्दर आ बैठी। विदेशी कार, लम्बी-चौड़ी, अत्यन्त सुन्दर; रत्ना बैठी तो क्षण-भर के लिये उस पर हीन भावना छा गई; परन्तु जैसे ही पवन ने कार आगे बढ़ाई, रत्ना सब कुछ भूलकर संतोष के साथ बैठ गई।

पवन को कार तेज चलाने का यूं भी शौक था। शहर की भीड़ पार करने के बाद उसने कार पूरी गति में छोड़ दी। कुछ देर बाद चढ़ाई आई। फिर मोड़ पर मोड़ आने लगे। फिर गहरे-गहरे मोड़ आने लगे तो पहिए मुड़ते समय चीख-चीख पड़ने लगे। पवन ने कार की गति तब भी कम नहीं की। रत्ना ने किसी प्रकार की आपत्ति नहीं की, न ही उसने किसी प्रकार का भय प्रकट किया, बल्कि पवन के साथ तेज ड्राइविंग में उसे आनन्द आने लगा। मन करता था, वह पवन के साथ इसी प्रकार सारे जीवन यात्रा करती चली जाए। यह यात्रा कभी न समाप्त हो। मोड़ों पर हवा के झोंके तेज हो गए तो रत्ना की लटें खुलकर बिखर गईं। लटें उसके मुखड़े पर छा गईं तो रत्ना ने उन्हें अंगुलियों द्वारा संवारने का प्रयत्न भी नहीं किया; बल्कि उसने खिड़की पर अपना सिर टेक लिया और पवन को प्यार से देखती हुई मन ही मन उसकी ड्राइविंग सराहने लगी। विदेशी कार में पवन का व्यक्तित्व दोगुना हो गया था। लटें बिखरकर उसके मस्तक पर चली आई थीं। बिना एक झपकी लगाए वह बहुत ध्यान तथा सावधानी के साथ कार चला रहा था।

शीघ्र ही चट्टानों के आगे सागर दिखाई देने लगा। नीला सागर ऊंची-ऊंची लहरों के साथ अठखेलियां कर रहा था। लहरें सूर्य के प्रतिबिम्ब पर चमक उठती थीं। पवन ने सड़क के बिल्कुल किनारे कार रोकी। उसने रत्ना की ओर का द्वार खोला, फिर अपनी ओर का द्वार खोलकर वह कार से बाहर निकल आया। दूसरी ओर रत्ना भी कार से बाहर निकल चुकी थी। पवन ने कार को लॉक किया। वहीं मुख्य सड़क से लगकर एक ओर एक कच्ची तथा ऊबड़-खाबड़ सड़क भी जाती थी। पवन ने रत्ना को देखा। बोला, "आइए।" वह कच्ची सड़क की ओर बढ़ गया।

दोनों चट्टान के किनारे पहुंचे। सामने दूर तक सागर एक लहराती चादर के समान बिछा हुआ था। सागर का पानी बड़ी-बड़ी लहरों में दहाड़ें मारकर इन्हीं की ओर बढ़ रहा था, बढ़कर चट्टान के कदमों में टक्करें मारते हुए झाग के साथ बूंद-बूंद में चूर-चूर हो रहा था। सागर के शोर में हवाओं की सांय-सांय थी। हवा के दामन पर रत्ना की लटें बिखरकर उड़ने लगीं। उसके समीप ही पवन भी खड़ा था। लटें पवन के मुख को छूने लगीं तो पवन का मन किया कि वह इन लटों को अपने होंठों के बीच दबा ले। शायद वह ऐसा कर भी देता, परन्तु तभी रत्ना ने अपनी अंगुलियों द्वारा लटें समेट लीं। आगे बढ़कर चट्टान के और किनारे आई। सागर पर दृष्टि बिछाए वह सोचने लगी कि क्या वह पवन के साथ इस एकांत स्थान में केवल शोभा के लिए ही बातें करने आई है? क्या वह समरेन्द्र से खिसियाकर यहां पवन की संगति में रहते हुए अपने दिल की शांति नहीं प्राप्त कर लेना चाहती है? पवन की संगति में रत्ना इस समय सब कुछ भूल जाना चाहती थी, समरेन्द्र को, शोभा को तथा स्वयं को भी। रत्ना उस भयानक स्वप्न को भी भूल चुकी थी, जो पिछली ही रात उसके मन तथा मस्तिष्क पर भय बनकर छा गया था। इस सुन्दर तथा एकान्त स्थान पर आकर मन इस प्रकार रोमांचित हो उठा कि उसकी इच्छा हुई, वह पवन की छाती पर अपना सिर रख दे, परन्तु फिर उसने स्वयं को संभाल लिया। दिल को समझाया तथा अपने आने का मकसद याद किया।

रत्ना पवन के सामने खड़ी हुई। पवन उसी को देख रहा था, बहुत प्यार से, पलकों में प्यार की झोली बिछाए, और सोच रहा था कि आखिर रत्ना उससे क्या कहना चाहती है? क्यों इस एकान्त में उसके साथ निःसंकोच चली आई है? उसकी यह खामोशी क्या उसके प्रति किसी प्यार का इकरार नहीं है? रत्ना ने कहा, "मैं आपसे शोभा के विषय में कुछ कहना चाहती हूं।"

"शोभा के विषय में?" पवन चौंक गया। अपने तथा रत्ना के मध्य उसे शोभा का विषय अच्छा नहीं लगा।

"जी हां!" रत्ना ने कहा, "कल शाम पार्टी में उसकी भेंट आपसे हुई थी ना?"

"जी हां, हुई तो थी।" पवन ने कहा। फिर पूछा, "क्यों?"

"वह आपसे प्यार करने लगी है।"

पवन का दिल बहुत जोर से धड़का। उसने रत्ना की आंखों में झांका। रत्ना की आंखों में उसके प्रति ही प्यार की झलक थी। फिर रत्ना शोभा का विषय लेकर क्यों बैठ गई? कहीं ऐसा तो नहीं कि रत्ना अपने प्यार के बदले में उसे शोभा के लिए मांग लेना चाहती है? उसने रत्ना का दिल टटोलते हुए कहा, "मैं भी तो आपसे बहुत प्यार करता हूं। क्या आपको नहीं मालूम?"

रत्ना के होंठ कुछ कहने को कांपे, परन्तु फिर स्थिर हो गए। अपनी पलकों के साथ उसने अपना सिर भी झुका लिया। फिर पलटकर वह सागर की ओर देखने लगी। पवन के प्यार पर उसे विश्वास था, परन्तु इस विश्वास की गांठ तभी तक मजबूत थी, जब तक पवन की स्मृति खोई हुई थी। स्मृति वापस आने के बाद भी यदि उसे पवन का प्यार इसी प्रकार प्राप्त करते रहने का विश्वास होता तो वह शोभा के बजाए अपने लिए ही पवन को न मांग लेती? रात वाला भयानक स्वप्न उसके मस्तिष्क में फिर ताजा हो गया। इसीलिए तो वह पवन से मिलकर यहां तक चली आई थी, ताकि उससे कहकर शोभा को प्यार के इस रास्ते से अलग करा सके।

पवन को रत्ना की खामोशी का गलत अनुमान हुआ। उसे विश्वास-सा हो गया कि रत्ना उसके प्यार के बदले में उसे शोभा के लिए ही मांग लेना चाहती थी, वरना उसके साथ इतनी दूर एकांत में आकर वह केवल शोभा के प्यार का विषय क्यों उठाती? उसने अपनी ओर से रत्ना का दिल साफ कर देना चाहा। बोला, "रत्ना जी, यदि आप मेरे प्यार से लाभ उठाकर मुझे किसी और के सुपुर्द कर देना चाहती हैं तो मैं इसके लिए भी तैयार हूं।"

रत्ना ने पलटकर पवन को देखा। उसकी आंखों की गहराई में दूर तक झांका। कैसा अथाह प्यार था यह - सागर के समान। पवन उसके लिए कुछ भी करने को तैयार था, केवल अपने प्यार की खातिर, पवित्र तथा निःस्वार्थ प्यार की खातिर। क्या पवन के प्यार से अनुचति लाभ उठाकर वह उसके साथ अत्याचार नहीं करेगी? और फिर पवन का यह अछूता प्यार आखिर कब तक स्थिर रहने वाला था? उसकी स्मृति वापस आने तक? उसने मानो मन से इस विषय में आंखों ही आंखों में पूछ लेना चाहा। अपने पक्ष में उत्तर पाने के बाद वह उस पर अपने किए हुए आक्रमण का भेद खोल सकती थी।

"लेकिन रत्ना जी", तभी पवन ने कहा, "एक बात मैं आपको अवश्य बता देना चाहता हूं। मैं आपके अतिरिक्त अपने जीवन में किसी को कभी प्यार नहीं कर सकूंगा। शोभा हो या कोई और लड़की, क्या वह मेरे साथ कुढ़-कुढ़ कर नहीं मर जाएगी, जब देखेगी कि मैं दिन-रात आप ही के विचारों में तल्लीन रहता हूं, अपनी हर सांस में केवल आपको ही बसाए रहता हूं, तड़फता हूं या आहें भरता हूं तो वह भी केवल आप ही के लिए? नहीं, रत्ना जी, नहीं, आप ऐसा हरगिज मत कीजिए। मुझे किसी और की अमानत मत बनाइए, वरना मेरे साथ उसका जीवन भी नरक बन जाएगा। आप मुझे मिलें न मिलें, प्यार करें या न करें, मैं यूं ही ठीक हूं। मैं अपने इस प्यार के सहारे अकेले ही सारा जीवन बिता लूंगा, परन्तु भगवान के लिए मुझे किसी और के लिए नहीं मांगिएगा।" पवन ने मानो विनती की।

रत्ना गहरी सोच में पड़ गई। पवन ने कितनी सफाई के साथ अपने दिल का हाल उसके ऊपर खोलकर रख दिया था।! वास्तव में वह शोभा के लिए पवन को मांगकर पवन के साथ अन्याय करती। निश्चय ही विवाह के बाद शोभा को पवन से प्यार नहीं मिलता तो उसका जीवन भी नरक बन जाता। फिर अपनी खुशियों के बीच खड़ी दीवार देखकर वह अपनी दीदी को ही सौत समझने लगती।

"रत्ना जी!" पवन ने फिर कहा, "शोभा अपने प्यार के रास्ते में इतना आगे नहीं बढ़ी है कि वापस न जा सके। वह अभी बहुत छोटी है कली-समान। प्यार का बचपना तो उसके दिल में जन्म ले सकता है, परन्तु उसकी यह आयु विवाह करने योग्य नहीं है, क्योंकि उसके जीवन का एक ध्येय है। वह एक डॉक्टर बनना चाहती है। प्यार और बचपन में जो अन्तर है, वह मैं उसे समझा दूंगा तो उसे स्वयं पर काबू पाकर संभलते देर नहीं लगेगी। फिर ज्यूं ही वह अपनी शिक्षा में लगेगी, उसे मेरे विषय में सोचने का समय तक नहीं मिलेगा। उसके बाद जब वह डॉक्टर बनेगी तो उसे जीवन का वास्तविक आनन्द मिलेगा। अपने प्रोफेशन का महत्त्व मालूम होगा। ये बातें वह मेरे साथ कभी प्राप्त नहीं कर सकती।"

रत्ना तब भी खामोश रही। पवन की बातों में उसे वास्तविकता मिली। कभी उसका अपना भी तो जीवन का एक ध्येय था - अधिक से अधिक शिक्षा प्राप्त करने का। अब भी एक ध्येय है, अपनी बहन की शिक्षा पूरी करके उसे डॉक्टर बनाने का। पता नहीं वह अपनी इच्छा को पूरी कर भी सकेगी या नहीं। पवन की बातों में वास्तविकता का भास पाने के पश्चात् वह अपने दिल का प्यार पवन पर नहीं प्रकट कर सकी। वहीं पवन की स्मृति कभी भी वापस आने का भय! इसके अतिरिक्त यदि उसके प्यार का भेद शोभा पर खुल जाता तो शोभा भी यही सोचती कि उसकी दीदी ने अपने स्वार्थ के लिए पवन को उससे छीन लिया है।

"रत्ना!" पवन को रत्ना की खामोशी से उत्साह मिला तो अज्ञात में बहकर उसने उसका सीधा नाम लेते हुए उसकी दोनों बांहें पकड़ लीं। रत्ना ने अपनी दोनों बांहें छुड़ानी चाहीं, परन्तु पवन के स्पर्श में जाने कैसा प्यार से भरा खिंचाव था कि वह उसी प्रकार

खड़ी रह गई। पवन का स्वर बहुत गंभीर हो गया। उसने कहा, "मैंने इस संसार में किसी को प्यार किया है तो केवल तुम्हें। यह सागर देख रही हो-" पवन ने उसका एक हाथ छोड़ते हुए सागर की ओर संकेत किया, "इससे गहरा मेरा प्यार है तुम्हारे लिए, इसी के समान विशाल। इस सागर का तो कहीं न कहीं अन्त भी है, परन्तु मेरे प्यार का कोई अन्त नहीं, कोई किनारा नहीं, कोई सीमा नहीं।"

रत्ना ने सोचा, क्या पवन उससे यही कहने के लिए यहां लाया था। सागर से अधिक प्यार दिखाने के लिए सागर के समीप। जिस वस्तु की उपमा देकर तुलना की जाती है, वह वस्तु समीप तथा दृष्टि के सामने हो तो उपमा का मनोवैज्ञानिक प्रभाव कितना गहरा पड़ता है, यह रत्ना को आज ज्ञात हुआ। रत्ना को पवन पर बड़ी दया आई।

"रत्ना!" पवन का गला भर आया। उसने कहा, "क्या मेरे इतना प्यार करने के पश्चात् तुम्हें मेरा विचार कभी नहीं सताता? तुम मुझे कभी याद नहीं करतीं? एकान्त में तुमने मेरे लिए कभी नहीं सोचा?"

पवन के मन की यह ऐसी पुकार थी, जो रत्ना के मन को छू गई। मन ही मन वह रो पड़ी। इच्छा हुई कि वह भी अपन दिल का प्यार पवन के सामने प्रकट कर दे। उसे जता दे कि वह स्वयं उसके बिना नहीं जी सकती। काश, ऐसा सम्भव होता! काश, यदि वह ऐसा कर देगी तो निश्चय ही अपने दिल पर काबू नहीं कर सकेगी! पवन की छाती से लिपटकर वह रो पड़ेगी। उसके बाद क्या वह अपने दिल का भेद अपने तक सीमित रख सकेगी, जो उसके शरीर के अन्दर नासूर के समान रिस रहा है? आखिर पवन को यह बताने के बाद कि वह उससे प्यार करती है, उसका न बन सकने का कारण क्या बताती? क्या इतना बड़ा काण्ड जो वह कर बैठी थी, कभी क्षमा करने योग्य हो सकता था - पवन की दृष्टि या उसके घर वालों की दृष्टि में? रत्ना के मस्तिष्क में पिछली रात का भयानक सपना एक बार फिर भय बनकर खड़ा हो गया तो अपनी परिस्थिति से मेल करके उसे अपने-आप पर काबू कर ही लेना पड़ा। परन्तु ऐसा करते समय उसके दिल में ऐसी दर्द-भरी तड़प उठी कि उसकी आंखों के किनारे आंसुओं से भीग गए। इन आंसुओं को छिपाने के लिए उसने

पवन से अपना हाथ छुड़ाते हुए सागर की ओर अपना मुखड़ा फेर लिया। अपनी भर्राई आवाज पर काबू करती हुई वह बोली, "पवन जी, मुझे मेरे हाल पर छोड़ दीजिए। मुझे किसी बात के लिए मजबूर मत कीजिए।"

"मैं तुम्हें कभी भी किसी बात के लिए मजबूर नहीं करूंगा।" पवन ने रत्ना के पीछे खड़े-खड़े कहा, "तुमसे कभी कुछ मांगूंगा भी नहीं। क्या तुम भूल गईं कि तुम्हारे कॉलेज के फेट वाले दिन मैंने तुम्हें क्या वचन दिया था? तुम्हें अपनी सूरत नहीं दिखाना चाहता था, इसलिए तुम्हारे मीठे स्वर द्वारा ही अपने दिल की तड़प कम करने के लिए तुम्हारे कॉलेज में तुम्हें फोन करना आरम्भ कर दिया था। स्वयं फोन पर इसलिए चुप रहता था, ताकि मेरा स्वर सुनकर तुम मुझे गलत न समझ बैठो। परन्तु फिर तुम्हारी बदनामी के डर से फोन करना भी बन्द कर दिया।"

रत्ना पहले ही इस सच्चाई से परिचित थी। उसने पलटकर पवन की ओर नहीं देखा। एक गहरी सांस ली। सोचा, पवन फोन पर क्यों चुप रहता था? यदि वह उसका स्वर पहचान लेती तो क्या उससे बातें करने से इनकार कर सकती थी? स्वयं उसके कान भी तो पवन का स्वर सुनने के लिए तरस गए थे।

"रत्ना!" पवन ने अपनी बात जारी रखते हुए कहा, "यह तो तुम्हारा फोन था, जिसे प्राप्त करने के बाद जाने क्यों मैंने एक झूठी आशा कर ली थी कि शायद मेरे निःस्वार्थ प्रेम ने तुम्हारे मन में एक छोटा-सा स्थान प्राप्त कर लिया है और इसीलिए तुम्हें इस एकान्त स्थान पर ले आया और यहां के वातावरण से प्रभावित होकर तुम पर अपने दिल की वास्तविकता प्रकट कर दी। मुझे क्या पता था कि तुम मेरे साथ अकेले बिना संकोच इतनी दूर केवल इसलिए चली आई हो, क्योंकि शोभा के लिए मुझे मांग लेना चाहती थीं। मगर खैर..." पवन ने एक आह भरी। बात जारी रखते हुए उसने कहा, "मैं तुम्हें नहीं जीत सका, इसका मुझे जीवन-भर अफसोस रहेगा। तुम समरेन्द्र को प्यार करती हो, निश्चय ही तुमने उसके साथ जीवन बिताने का एक सुन्दर स्वप्न देखा होगा, इसलिए मेरी शुभकामनाएं तुम्हारे साथ हैं। भगवान करे, तुम सदा खुश रहो। कलियों में खिली ओर पू◌ुलों में

मुस्कराती रहो। तुम्हें तो मेरी भी बची हुई आयु लग जाए। तुम्हारे बिना मेरे पास खुशी नाममात्र भी नहीं रहेगी, वरना उसे भी फूल बनाकर तुम्हारे कदमों में निछावर कर देता।" पवन का गला एक बार फिर भर गया।

उफ! इतना अधिक प्यार - निःस्वार्थ - सागर से अधिक गहरा! रत्ना का दिल तड़प उठा। दिल में ऐसा दर्द उठा कि आंखों में आंसू छलककर गालों पर बह आए। मन हुआ, पलटकर वह पवन की छाती से लिपट जाए, परन्तु उसके दिल के भेद की परिस्थितियां उसके सामने एक बार फिर आ खड़ी हुईं। इतना सारा प्यार प्राप्त करने के बाद वह पवन से घृणा मोल लेने का भय किस प्रकार मोल ले सकती थी? प्यार हर स्थिति में घृणा से कहीं बेहतर है। अपने दिल की स्थिति पर काबू पाने के लिए उसने अपने होंठों को दांतों के नीचे दबाते हुए बहुत सख्ती के साथ काटा। पवन से उसने कुछ कहा नहीं। पलटकर उसे देखा भी नहीं। ऐसा न हो कि पवन उसके आंसुओं को देखकर उसके दिल की स्थिति भांप जाए। वह आगे बढ़ गई - चट्टान के थोड़ा और किनारे की ओर, जहां एक पत्थर रखा हुआ था। रत्ना पत्थर पर जाकर बैठ गई और सागर पर दूर तक उसने अपनी दृष्टि बिछा दी। सागर की हवाओं ने दामन बनकर उसके आंसुओं को पोंछना आरम्भ कर दिया।

शाम डूब रही थी। शाम की लालिमा क्षितिज पर छिटके हुए बालों का मुख चूम रही थी। सागर के उस पार सूर्य का गोला आग की सुर्खियों में परिवर्तित होते हुए डूब रहा था। परन्तु सागर का कोई अन्त नहीं था, इसलिए ऐसा लग रहा था, मानो सूर्य सागर की गोद में ही उतरकर अपने दिल की आग ठंडी कर लेने को अधीर है। परन्तु सूर्य की रंगत में सागर की लहरें भी शोले बनकर भड़क रही थीं सागर की लहरों पर सागर के पक्षी दूर-दूर उड़े जाते थे।

कुछ देर तक पवन अपने स्थान पर खड़ा रहा - खामोश-उदास। फिर वह भी आगे बढ़कर रत्ना के पीछे आ खड़ा हुआ।

अचानक क्षितिज पर सागर के पक्षियों का एक झुंड निकला - एक बिन्दु से दो पंक्तियों में बनकर - बिल्कुल अंग्रेजी के अक्षर 'वी' के रूप में। सागर के ऊपर वह झुंड दूर तक

उड़ता ही चला गया, परन्तु फिर अचानक वापस लौट पड़ा - उसी रूप में। रत्ना और पवन बहुत ध्यान से उन पक्षियों को देख रहे थे। पवन ने एक गहरी तथा निराश सांस ली। बोला, "लगता है, उन पक्षियों के जीवन में कोई किनारा नहीं। शायद सागर का वह किनारा उनके लिए डूब गया है, जहां वे पहुंच जाना चाहते थे।" पवन ने पक्षियों की बात लेकर अपने निराश जीवन की ओर संकेत किया था।

रत्ना के आंसू हवाओं ने सुखा दिए थे उसने पलटकर पवन को देखा। उसकी बात का अर्थ भी समझा, परन्तु बोली कुछ भी नहीं। उसने सोचा, किनारे कभी नहीं डूबते सागर हो या नदी। पानी जहां कहीं भी बढ़ेगा, किनारा वहीं बन जाएगा। हां, किनारा प्राप्त करने से पहले कुछ लोग परिस्थिति के मंझधार में इस प्रकार फंस जाते हैं कि उनका जीवन डूबते किनारे बन जाता है । पता नहीं उन्हें अपने जीवन का कौन-सा किनारा मिले-मिले भी या नहीं? किनारे पहुंचने के लिए तो मानव के अन्दर बल और साहस की आवश्यकता पड़ती है। उसके अन्दर बल तो है, परन्तु साहस नहीं। वह अपने जीवन की वास्तविकता पवन पर प्रकट करने का साहस करती हुई उसकी घृणा कैसे मोल ले सकती थी? उसने चुप ही रहने में अपनी भलाई समझी। उसने एक बार फिर पलटकर सागर की ओर देखा। सूर्य का गोला आग बना धीमे-धीमे पानी की सतह में मुंह छिपा रहा था। लहरों की सुर्खी भड़कते शोले में और बढ़ गई थी। शाम की धुंध गहरी होने को अधीर थी। वह उठ खड़ी हुई पलटी। पवन को देखा। फिर उसकी कार की ओर बढ़ गई।

उस दिन रत्ना अपने घर पहुंची तो पता लगा कि समरेन्द्र आया था। उससे मिलने के लिए बहुत उत्सुक था वह। चिंतित भी बहुत था कि वह कहां चली गई; परन्तु रत्ना ने उसकी बातों में जरा भी रुचि नहीं ली। घर वालों को बता दिया कि उसे अपनी सखी के यहां से आने में देर हो गई।

❑❑

अगले दिन सुबह शोभा अपने कॉलेज के लिए निश्चित समय पर घर से निकली। घर से कुछ दूर वह बस-स्टैण्ड पर पहुंची ही थी कि उसके समीप एक कार आकर रुकी। कार विदेशी थी जिसे शोभा देखते ही पहचान गई। कार के अन्दर पवन बैठा हुआ था। शोभा ने उसे देखा तो फूल-समान खिल उठी। इतनी जल्दी उसकी भेंट पवन से हो जाएगी, उसने कभी सोचा भी नहीं था। उसके बढ़ते पग जहां के तहां रुक गए।

"कॉलेज जा रही हैं?" पवन ने उसके हाथ में किताबें तथा कापियां देखकर पूछा, कुछ मुस्कराने का प्रयत्न करते हुए। पिछली शाम जब वह रत्ना के साथ लौट रहा था, तो उसने शोभा का कॉलेज से निकलने का समय पूछ लिया था और आज उसे अपनी योजनानुसार शोभा को उसके एकतरफा प्यार से निराश करते हुए उस पर दया आ रही थी।

"जी हां!" शोभा ने पवन के इरादे से अनभिज्ञ फूल समान मुस्कराकर कहा।

"तो आइए, मैं आपको छोड़ दूंगा। आपके कॉलेज की ओर ही जा रहा हूं।"

शोभा को मानो उसके मन की मुराद मिल गई। पवन ने उसके लिए दरवाजा खोला तो वह तुरन्त पवन के बगल में आ बैठी।

पवन ने कार स्टार्ट कर दी, परन्तु शोभा की अपार प्रसन्नता देखकर उसे बड़ा दुःख हुआ। उस पर दया भी आई। यह कली अभी पूर्णतया खिल भी तो नहीं पाई है और ऐसे व्यक्ति का स्वप्न देख बैठी है, जो कभी उसका नहीं हो सकता; परन्तु वह जानता था, शोभा का यह बचपना है। बचपन जब जवानी में ढलता है तो दिल बदल जाता है, विचार बदल जाते हैं, पसन्द बदल जाती है। उसने बातों का सिलसिला आरम्भ करते हुए पूछा, "आपकी पढ़ाई कैसी चल रही है?"

"बहुत अच्छी।" शोभा ने उसकी ओर देखने के बाद कहा।

"डॉक्टर बनना है, इसलिए फर्स्ट आने का भी इरादा होगा?"

“शायद दो विषयों में डिस्टिंगशन भी आ जाए।”

“वंडरफुल!” पवन ने एक बार सकी ओर देखकर प्रशंसा की। बोला, “तब तो मेडिकल में आने के पूरे चांस हैं।”

“देखिए।” शोभा ने एक गहरी सांस ली। बोली, “अगर भगवान ने चाहा।”

“मेरी वह तो बेचारी डॉक्टर नहीं बन सकी, फिर भी पढ़-लिखकर एक अच्छी अध्यापिका अवश्य बन गई।” पवन अपने मकसद पर आया।

“वह?” शोभा का दिल बहुत जोर से धड़का। उसने पूछा, “वह कौन?”

“वही, जिसे मैं बहुत प्यार करता था - अपने जीवन, अपनी आत्मा से भी बढ़कर।” पवन ने शोभा को बिना देखे कहा।

शोभा को ऐसा लगा, मानो दो दिन पहले रात के समय पार्टी से पवन के साथ लौटते समय जो कार-दुर्घटना होते-होते बची थी, वह अब हो गई है। उसका मन और मस्तिष्क एक साथ झटका खा गया। इस प्रकार कि उसकी आंखों के सामने अंधकार छा गया। होंठ मौन रह गए। फिर कांपे तो इस प्रकार कि दिल के असहनीय दर्द ने आंखों में आंसू छलका दिए। दिल टूटने की यही एक खामोश आवाज है, जिसे पवन ने दिल के कानों से सुना तो उसे भी दर्द का एक धक्का लगा। इसीलिए उसने शोभा की ओर देखने का जरा भी प्रयत्न नहीं किया। वह जानता था कि वह क्षण भर का तूफान है, शोभा के सिर पर से निकल जाएगा तो उसके जीवन का वातावरण फिर शांत हो जाएगा।

शोभा ने अपने आंसू छिपाने के लिए मुखड़ा दूसरी ओर कर लिया। अपनी ओर की खिड़की द्वारा बाहर के चलते-फिरते संसार को देखते हुए वह अपने दिल के दर्द पर काबू पाने का प्रयत्न करने लगी। सोचा, अच्छा ही हुआ जो उसने अपने दिल की बात पवन पर नहीं प्रकट की। शायद अपने छोटेपन और पवन के बड़प्पन के कारण आसानी के साथ वह ऐसा कर भी नहीं पाती; परन्तु आज अच्छा हुआ, जो उसे पवन के दिल की बात

स्वयं ही ज्ञात हो गई। यदि पवन के प्यार के भ्रम में वह पड़ी रहती तो निश्चय ही दीवानी बन जाती और तब उसका दिल टूटता तो स्वयं को संभालना बहुत कठिन हो जाता। अब वह पवन का विचार सदा के लिए छोड़ देगी। वह सामने भी पड़ेगा तो कतराकर दूसरा रास्ता अपना लेगी। पवन से वह सदा दूरी बरतेगी और अपना सारा ध्यान शिक्षा की ओर समेट लेगी। सब कुछ संभव था, परंतु क्या यह संभव था कि वह पवन को भूल जाए, जिसे उसके कुंवारे दिल ने अनजाने में प्यार किया था?

पवन ने भी शोभा से कुछ नहीं कहा। वह जानता था कि यदि उसने शोभा से कुछ कहा तो वह निश्चय ही फूट-फूट कर रो पड़ेगी। एक नन्हा तथा कुंवारा दिल आखिर कब तक दर्द सहन कर सकेगा? वह उसी प्रकार सामने देखते हुए कार चलाता रहा।

शोभा ने अपने कॉलेज के आते-आते स्वयं को काफी संभाल लिया। हवाओं ने उसकी आंखों के आंसू पोंछ दिए थे। पवन ने जब उसके कॉलेज के मुख्य द्वार पर अपनी कार रोकी तो शोभा स्वयं कार का द्वार खोलकर बाहर उतर गई। पवन की ओर उसने देखा। अपने होंठों पर एक कृत्रिम मुस्कान लाई। दर्द-भरी मुस्कान थी यह, जिसे पवन तुरन्त पहचान गया। शोभा ने कहा, "धन्यवाद।" वह पलटी और फिर तुरन्त तेजी के साथ अपने कॉलेज के मुख्य द्वार में प्रविष्ट हो गई। कॉलेज के किसी एकांत कोने में इस समय वह दिल खोलकर रो लेना चाहती थी तथा अपने दिल की भड़ास निकालते हुए प्यार के रंगीन सपनों को आंसुओं से धोकर सदा के लिए मिटा देना चाहती थी।

छः

दिन बीतने लगे। कुछेक दिन बीत गए। रत्ना इच्छुक होकर भी पवन से नहीं मिली। मिलती तो दिल पर काबू रखना एक बार फिर कठिन हो जाता। न मिलने में ही उसका भविष्य सुरक्षित था, उसका प्यार सुरक्षित था, कम से कम उस समय तक तो अवश्य सुरक्षित था, जब तक पवन की स्मृति खोई हुई थी। पवन से निरन्तर मिलते रहने से उसकी

स्मृति समय से पहले ही वापस आ सकती थी, क्योंकि पवन की स्मृति खोने का एकमात्र कारण वह स्वयं ही तो थी।

शोभा पवन की ओर से निराश अवश्य हो गई थी, परन्तु उसे भुला नहीं सकी। उसके मुखड़े पर दिन-रात छाई रहने वाली खामोशी इस बात का प्रतीक थी कि वह पवन को अब भी अपने मन और मस्तिष्क में बसाए हुए है। उसका खोयापन इस बात का प्रमाण था कि वह पवन के लिए अब अन्दर ही अन्दर तड़पती है। रत्ना यह सब देखती और समझती थी। प्रायः रत्ना ने रात की खामोशी में शोभा के होंठों से दबी-दबी सिसकियां भी सुनी थीं। उसने शोभा की आंखों में छिपे-छिपे आंसू भी देखे थे। तब उसका दिल तड़प उठता। और तब रत्ना अपने भयानक स्वप्न को भूलकर सोचती कि वह पवन से एक बार फिर मिले। उसे वह भयानक घटना बता दे, जिसमें उसने अपनी स्मृति खोई है। और तब यदि पवन उसे क्षमा कर दे तो वह उससे शोभा की प्रसन्नता की भीख मांग ले; परन्तु क्या उसे क्षमा करने के पश्चात् पवन उसकी बहन को स्वीकार करने पर तैयार हो सकेगा? उसने तो पहले ही उसे अपने दिल की सारी बातें बता दी हैं, ऐसी बातें, जिनमें शोभा का भला है। शोभा उसके साथ कभी सुखी नहीं रह सकेगी, वरन् पवन की वास्तविकता जानने के बाद शोभा का जीवन नरक बन जाएगा। शोभा ने अपने प्यार की हार का कारण रत्ना पर कभी प्रकट नहीं किया। रत्ना ने भी शोभा से उसके निरन्तर खोए रहने का कारण कभी नहीं पूछा। वह जानती थी कि पवन ने शोभा को अपनी ओर से निराश कर दिया है, ताकि शोभा अपने प्यार को बचपना समझते हुए उसे भूल जाए। रत्ना को पवन की बातों पर पूर्ण विश्वास था। विश्वास करना ही था, क्योंकि शोभा का पवन के साथ सुखी रहने का कोई प्रश्न ही नहीं उठता था। यदि रत्ना शोभा के सामने पवन का विषय-भर छेड़ देती तो शोभा के दिल का घाव निश्चय ही ताजा हो जाता। वह स्वयं को रोक नहीं पाती ओर अपनी दीदी की छाती से लिपटकर रो पड़ती। फिर रत्ना के लिए भी अपने दिल पर काबू पाना कठिन हो जाता। उसका अपना दुःख शोभा से कहीं अधिक था, क्योंकि पवन उसे प्यार करता था, शोभा को नहीं। शोभा का दुःख उसके अपने अकेले का दुःख था जबकि रत्ना के

दुःख में पवन की तड़प भी सम्मिलित थी, जो उसे अपनी आत्मा से बढ़कर प्यार करने के पश्चात् उसे पाने में असमर्थ था।

धीमे-धीमे बीतते दिनों के साथ शोभा ने परिस्थिति से मेल कर लिया तो उसका मन अपनी शिक्षा की ओर लग गया। रत्ना ने बड़ी शांति की सांस ली, परन्तु रत्ना पवन को एक क्षण भी अपने मन से नहीं निकाल सकी। जब रात होती, रात की तन्हाई होती, खामोशी होती, सारा संसार सोया होता तो रत्ना अपने पलंग पर लेटी-लेटी घंटों पवन के विषय में सोचती रहती। सागर किनारे चट्टान के ऊपर का दृश्य उसकी आंखों के सामने चला आता। पवन की वह गम्भीरता, उसके मुखड़े पर छाई रहने वाली उदासीनता, आंखों में गम का काला अंधकार, उसका वह कहने का दर्द-भरा अंदाज, मानो हर आह के साथ विनती करते हुए वह उससे प्यार की भीख मांग रहा हो। रत्ना यह सब याद करती तो घुटे-घुटे स्वर के साथ सिसक उठती। आंखें छलक आतीं तो आंसू तकिए के गिलाफ पर गिरकर रात के नीले प्रकाश में मोतियों समान चमकते हुए उसे याद दिलाने लगते - 'फॉरगेट मी नॉट।' भला रत्ना उस व्यक्ति को कैसे भूल सकती थी, जिसने उसे धोखा देकर जबरदस्ती उसकी लाज लूटने का प्रयत्न किया था? फिर भी वह उस व्यक्ति को इतना अधिक प्यार करने लगी थी कि उसके बिना रत्ना का एक घड़ी भी जीना कठिन हो रहा था। प्यार का यह कैसा रूप था, जिसमें रत्ना दिल के हाथों मजबूर होकर इस रंग में रंग गई थी?

समरेन्द्र पहले समान अब भी आता था। रत्ना उससे जरा भी बातें नहीं करना चाहती, फिर भी अनिच्छुक होकर उसे उससे बातें करनी ही पड़ती थीं, प्रायः उसे समरेन्द्र के लिए मुस्कराना भी पड़ता था। परन्तु ऐसा करते समय वह अपनी ही दृष्टि में गिर जाती। उसने समरेन्द्र को कभी प्यार नहीं किया था और अब भविष्य में उसे प्यार करने का प्रश्न ही नहीं उठता था, इसलिए उसे अपनी बातों या झूठी मुस्कान द्वारा धोखा देने का क्या अधिकार पहुंचता था? उसका मन करता कि वह समरेन्द्र को बता दे, वह उसे नहीं, किसी और को प्यार करती है और जीवन-भर उस 'किसी और' की ही पूजा करती रहेगी। रत्ना समरेन्द्र

को किसी प्रकार के धोखे में नहीं रखना चाहती थी, परन्तु फिर घर की लाज, पिता को दिया हुआ वचन, समाज का बंधन तथा समरेन्द्र के पिता उमाशंकर का दिया कर्ज तथा किया हुआ एहसान उसके होंठों पर ताला डाल देते। यदि वह अपने पिता का वचन तोड़ती तो निश्चय ही शर्म के कारण अपनी बीमारी में वह अन्तिम सांस तोड़ देते। नारी कितनी मजबूर होती है! परिस्थितियों से जकड़ी हुई। रत्ना के पैरों में मानो सदा के लिए कर्त्तव्य की बेड़ियां पड़ चुकी थीं। फिर भी यदि वह इन बेड़ियों से मुक्त होती तो क्या अपने दिल का भेद पवन पर खोलकर उसकी घृणा मोल लेने का जोखिम उठा सकती थी? रत्ना की इस बात पर सन्देह था।

समरेन्द्र आजकल बहुत प्रसन्न दिखाई पड़ता था। उसके पहनावे में भी काफी परिवर्तन आ गया था। रंगीन वेशभूषा में वह एक असफल अभिनेता बनने का प्रयत्न करने लगा था उसे मानो धीरे-धीरे कोई खजाना प्राप्त हो रहा था।

एक दिन, शाम से कुछ पहले, समरेन्द्र आया तो उसके अनुरोध पर रत्ना को उसके स्टुडियो पहुंचना ही पड़ गया। समरेन्द्र उसे उसकी बनाई तस्वीर दिखाना चाहता था। समरेन्द्र का दावा था कि उसकी बनाई यह तस्वीर पहली तस्वीर से भी अच्छी है, इसलिए अच्छा ही हुआ जो पहली तस्वीर बिक गई और अब यह दूसरी तस्वीर उसके सच्चे प्यार की यादगार बनकर वास्तव में खरी उतरेगी।

स्टुडियो के अन्दर रत्ना ने अनिच्छुक होकर स्टैंड पर लगी अपनी तस्वीर पर दृष्टि डाली। समरेन्द्र ने रत्ना के जूड़े में रंगीन फूल टांककर उसे काफी आकर्षक बनाने का प्रयत्न किया था, फिर भी रत्ना को तस्वीर इतनी अच्छी नहीं लगी, जिसे वह पसन्द करती; परन्तु मन मारकर वह खामोश रह गई।

अचानक तभी समरेन्द्र का एक परिचित ग्राहक स्टूडियो में प्रविष्ट हुआ। ग्राहक अधेड़ आयु का था, व्यक्तित्व आकर्षक था - ऊपर से नीचे तक सूट-बूट हाथ में एक पाइप। समरेन्द्र उसे देखते ही खिल उठा। रत्ना को छोड़ उसने लपककर अपने ग्राहक का दरवाजे पर ही स्वागत किया। रत्ना तस्वीर के पास से हटकर समरेन्द्र की मेज के पास चली आई।

ग्राहक पहले ही रत्ना की एक तस्वीर खरीद चुका था। बाद में उसने कुछेक दृश्यों की तस्वीरें भी समरेन्द्र से बहुत अच्छे दामों में खरीदी थीं। वह समरेन्द्र के साथ अन्दर बढ़ा तो रत्ना को देखते ही चौंक गया। रत्ना को उसने बहुत ध्यान से देखा, ऊपर से नीचे तक,रत्ना कुछ समझी नहीं। हल्के से उसका दिल भी कांप गया।

"यदि मैं गलती नहीं कर रहा हूं तो..." ग्राहक ने रत्ना को उसी ध्यान से देखा। फिर समरेन्द्र से बोला, "शायद वह तस्वीर जो मैंने पहली बार यहां से खरीदी थी, वह आप ही की थी?" उसने रत्ना की ओर संकेत किया।

"जी हां, जी हां; वह तस्वीर इन्हीं की थी।" समरेन्द्र ने कृतज्ञ होकर कहा। फिर उसने ग्राहक का परिचय रत्ना को दिया। बोला, "रत्ना, आप हमारे सबसे बड़े ग्राहक हैं। और यह..." समरेन्द्र ने रत्ना का परिचय ग्राहक को दिया, "मेरी मंगेतर हैं, मिस रत्ना!"

"व्हाट!" ग्राहक मंगेतर के नाम पर चौंक गया। बोला, "यदि ऐसी बात है तो मैं रत्ना जी को ही नहीं, आपको भी बधाई देता हूं।" ग्राहक ने समरेन्द्र की ओर देखा।

"बधाई?" समरेन्द्र ने पूछा, "क्या यह बधाई हम दोनों का अत्यन्त सुन्दर जोड़ा होने की बधाई है?"

समरेन्द्र की बात सुनकर रत्ना की भवें तन गईं।

"नहीं-नहीं-" ग्राहक ने स्पष्ट मन से कहा, "दरअसल पिछले दिनों जब मैं हॉलैंड गया था तो आपकी मंगेतर की तस्वीर भी अपने साथ ले गया था। वहां की आर्ट एग्जिबिशन में जब मैंने वह तस्वीर लगाई तो दर्शकों ने उसे इतना पसंद किया, इतना पसंद किया कि बस, पूछित मत।"

"क्या?" समरेन्द्र को विश्वास नहीं हुआ। क्या वह इतना ऊंचा चित्रकार है?

"जानते हैं, वह तस्वीर कितने में बिकी?" ग्राहक ने समरेन्द्र की बात की परवाह न करते हुए पाइप का एक गहरा कश लिया। फिर धुआं छोड़ने के बाद कहा, "इंडियन करेन्सी (भारतीय मुद्रा) के हिसाब से पूरे पच्चीस हजार रुपए में।"

“क्या?” समरेन्द्र दोबारा चौंक गया। अपने कानों पर उसे विश्वास नहीं हुआ। पच्चीस हजार रुपए! उसने तो उस तस्वीर को दो हजार रुपए में बेचते समय सोचा था कि उसे एक बहुत मूर्ख ग्राहक मिल गया है, परन्तु यह तो बड़ा चतुर निकला। निश्चय ही वह एक साधारण नहीं, बड़ा चित्रकार है, जिसकी चित्रकारी केवल विदेशी ही समझ सकते हैं। समरेन्द्र ने अपने अन्दर गर्व का आभास किया। उसने सोचा, यह भारतवासी उसके चित्रों का मूल्य क्या जानेंगे!

ग्राहक की बात पर रत्ना को भी विश्वास नहीं हुआ। आखिर उसके उस चित्र में ऐसी क्या विशेषता थी, जो विदेशियों ने उसे इतना अधिक पसन्द किया तथा उसका मूल्य पच्चीस हजार रुपए चुका बैठे? परन्तु फिर उसने अपने दिल को संतोष देते हुए सोचा, ये विदेशी लोग भी बहुत ‘क्रेजी’ होते हैं। जिस वस्तु के पीछे पड़ जाते हैं, उसका मूल्य कभी नहीं देखते।

“जानते हैं, मैं इस बार आपके पास विशेष तौर पर क्यों आया हूं?” ग्राहक ने पाइप का एक और कश लेने के बाद कहा, “मुझे उसकी लड़की की, मेरा मतलब...” ग्राहक ने रत्ना को देखा फिर समरेन्द्र से बोला, “आपकी मंगेतर की कुछेक तस्वीरें और चाहिए, परन्तु पोज अलग-अलग हों तो अच्छा होगा।”

समरेन्द्र की दृष्टि तुरन्त ही सामने लगे स्टैंड पर खिंच गई, जहां रत्ना की तस्वीर लगी हुई थी। उसकी दृष्टि का पीछा करते हुए ग्राहक ने भी गरदन घुमाकर रत्ना की तस्वीर को देखा तो चौंक गया। तस्वीर की ओर बढ़ते हुए उसने कहा, “ओ...वंडरफुल! बहुत सही समय पर मैं आया हूं आपके पास।” ग्राहक तस्वीर के सामने जाकर खड़ा हो गया।

समरेन्द्र ने रत्ना को देखा रत्ना? उसी को देख रही थी, इस प्रकार, मानो एक बार फिर उसे समरेन्द्र के प्यार की नहीं उसके प्यार के दावे की परीक्षा लेने का अवसर प्राप्त हो गया हो।

“यह तस्वीर वास्तव में पहली तस्वीर से अच्छी है।” ग्राहक ने तस्वीर देखते हुए स्वयं से कहा, “विदेशी भी उस तस्वीर को पहली तस्वीर से अधिक पसन्द करेंगे; बल्कि मूल्य भी दुगने से कम नहीं देंगे।” ग्राहक अचानक पलटा। उसने समरेन्द्र से पूछा, “आपकी मांग इस तस्वीर के लिए क्या है?”

“जी?” समरेन्द्र मानो कुछ समझा नहीं। उसने रत्ना को देखा। फिर ग्राहक की ओर बढ़ते हुए बोला, “जी, दरअसल यह तस्वीर...” तस्वीर को बेचने से इनकार करते हुए वह सकुचा रहा था, रत्ना की उपस्थिति के कारण।

“मैं इस तस्वीर का मूल्य आपको तीन हजार रुपए दे सकता हूं।” ग्राहक ने समरेन्द्र की बात काटकर कहा।

“तीन हजार?” समरेन्द्र को विश्वास नहीं हुआ। पिछली तस्वीर के मूल्य से एक हजार रुपए अधिक! उसने रत्ना को देखा।

रत्ना को अब समरेन्द्र के प्यार के दावे की परीक्षा लेने की आवश्यकता नहीं रही। उसके दिल में समरेन्द्र के प्रति वह घृणा ठोस जड़ पकड़ने लगी, जिसने उस समय जन्म लिया था, जब समरेन्द्र ने उसकी पहली तस्वीर बेच दी थी। उसने तुरन्त इस स्टुडियो से बाहर निकल जाना चाहा।

“चार हजार!” तभी रत्ना के पग उठने से पहले ग्राहक ने उसकी तस्वीर की मानो बोली लगाई।

चार हजार! समरेन्द्र के सामने रुपयों की गड्डी दिखाई पड़ने लगी। इस ग्राहक से भेंट होने से पहले चार हजार रुपए कमाने के लिए कम से कम उसे पांच-छः मास मेहनत करनी पड़ती थी, तब भी इतने रुपए मिलना सौभाग्य की बात होती थी। उसने एक बार फिर रत्ना को देखा।

रत्ना को ऐसा लगा, मानो समरेन्द्र उसकी तस्वीर नहीं उसके शरीर को नीलामी की बोली पर लगा देना चाहता है। समरेन्द्र के प्रति उसके मन में अटूट घृणा समा गई तो मन हुआ वह उसके मुंह पर थूक दे।

"चलिए, मैं एक दाम लग देता हूं।" ग्राहक ने कहा, "पांच हजार रुपया। इससे अधिक मैं एक पैसा नहीं दे सकता।" ग्राहक ने तुरन्त अपनी जेब से नोटों की एक गड्डी निकाली।

समरेन्द्र का मुखड़ा प्रसन्नता से तमतमा उठा। क्षण-भर के लिए उसकी समझ में ही कुछ नहीं आया। वह कभी तस्वीर को देखने लगा तो कभी ग्राहक के हाथ में थामी रुपए की गड्डी को। रत्ना की उपस्थिति को तो वह मानो भूल ही गया। बड़ी कठिनाई से उसने अपने दिल पर काबू किया और बोला, "यह...यह..." उसका स्वर हकलाने लगा फिर भी उसने कहा, ऐसा न हो कि ग्राहक का तस्वीर लेने का विचार बदल जाए, "यह तस्वीर आपकी है। आप इसे ले जा सकते हैं।" समरेन्द्र आगे बढ़ा। आगे बढ़कर उसने ग्राहक के हाथ से नोटों की गड्डी छीन-सी ली। रुपए उसकी पकड़ में आए तो प्रसन्नता से उसका हाथ कांपने लगा।

रत्ना को ऐसा लगा मानो समरेन्द्र ने उसके शरीर को बेचकर मूल्य वसूल कर लिया है। वह अपना इतना बड़ा अपमान सहन नहीं कर सकी। घृणा से वह गरदन झटककर पलटी और तुरन्त स्टुडियो के बाहर निकल गई। उसका मन रो लेने को कर रहा था। घृणा की आग में जलती तथा झुलसती वह बस स्टॉप पहुंची। बिना प्रतीक्षा किए ही उसे अपने घर के लिए बस मिल गई। घर पहुंचते ही वह मां की छाती से लिपट जाना चाहती थी। रो-रो कर आज की सारी बात उसे बता देना चाहती थी और साफ-साफ कह देना चाहती थी कि वह समरेन्द्र से नफरत करती है - सख्त नफरत! वह उससे कभी विवाह नहीं करेगी चाहे उसे अपने जीवन से ही हाथ धोना पड़े; परन्तु रत्ना ज्यूं ही अपने घर के अन्दर प्रविष्ट हुई, वहां समरेन्द्र के पिता उमाशंकर अपनी पत्नी सहित उपस्थित थे। राजाराम के कमरे में सब बैठे किसी हर्षपूर्ण विषय पर बातें करते हुए ठहाका लगा रहे थे। वहां शोभा भी उपस्थित थी। रत्ना का मन हुआ वह घर से निकलकर कहीं और चली जाए। यहां किसी का सामना न करे; परन्तु तभी दरवाजे के बीच से समरेन्द्र की मां की दृष्टि रत्ना पर पड़ गई। रत्ना को देखते ही वह चहक पड़ीं। बोली, "ऐ लो, बहू आ गई।"

रत्ना की मां लपककर रत्ना के पास पहुंची। रत्ना का मन हुआ, मां के कुछ कहने से पहले ही अपने दिल की सारी बातें खोलकर रख दे; परन्तु घर में आए मेहमानों का खयाल करके वह चुप रह गई। दिल की बात मां से कहती तो शायद फूट-फूट कर रो भी पड़ती।

"अरी बेटी, चल। तेरे सास-ससुर आए हैं।" मां ने रत्ना के दिल के दर्द से अज्ञात चहककर कहा, "आ चल, उनसे मिल ले। कह रहे थे कि क्या बहू अब हमारे घर का रास्ता ही भूल गई?"

रत्ना को अपने दिल की स्थिति संभालनी पड़ी। यह घड़ी किसी प्रकार टल जाए। फिर बाद में वह मां से अपने दिल का हाल कह सुनाएगी। उसने अपने सिर पर आंचल डाला। फिर अपने पिता के कमरे में जा पहुंची।

"आओ बेटी, आओ; हम तुम्हारी ही बातें कर रहे थे।" समरेन्द्र की मां ने बहुत प्यार के साथ उसका स्वागत किया।

रत्ना के मस्तिष्क ने कहा कि वह उमाशंकर तथा उनकी पत्नी के चरण न छूकर अपनी असभ्यता का ऐसा प्रदर्शन करे कि आपस में बिगाड़ हो जाए, परन्तु उसके दिल ने ऐसी आज्ञा नहीं दी। एक तो वह इतनी असभ्य नहीं थी; दूसरे उसके तथा समरेन्द्र के बीच तनाव में समरेन्द्र के माता-पिता का क्या दोष था? उन्होंने तो उसे आरम्भ से ही अपनों जैसा प्यार दिया था। उसने झुककर उमाशंकर के चरण छुए तो उन्होंने दिल की गहराई से उसे आशीर्वाद दिया। उनकी पत्नी के चरण छुए तो उन्होंने कुर्सी पर से उठकर उसे अपनी छाती से लगा लिया। उनका प्यार पाकर रत्ना का दिल पसीज गया, परन्तु उसके दिल में समरेन्द्र के प्रति समाई घृणा जरा भी कम नहीं हो सकी। समरेन्द्र की मां कुर्सी पर बैठने के बजाए कमरे में रखे दूसरे पलंग पर बैठ गई और साथ में अपने बिल्कुल समीप रत्ना को भी बड़े प्यार से बिठा लिया। उन्होंने मुस्कराते हुए रत्ना के सिर पर हाथ फेरा। फिर बोलीं, "हम तुम्हारी मंगनी की तिथि निश्चित करने आए थे, बेटी!"

जी! रत्ना ने कहना चाहा, परन्तु स्वर मानो गले के अन्दर घुट गया। होंठ कांपकर रह गए। उसने फटी-फटी आंखों से समरेन्द्र की मां को देखा फिर अपनी मां पर दृष्टि डाली।

“हां बेटी!” मां ने पुष्टि की, “अब अगले महीने में ही हम तुम्हारी मंगली कर देंगे।”

रत्ना का मुखड़ा नहीं के संकेत पर हल्के से कांप गया। उसने मां से तुरन्त कह देना चाहा कि यह मंगनी नहीं हो सकती जिसे वह प्यार नहीं करती तथा जिनसे उसे सख्त घृणा है, वह उससे विवाह नहीं कर सकती। वह तो अब समरेन्द्र की छाया से भी दूर रहना चाहती थी, परन्तु यह समय सबके सामने इन बातों के कहने का नहीं था। उसने वहां से उठ जाना चाहा, परन्तु तभी समरेन्द्र कमरे में प्रविष्ट हुआ।

“अरे, आप दोनों यहां हैं?” अपने माता-पिता को देखकर उसने चहकते हुए आश्चर्य प्रकट किया।

रत्ना सिर झुकाए बैठी थी। समरेन्द्र का स्वर सुना तो मस्तिष्क पर बल पड़ गए। समरेन्द्र की ओर उसने देखना भी पसन्द नहीं किया।

“क्यों?” सहसा समरेन्द्र की मां ने कहा”, तूने सुबह कहा नहीं था कि आज शाम को जाकर तेरी मंगनी की तिथि निश्चित कर आऊं?”

“कहा तो था, लेकिन...” बात अधूरी छोड़कर समरेन्द्र अभिनय करता हुआ अपना सिर खुजाने लगा। समरेन्द्र कई दिनों से रत्ना को अपनी ओर से लापरवाह देख रहा था, इसीलिए वह रत्ना से शीघ्र ही विवाह कर लेना चाहता था। ऐसा न हो कि सुन्दरता की यह प्रतिमा उसके हाथ से निकल जाए। पिछली शाम ही उसने रत्ना की तस्वीर पूरी की थी, जिसे दिखाने के बहाने वह शाम से कुछ पहले ही रत्ना को अपने स्टूडियो ले गया था, क्योंकि वह जानता था कि उसके माता-पिता आज शाम होते ही रत्ना के घर पहुंच जाएंगे। रत्ना की अनुपस्थिति में रत्ना तथा उसकी मंगनी की तिथि आसानी से निश्चित की जा सकती थी। अब जब उसका भेद खुला तो वह कुछ लज्जित-सा हो गया।

“इसे तो सीधे विवाह करने की पड़ी थी।” उमाशंकर ने राजाराम से कहा, “परन्तु मैंने बड़ी कठिनाई से समझाकर इसे शांत किया कि जब तब आप स्वस्थ न हो जाएं विवाह

करने का कोई प्रश्न ही नहीं उठता। आखिर इस घर का यह पहला विवाह होगा। पिता का स्वस्थ होना अत्यन्त आवश्यक है।"

"लड़की आपकी है।" राजाराम ने उमाशंकर की बातों से प्रभावित होकर कहा, "जब चाहें, ले जा सकते हैं।"

"रत्ना!" अचानक बीच में समरेन्द्र ने कहा, "तुम बिना बताए ही स्टुडियो से क्यों चली आई? मैं तुम्हें वहां ढूंढ रहा था और तुम यहां पहुंची हुई हो!"

"बिना बताए ही चली आई?" रत्ना की मां ने आश्चर्य प्रकट किया।

"जी हां", समरेन्द्र ने कहा, "जैसे ही हम स्टुडियो पहुंचे, तो वहां मेरा एक बहुत अच्छा ग्राहक आ गया। ग्राहक छोटा हो या बड़ा, कलाकार को अपनी कला बेचते समय व्यापारी बनकर ग्राहक का ध्यान रखना ही पड़ता है।" समरेन्द्र ने अपनी प्रशंसा अपने होंठों द्वारा की। बात जारी रखते हुए उसने कहा, "मुझे भी उस ग्राहक को समय देना पड़ गया। बस, इसी का बुरा मानकर यह यहां चली आई।"

शोभा ने समरेन्द्र की बात सुनी तो जाने क्यों उसका मन खटक गया। निश्चय ही उसके होने वाले जीता आजकल कोई ऐसी बात कर रहे हैं, जो उसकी दीदी की भावनाओं को ठेस पहुंचाती है। अपनी दीदी के मुखड़े पर निरंतर छाई रहने वाली उदासीनता तथा समरेन्द्र के प्रति रूखे व्यवहार पर वह कई दिनों से ध्यान दे रही थी। फिर भी उसने घरेलू बातों में हस्तक्षेप करना उचित नहीं समझा।

"व्यापार की बातें समझने में इसे समय लगेगा बेटे!" राजाराम ने मानो बेटी की वकालत की।

"ऐसा कौन-सा बड़ा ग्राहक आ गया, जो तुम्हारा ध्यान हमारी बहू की ओर से हट गया?" उमाशंकर ने भी रत्ना का पक्ष लेना चाहा।

"ग्राहक!" समरेन्द्र ने अपनी मां की खाली की हुई कुर्सी पर बैठते हुए कहा, "अरे वह तो एक कसौटी है, कसौटी। उसी कसौटी के द्वारा तो मुझे ज्ञान हुआ है कि मैं एक साधारण

चित्रकार नहीं हूं। पिताजी अब आपका बेटा एक अन्तर्राष्ट्रीय चित्रकार है। मेरे चित्रों की कदर से देश में हो न हो, विदेशों में खूब होती है। वहां मेरी तस्वीरें चित्रकला प्रदर्शनी में लगाई जाती हैं। यह मेरे ग्राहक ने स्वयं मुझे बताया। विश्वास न हो तो रत्ना से ही पूछ लीजिए। आज उसी ग्राहक ने मुझे मेरी बनाई तस्वीर का मूल्य पांच हजार रुपए दिए हैं। यह देखिए।" समरेन्द्र ने गर्व के साथ कहते हुए पांच हजार रुपए की एक गड्डी अपनी जेब से निकाली।

सभी फटी-फटी आंखों से देखते रह गए, कभी समरेन्द्र को तो कभी नोटों की गड्डी को। समरेन्द्र इतना ऊंचा कलाकार निकला! इतना बड़ा चित्रकार! किसी को मानो विश्वास नहीं हो रहा था। राजाराम तथा उनकी पत्नी ने लिये की गहराई से भगवान को धन्य कहा, जिसने उनकी बेटी को समरेन्द्र जैसा जीवनसाथी दिया था।

शोभा ने अपनी दीदी को देखा। रत्ना के मस्तक पर बल थे। शोभा ने सोचा, आज उसकी दीदी भले ही जीजाजी से रुष्ट हो, परन्तु विवाह के बाद वह उसके साथ अवश्य सुखी रहेगी। कम से कम उसे इतना कष्ट तो नहीं उठाना पड़ेगा, जो वह इस समय अपने घर वालों को संभालने में उठा रही है।

समरेन्द्र की बातें सुनकर रत्ना के दिल में उसके प्रति घृणा की आग भड़क उठी थी उसने सबको बता देना चाहा कि समरेन्द्र ने किस प्रकार उसकी तस्वीर को नीलामी की बोली पर लगाकर यह राशि प्राप्त की है।

"जानते हैं पिताजी, वह ग्राहक क्या कह रहा था?" समरेन्द्र ने शेखी बघारते हुए नोटों की गड्डी को एक बर अपनी हथेली में उछाला। बोली, "मैं जितनी भी तस्वीरें बनाऊंगा, वह सब की सब खरीद लेगा। फिर वह दिन दूर नहीं, जब हमारे पास बंगला होगा, मोटर होगी, नौकर-चाकर होंगे। फिर मैं अपने स्टूडियो को इतना शानदार बनाऊंगा कि..."

रत्ना से अब सब्र नहीं हो सका। उसके अन्दर घृणा के साथ क्रोध की ज्वाला भी भड़क उठी। उसके कपोल तमतमा गए। आखिर समरेन्द्र को क्या अधिकार है कि वह

उसके रंग रूप का सौदा तस्वीरों में करे? उसने समरेन्द्र के प्रति अपनी घृणा प्रकट करके उसकी वास्तविकता बता देनी चाही। उसने अपने होंठ खोले ही थे कि तभी अचानक राजाराम की खांसी का एक ऐसा दौरा पड़ा,मानो गले से सांस अटक-अटक कर बाहर आ रही हो। बेहाली की स्थिति में उन्होंने करवट बदली तो तुरन्त उनकी पत्नी ने उनकी पीठ सहलाते हुए हल्के-हल्के थपकी देना आरम्भ कर दिया। शोभा पानी लेने दूसरे कमरे की ओर लपक गई। सभी लोग चिंतित हो उठे। रत्ना भी अपने पिता की पीठ हल्के-हल्के ठोंकने लगी, ताकि गले में अटकती सांस आसानी से बाहर आ सके। सहसा राजाराम के गले से एक बड़ी जोर की आवाज निकली, "आ..." आवाज बड़ी भयानक थी, दर्द में डूबी हुई थी। सुनने वालों का कलेजा कांप गया। और फिर देखते ही देखते, उसी प्रकार एक ओर करवट लिए हुए राजाराम का शरीर शांत हो गया। उनकी हृदय-गति बन्द हो चुकी थी। आंखें खुली की खुली रह गईं। खांसने से उनकी आंखों में पानी आ गया था, जो अब तक आंसुओं के रूप में बह रहा था।

रत्ना ने बदहवास होकर पिता का शरीर सीधा किया और छाती पर कान रखकर जीवन की धड़कन ढूंढ़ी, परन्तु कुछ भी नहीं था। मूर्छित-सी होकर वह पिता की छाती से लिपट गई और फूट-फूट कर रो पड़ी। मां ने स्थिति समझी तो चीख मारकर वह भी अपने पति के शव पर गिर पड़ी। शोभा पानी का गिलास लेकर कमरे के द्वार तक पहुंची थी। वास्तविकता का आभास हुआ तो वह चीख पड़ी। गिलास हाथ से छूटकर नीचे गिर पड़ा। लपककर वह भी अपने पिता के शव से लिपट गई। हाहाकार मच गया घर में। राजाराम कई मास से अवश्य बीमार थे, परन्तु इस प्रकार देखते ही देखते चले जाएंगे, कोई सोच भी नहीं सकता था।

रत्ना का घर सूना हो गया। घर का बूढ़े से बूढ़ा व्यक्ति कितना ही बीमार हो, परन्तु जब परलोक सिधार जाता है तो घर अवश्य सूना हो जाता है। रत्ना अपने कॉलेज चली जाती तथा शोभा अपने कॉलेज तो मां का दिल घंटों रोता रहता। घर की दीवारें मानो

काटने को दौड़तीं। परन्तु समय के साथ बड़े से बड़ा घाव भी भर जाता है। धीरे-धीरे रत्ना के घर की स्थिति सुधरने लगी।

उमाशंकर तथा उनकी धर्मपत्नी का अब रत्ना के घर में आना-जाना पहले से भी अधिक हो गया था। उमाशंकर को अपने स्वर्गवासी मित्र के घरवालों से सच्ची सहानुभूति थी। राजाराम का विषय चलता तो वह प्रायः कहते, "बेचारा यही कहता था कि लड़की आपकी है, जब चाहे, ले जा सकते हैं। तब यदि रत्ना घर में होती तो यही सोचती कि उमाशंकर उसे उसके पिता का वचन याद दिला रहे हैं। उसे स्वयं अपने पिता का वचन याद था। इसलिए वह मां से भी अब अपने दिल की बात नहीं कह सकी थी कि वह समरेन्द्र से घृणा करती है, उससे हरगिज विवाह नहीं करेगी। मां सुनती तो क्या सोचती? बेटी को अपने पिता की आत्मा की शांति की जरा भी चिन्ता नहीं। मां को वह कैसे समझाती कि मरने वाले से अधिक जीने वाले का महत्त्व होता है। उसके लिए यह क्या कम था कि इस समय उसकी मंगनी टल गई? फिर भी रत्ना ने एक इरादा अवश्य कर लिया था। जब उसकी मंगनी निश्चित करने का समय आएगा तो वह समरेन्द्र के विषय में मां को बताकर इतना विश्वास अवश्य दिलाएगी कि उसकी बेटी समरेन्द्र के साथ निश्चय ही कभी सुखी नहीं रहेगी, बल्कि शीघ्र ही घुट-घुट कर मर जाएगी। मां को वह अपने सुख की दुहाई भी देगी - समरेन्द्र के सुपुर्द करने के बजाए उसे उसके हाल पर छोड़ दिया जाए। ये बातें अभी कहना बहुत जल्दी करना था।

राजाराम की मृत्यु के बाद आरम्भ में समरेन्द्र अधिक से अधिक समय रत्ना के घरवालों को देता रहा, परन्तु फिर यह कम हो गया, क्योंकि रत्ना तथा शोभा अपने कॉलेज जाने लगी थीं। शाम के समय समरेन्द्र आता तो रत्ना के पास कॉलेज का काम हो या न हो, वह काम अधिक होने का बहाना बनाकर उससे दूरी ही बरतती रहती। समरेन्द्र को इसका एहसास भी होने लगा था। वह इसका कारण भी अपने ही ढंग से समझ रहा था। रत्ना उससे इसलिए रुष्ट है, क्योंकि उसने उसकी उन तस्वीरों को बेच दिया है, जिन्हें उसने अपने सच्चे प्यार की यादगार बनाए रखने का दावा किया था, परन्तु उसे इस बात की

चिन्ता जरा भी नहीं थी। रत्ना की इस रुष्टता को वह सामयिक समझता था क्योंकि उसे पूरा विश्वास था कि रत्ना केवल उसे ही प्यार करती है। नारी अपने होने वाले पति को प्यार नहीं करेगी तो किसे प्यार करेगी? समरेन्द्र कभी सोच भी नहीं सकता था कि रत्ना का दिल उसकी ओर से पक चुका है और अब वह उससे घृणा करती है। उसके विचार में रत्ना के मन के अन्दर किसी और के प्रति प्यार समाने का प्रश्न ही नहीं उठता था।

शीघ्र ही परीक्षा के दिन आ गए। रत्ना परीक्षा लेने तथा शोभा परीक्षा देने में तल्लीन हो गई। परीक्षाएं समाप्त हुईं तो रत्ना के पास अपने कॉलेज की छोटी कक्षाओं की कापियों के बाद अन्य कॉलेज की हाई स्कूल की कापियां भी जांचने को आ गईं, इतनी अधिक मात्रा में कि उसका सांस लेना भी कठिन हो गया; परन्तु कापियां जांचने से उसे इतने पैसे अवश्य मिल सकते थे कि वह अपने घर की चिन्ता का थोड़ा भार तो कम कर ही सकती थी। कापियां जांचने के बहाने रत्ना को समरेन्द्र से दूर रहने का और भी सरल अवसर मिल गया।

रत्ना को अधिक व्यस्त देखकर समरेन्द्र ने उसके घर आना और भी कम कर दिया। वह तस्वीर बनाने में अपना और भी अधिक समय लगने लगा। इन दिनों उसने रत्ना की अनेक तस्वीरें बनाईं, जिनका मूल्य उसे अच्छा ही मिला - तीन हजार रुपए से लेकर पांच हजार रुपए तक। समरेन्द्र सन्तुष्ट ही नहीं, प्रसन्न भी था। शीघ्र ही उसने अपना स्टूडियो और आकर्षक कर लिया। घर का स्तर भी ऊंचा हो गया। एक दिन जब से पता चला कि उसके स्टुडियो के बगल की दुकान खाली होने वाली है तो अपना स्टुडियो बड़ा करने के लिए उसने मकान-मालिक को इस दुकान के लिए भी पगड़ी पहले से दे दी। इस बात की चर्चा जब उसने रत्ना की मांजी से की तो उन्होंने उसे दिल की गहराई से आशीर्वाद दिया। उसकी दिन दूनी, रात चौगुनी उन्नति करने की कामना की। रत्ना ने सुना तो वह मन ही मन समरेन्द्र को धिक्कारे बिना नहीं रह सकी। वह जानती थी कि समरेन्द्र की सारी उन्नति उसी के रंग-रूप पर निर्भर करती है, जिसे वह तस्वीरों में उतारकर अपने ग्राहक द्वारा सारे जग को दर्शाया करता है। समरेन्द्र के प्रति रत्ना के मन में घृणा बढ़ती ही चली गई तो

उसने निश्चय कर लिया कि यदि उसकी मां ने बेटी की भावनाओं से परिचित होने के बावजूद उसे समरेन्द्र के सुपुर्द करना चाहा तो वह अपना गला स्वयं घोंट लेगी, जहर खा लेगी या फांसी से लटककर जान दे देगी।

शोभा को अपनी लगनानुसार आई.एस.सी. में पहली श्रेणी में उत्तीर्ण होने के साथ दो नहीं तो एक विषय में अवश्य डिस्टिंगशन लाने का पूरा विश्वास था, परन्तु घर की आर्थिक स्थिति देखकर उसने मेडिकल करने का इरादा छोड़ दिया। फार्म भर देती तो फिर मेडिकल की तैयारी में व बहुमूल्य पुस्तकें और सेलेक्शन के बाद शिक्षा जारी रखने के लिए फीस तथा अन्य खर्चों का प्रबन्ध कैसे होता? आखिर उसकी दीदी कब तक अपनी अभिलाषाओं की हत्या करके उसका भार संभाल सकती थी? उसने सोच लिया, वह किसी प्रकार बी.एड. करके अपने पैरों पर खड़ी हो जाएगी। उसके बाद नौकरी करने के साथ-साथ वह आगे पढ़ सकती है। एक बार उसकी भेंट अचानक बाजार में कान्ता से हुई तो उसने यह बात से भी बता दी। कान्ता को बहुत दुःख हुआ कि विज्ञान की इतनी अच्छी छात्रा मेडिकल करने से वंचित रह जाएगी। इतने वर्षों दोनों सखियां एक साथ पढ़ीं थीं, इसलिए शोभा का साथ छूटने का भी उसे दुःख था; परन्तु मजबूरी के आगे कोई क्या कर सकता है! उसने सोचा, ऐसी अच्छी छात्राओं की उन्नति के रास्ते में मजबूरियों की दीवार क्यों खड़ी हो जाती है? शोभा से कान्ता विदा हुई तो कान्ता का मन भारी था। वह चिन्तित थी। क्या ऐसा कोई उपाय नहीं, जो वह अपनी सखी की सहायता कर सके? शोभा को भी ऐसा लगा, मानो बहुत दूर तक अपनी सखी के साथ एक ही रास्ते पर चलते रहने के बाद ऐसे स्थान पर पहुंच गई है, जहां से दोनों के रास्ते अब अलग हो जाते हैं। अब उनकी भेंट कभी नहीं होगी।

परन्तु कुछ दिनों बाद प्री-मेडिकल टेस्ट के लिए फार्म भरने का समय आया तो कान्ता कार द्वारा शोभा के घर आ धमकी। उसके हाथ में एक फार्म था। उसके पीछे-पीछे उसका ड्राईवर भी था। ड्राईवर के हाथ में किताब-कापियों का एक अच्छा बड़ा बंडल था।

शोभा ने कान्ता को देखा तो प्रसन्नता से खिल उठी। चहककर वह अपनी प्रिय सखी से गले मिली; परन्तु जब उसने ड्राईवर के हाथों में किताब-कापियों का बंडल देखा तो वह कुछ समझी नहीं। कान्ता ने उसे अपने यहां आने का मतलब बताया तो शोभा की आंखों में एक भूला-बिसरा सपना जाग उठा। फिर भी जब कान्ता ने उसके सामने प्री-मेडिकल टेस्ट्स में बैठने के लिए फार्म रखा तो उसने इनकार कर देना चाहा। बोली, "क्यों? क्या मैंने तुझे नहीं बताया था मैं मेडिकल नहीं कर सकूंगी?"

"बताया तो था, परन्तु फार्म भर देने में हर्ज ही क्या है?" कान्ता ने भेद-भरे ढंग से मुस्कराकर कहा, "कौन जाने तुझे अपनी शिक्षा जारी रखने के लिए छात्रवृत्ति ही मिल जाए। और फिर क्या इस संसार में तुझसे अधिक गरीब लड़कियां नहीं हैं, जो किसी न किसी प्रकार मेडिकल कर ही लेती हैं?"

"फिर भी..." शोभा को अच्छी छात्रवृत्ति पाने पर सन्देह था। मेडिकल में आने के टेस्ट्स कितने कठिन होते हैं; यह वही जानती थी। फिर अच्छी छात्रवृत्ति प्राप्त करना तो एक स्वप्न जैसा था। छात्रवृत्ति मिल गई, तब क्या उस पर अन्य खर्च नहीं आएंगे?

"फिर भी से काम नहीं चलेगा।" कान्ता ने कहा, "हमने इतने वर्षों तक साथ शिक्षा पाई है। फिर क्या आगे मेरा साथ देने का तू जरा भी प्रयत्न नहीं करेगी? तू ही तो कहा करती थी कि हम दोनों साथ-साथ मेडिकल करेंगे।" कान्ता ने अपने ड्राईवर को देखा। शोभा पर अपना अधिकार जताकर उसने ड्राईवर से कहा, "किताबें उधर रख दो - मेज पर।" कान्ता ने एक ओर संकेत किया।

ड्राईवर ने किताबें तुरन्त मेज पर रख दीं।

शोभा लाजवाब हो गई। उसकी सखी उसे कितना अधिक चाहती है!

"मेरा विश्वास कर, सब ठीक हो जाएगा।" कान्ता ने उसे विश्वास दिलाया, "तुझे किसी बात की चिन्ता करने की आवश्यकता ही नहीं पड़ेगी।"

शोभा को अपनी सखी की बातों पर विश्वास-सा हो गया। वह दोबारा उसके गले से लिपट गई।

❑❑

इस बीच पवन अपनी फैक्टरी बराबर जाता रहा, परन्तु उसका दिल सदा रत्ना में ही लगा रहता था। फिर भी उसने अब रत्ना से मिलना उचित नहीं समझा। रत्ना को उससे मिलना होता तो वह स्वयं फोन कर देती। वह तो समरेन्द्र को प्यार करती है। पवन राजाराम की मृत्यु से अनभिज्ञ सोचता कि अब तो शायद रत्ना का समरेन्द्र के साथ विवाह भी होने वाला होगा। फिर वह सदा के लिए समरेन्द्र के घर चली जाएगी। पवन यह सारी बातें सोचता तो उसके दिल पर आरे चल जाते। यदि वह रत्ना से मिलने का प्रयत्न करता तो उसके अपने ही प्यार का अपमान नहीं होता, बल्कि रत्ना का भविष्य भी बर्बाद हो सकता था। फिर रत्ना उसे कभी क्षमा नहीं करती, परन्तु इस प्रकार वह कम से कम रत्ना के मन में अपनी थोड़ी बहुत सहानुभूति तो स्थिर रख ही सकता था। यही कारण था कि रत्ना से मिलने की इच्छा दबाकर पवन स्वयं को दिन भर अपनी फैक्टरी के काम में व्यस्त रखता और फिर जब शाम को बंगले लौटता तो अपने कमरे से कम ही बाहर निकलता। उसके दिल की धड़कन में रत्ना बसी हुई थी। अपने कमरे के हर चप्पे पर, हर कोने में उसे रत्ना ही रत्ना दिखाई पड़ती थी। उसकी वह कंटीली आंखें, गोरा मुखड़ा, खुली लटें तो कहीं संवरी हुई रत्ना के विचार ही अब उसके मन की शांति बन गए थे।

परन्तु फिर धीरे-धीरे पवन बीमार-सा रहने लगा। रत्ना के बिछड़ने का गम मानो अन्दर ही अन्दर उसके शरीर को घुन समान खा रहा था, इसीलिए पवन स्वस्थ रहता भी कैसे? धीरे-धीरे जब पवन की शारीरिक शक्ति जवाब देने लगी तो उसने फैक्टरी में जाना कम कर दिया। फिर बिल्कुल ही बन्द कर दिया। अब दिन भर वह अपने कमरे में पड़ा रहता था। मां के पास आकर गुम-सुम बैठा रहता। ऐसा न हो कि मां उसके कमरे में पहुंचकर दीवानापन देख ले और दुखी हो। उन्होंने बेटे के गिरते स्वास्थ्य को देखा तो उनके दिल

को धक्का लगा। कारण पूछा तो पवन टाल गया। बोला, "कुछ नहीं मां, स्मृति खो गई है ना, इसीलिए कभी-कभी बहुत गहराई से सोचकर चिंतित हो उठता हूं कि मेरा अतीत क्या रहा होगा।" पवन के पास स्मृति खोने का अच्छा बहाना था।

परन्तु मां के दिल को सन्तोष नहीं मिला। उन्होंने शहर के बड़े-बड़े डॉक्टरों को बुलाया। डॉक्टरों ने पवन के स्वास्थ्य के लिए एक ही सलाह दी - उसका अकेलापन दूर होना चाहिए, अर्थात् उसका विवाह कर दिया जाए; परन्तु स्मृति खोने के बहाने ने पवन को यहां भी बचा लिया। मां ने विवाह का प्रस्ताव रखा तो उसने मां को समझाया। बोला, "मां यह तो तुम जानती ही हो कि लोग पिताजी को तथा तुम्हें कितनी श्रद्धा की दृष्टि से देखते हैं। ऐसी स्थिति में यदि तुम किसी लड़की का विवाह मेरे साथ कर दोगी तो क्या लोग यह नहीं सोचेंगे कि तुमने अपनी दौलत का सहारा लेकर उस लड़की के साथ अन्याय किया? क्या तुम स्वयं अपनी किसी बेटी का विवाह ऐसे व्यक्ति से कर सकती हो जो अपने विषय में कुछ भी नहीं जानता तथा स्मृति खोने से जिस पर सदा पागलपन छाया रहता है?"

"और फिर मां-" पवन ने अपनी बात जारी रखते हुए कहा, "यह कोई आवश्यक नहीं कि तुम मेरी स्मृति खोने से पहले की सारी ही बातों से परिचित हो। हर जवान बेटा-बेटी अपनी बहुत सारी निजी बातें अपने माता-पिता से अवश्य छिपाते हैं। सम्भवतः स्मृति खोने से पहले मैंने किसी लड़की से सम्पर्क रखा हो, जिसके बिना मेरा एक क्षण भी जीना कठिन हो। फिर यदि विवाह के बाद मेरी स्मृति वापस आ गई तो क्या मैं उस समय उसके बिना रह सकूंगा? जरा सोचो मां, उस समय मेरी पत्नी कुढ़-कुढ़ कर तुम सबको शाप नहीं देगी? क्या वह नहीं कहेगी कि हम सबने मिलकर उसे धोखा दिया? नहीं मां, नहीं मैं अभी शादी हरगिज नहीं करूंगा, उस समय तक नहीं करूंगा, जब तक मेरी स्मृति वापस न आ जाए।"

पवन की बातों में सार था। बेटे की बात सुनकर मां चुप हो गईं। अपने स्मृति खोए बेटे से किसी निर्दोष लड़की का दामन बांधने का पाप वह कैसे मोल ले सकती थीं!

प्रायः पवन शाम के समय लॉन में ही आ बैठता था। क्यारियों में लगे फूलों को निहारता रहता तथा अपनी रत्ना को याद करके मन ही मन कुढ़ता रहता था। इन फूलों को वह अपने कमरे की खिड़की द्वारा घंटों खड़ा देखा करता था, जो दूसरी मंजिल पर बंगले के सामने की ओर थी। आखिर वह अनथक प्रयत्न करने के पश्चात् रत्ना का दिल नहीं जीत सका। फिर भी उसके दिल को एक बहुत बड़ा संतोष था। उसका प्यार निःस्वार्थ था। उसने अपने इस निःस्वार्थ प्यार पर किसी प्रकार की आंच नहीं आने दी। उसका प्यार सफल था, प्रयत्न सार्थक था। आवश्यक नहीं कि प्रेमी-प्रेमिका के मिलन के बाद ही प्यार सफल होता है। दुखान्त में जो आनन्द है, वह सुखान्त में नहीं। कभी-कभी गम भी दिल की सबसे बड़ी शांति बन जाता है। दर्द-भरी तड़प में भी कितनी अधिक मिठास महसूस होती है! प्यार एक नशा-सा छा जाता है। दिल करता है इसी नशे में डूबे रहो फिर घुट-घुट कर अपनी जान दे दो। सच्चे प्यार का एक यह भी रूप है।

❑❑

कांता तथा शोभा पूरी तैयारी के साथ प्री-मेडिकल टेस्ट में बैठीं। परीक्षा दोनों ने संतोषजनक दी। परीक्षा में सफल न होने का प्रश्न ही नहीं उठता था; परन्तु शोभा ने इतनी अच्छी परीक्षा भी नहीं दी थी कि वह मेरिट में आकर छात्रवृत्ति की आशा करती। मेडिकल की ओर से वह कुछ निराश-सी हो गई। छात्रवृत्ति नहीं मिली तब क्या होगा? उसका डॉक्टर बनने का शौक पूरा नहीं हो सकेगा। शोभा को मेडिकल टेस्ट्स से मुक्ति मिली तो उसके पास ही समय था। खाली समय में पवन उसके मस्तिष्क की खिड़की खोलकर दिल के अन्दर फिर झांकने लगा तो शोभा उसके विषय में सोचते हुए खो-सी जाती, परन्तु अब अपने दिल की तड़प पर काबू पाने की शक्ति उसके अन्दर पूर्णतया समा गई थी। उसका स्वभाव गंभीर हो गया था। जीवन में एक ठहराव-सा आ गया था; परन्तु एक इरादा उसके अन्दर अब भी अटल था। जीवन में पहली बार उसने पवन से प्यार किया था और अन्तिम सांस तक वह उसे ही प्यार करेगी। अपनी दीदी के दिल की बात से अनभिज्ञ यदि उसके

कुंवारे तथा अछूते मन ने ऐसा सोचा तो कोई अस्वाभाविक बात नहीं की। कुंवारे मन की उड़ान बड़ी ऊंची होती है। वह अपने एकतरफा प्यार से पूर्णतया सन्तुष्ट थी।

इंटरमीडिएट का परिणाम निकला तो शोभा अपने विश्वास अनुसार ही उत्तीर्ण हुई। घर वालों ने उसे गले लगाकर बधाई तथा आशीर्वाद दिया। सखियों के अतिरिक्त समरेन्द्र ने भी उसे बधाई दी, परन्तु शोभा पवन द्वारा बधाई प्राप्त करने के लिए तरस गई, यह जानते हुए भी कि पवन उसे बधाई देता तो उसके दिल का घाव ताजा हो जाता। सखियां बधाई देकर चली गईं तो शोभा उदास हो गई। रत्ना स्वयं पवन को प्यार करती थी, इसलिए शोभा की उदासी के कारण का हल्का-सा अनुमान उसे अवश्य हो गया, परन्तु उसने शोभा से कुछ पूछना उचित नहीं समझा। पूछती तो फिर शायद जो बात नहीं थी, वह भी उत्पन्न हो जाती।

उस रात शोभा पलंग पर लेटी तो पवन की याद में बहुत देर तक करवटें बदलती रही। जाने क्यों वह इतने दिनों बाद उसके लिए फिर तड़प रही थी! कांता के यहां की पार्टी में वह उस एक-एक क्षण को याद करती रही, जो उसने पवन की संगति में बिताए थे। उसे ऐसा लगा, मानो अभी ही की तो बात है।

कुछ दिनों बाद शोभा का प्री-मेडिकल टेस्ट का परिणाम निकला। वह अपनी आशा अनुसार उत्तीर्ण अवश्य हो गई थी, परन्तु मेरिट-लिस्ट में नहीं आ सकी। मेडिकल के लिए मेरिट-लिस्ट में आना आसान बात नहीं होती। शोभा निराश हो गई। फिर भी रत्ना ने अधिक से अधिक ट्यूशनें करके अपनी छोटी बहन को पढ़ाने का वादा किया, परन्तु शोभा इसके लिए तैयार नहीं हुई। कल को उसकी दीदी समरेन्द्र के साथ विवाह करके चली जाएगी, तो उसका खर्च कौन उठाएगा? विवाह के बाद समरेन्द्र का इस घर के प्रति जाने कैसा व्यवहार हो! विवाह के बाद उसकी दीदी को तो अपने पति की इच्छानुसार ही चलना पड़ेगा।

सुबह के दस बजे होंगे। शोभा उदास मन से रसोई में मां के साथ हाथ बंटा रही थी। मेडिकल का अवसर हाथ में आकर निकला जा रहा था, जिसका उसे बहुत अफसोस था। मां को उसके दिल की स्थिति का ज्ञान था। वह स्वयं बहुत उदास थी। रत्ना किसी पुस्तक का अध्ययन कर रही थी। अचानक द्वार पर दस्तक हुई। रत्ना ने खिड़की से बाहर झांका, फिर द्वार खोल दिया। सामने कांता खड़ी थी। कांता भी शोभा के समान ही प्री-मेडिकल टेस्ट में उत्तीर्ण हुई थी। उसे छात्रवृत्ति की चिंता नहीं थी, इसलिए उसके मुखड़े पर रौनक छाई हुई थी।

"शोभा है घर में?" कांता ने पूछा।

"हां।" रत्ना ने उसके लिए द्वार पर रास्ता छोड़ते हुए कहा, "आओ बैठो, अभी बुलाती हूं।"

कांता अन्दर प्रविष्ट हो गई।

रत्ना ने अन्दर रसोई में जाकर शोभा का काम संभाल लिया और शोभा को कांता के पास भेज दिया। शोभा आई तो कांता ने उसे गले लगाकर बधाई दी तथा बदले में स्वयं भी बधाई प्राप्त की; परन्तु उसने देखा कि शोभा को मेडिकल में आने की कोई प्रसन्नता नहीं है। कारण?

"तुझसे तो मैं पहले ही कह चुकी थी कि मेडिकल नहीं करूंगी।" शोभा ने कांता को कारण बताया, "अब जब छात्रवृत्ति मिलने का प्रश्न नहीं रहा तो...।"

"छात्रवृत्ति की चिंता तू मत कर।" कांता ने तुरन्त कहा, भेद-भरे ढंग में मुस्कराते हुए, "मेरे पिताजी का एक निजी फंड है। बस, उसी में से तुझे पांच सौ रुपए मिल जाया करेंगे।"

"पांच सौ रुपए?" शोभा को विश्वास नहीं हुआ।

"हां-हां।" कांता ने लापरवाही से कहा, "इसके लिए वह मुझसे वादा भी कर चुके हैं।"

"ओ...कांता...कांता...मेरी बहन-" शोभा का मुरझाया मुखड़ा फूल-समान खिल उठा। कांता के दोनों हाथ पकड़ती हुई वह बोली, "तू कितनी अच्छी है-कितनी अधिक!" शोभा ने प्रसन्नता से बेकाबू होकर कांता को गले लगाते हुए उसका मुख चूम लिया। फिर वह मां तथा दीदी को यह सूचना देने के लिए रसोई में जाने को पलटी। तभी रत्ना भी इस कमरे में प्रविष्ट हुई तो शोभा ने लपककर उसके दोनों हाथ पकड़ लिए और बोली, "दीदी...ओह दीदी..." वह उसके दोनों हाथों को खींचती हुई उसके चारों ओर एक चक्कर लगा गई। "अब तुम्हें चिंता करने की कोई आवश्यकता नहीं। तुम्हारी बहन डॉक्टर बनेगी और अवश्य बनेगी।"

"अच्छा! यह तो बड़े हर्ष की बात है।" रत्ना ने अपनी बहन के खिले मुखड़े को देखा तो आश्चर्य के स्थान मुस्करा भी पड़ी। बोली, "परन्तु इस भेद के कारण हम भी तो जानें।"

"यह सब मेरी इस सखी की कृपा है।" शोभा ने मानो वहीं खड़े-खड़े उछलकर कहा, कांता की ओर संकेत करते हुए, "इसके पिताजी का निजी फंड है। उसी में से इसने मुझे पांच सौ रुपए महीने दिलवा दिए हैं।" शोभा ने जाकर कांता का हाथ पकड़ लिया।

"पांच सौ रुपए?" रत्ना को विश्वास नहीं हुआ। इतना तो उसे वेतन भी नहीं मिलता है। उसे बड़ी प्रसन्नता हुई। उसने कहा, "तब तो तुझे इसी समय जाकर उसके पिताजी को धन्यवाद देना चाहिए।" रत्ना ने कांता की ओर संकेत किया।

"नईं-नईं - नईं-नईं...नहीं!" कांता अचानक ही चौंककर बुरी तरह बौखला गई। बोली, "ऐसा मत करना हरगिज नहीं...मेरा मतलब...मेरा मतलब..." कांता की समझ में नहीं आया कि क्या कहे।

"लेकिन क्यों?" रत्ना ने कहा, "जब तुम्हारे पिताजी ने इतनी बड़ी सहायता की है तो उन्हें धन्यवाद देना क्या हमारा कर्त्तव्य नहीं है?"

"मेरा मतलब..." कांता अब तक बौखला गई थी। उसने स्वयं को संभाला। बोली, "हां-हां, वह तो ठीक है। धन्यवाद देने में बुराई ही क्या है, लेकिन..."

"लेकिन क्या?" शोभा ने पूछा।

"कुछ नहीं।" कांता पूर्णतया संभल चुकी थी। उसने शोभा से कहा, "आओ चलो, अभी चलते हैं।" उसने जल्दबाजी में शोभा का हाथ पकड़ा। फिर उसे लगभग खींचती हुई बाहर ले जाने लगी।

"अरे बाबा, जरा कपड़े तो बदल लूं।" शोभा तुरन्त ही जाने के लिए तैयार नहीं थी। उसने कांता को रोकते हुए कहा, "ऐसे ही चली जाऊंगी तो तेरे घर वाले क्या सोचेंगे?" शोभा ने कांता को एक कुर्सी पर बिठाया, फिर अन्दर चली गई।

रत्ना को कांता का व्यवहार बड़ा विचित्र-सा लगा। कांता का बौखलाना, फिर स्वयं पर काबू करना निश्चय ही कोई महत्त्व रखता था।कांता ने उसकी छोटी बहन को छात्रवृत्ति दिलाई थी, यही क्या कम था उसके लिए? उससे कुछ पूछकर उसके निजी मामले में हस्तक्षेप करना उसने उचित नहीं समझा। यदि कोई विशेष बात होगी तो शोभा स्वयं ही उसे बता देगी।

कुछ ही देर बाद शोभा तैयार होकर आ गई तो कांता उसे लिए बाहर निकल गई। बाहर कांता की कार खड़ी हुई थी। दोनों सखियां कार में बैठीं। फिर कांता ने कार स्टार्ट कर दी। कुछ दूर जाने के बाद कांता ने कार एक अलग रास्ते पर छोड़ दी तो शोभा चुप न रह सकी। उसने पूछा, "इधर कहां चल रही है? तेरा बंगला तो उस ओर है?"

"पिताजी बंगले में नहीं मिलेंगे। वह फैक्टरी गए हुए हैं।" कांता ने कहा।

"तो तू फैक्टरी चल रही है?"

"ना!"

"तो फिर तू मुझे खींचकर इतनी जल्दी में कहां ले जाना चाहती थी?" शोभा ने आश्चर्य से पूछा।

"तुझे यह बताना चाहती थी कि पिताजी से इस छात्रवृत्ति के विषय में कभी भूले से जिक्र भी मत करना।" कांता ने भेद भरे ढंग से कहा।

"क्यों?" शोभा को और भी अधिक आश्चर्य हुआ।

"दरअसल यह छात्रवृत्ति...मेरा मतलब, यह पांच सौ रुपए..." कांता कुछ समझ नहीं सकी तो चुप हो गई।

"तू अपने पास से मेरी सहायता कर रही है?" शोभा गम्भीर हो गई।

"ऊं..." कांता सोच में पड़ गई।

"देख कांता-" शोभा का सन्देह बढ़ा। उसने कहा, "यदि यह सहायता तू अपनी ओर से कर रही है तो मैं इसे कदापि स्वीकार नहीं करूंगी, चाहे भले ही मैं मेडिकल न कर सकूं। कोई लड़की कितनी ही अमीर हो, परन्तु घर से इतनी स्वतंत्र नहीं होती कि आसानी से हर महीने पांच सौ रुपए द्वारा किसी की सहायता करे। मैं यूं ही ठीक हूं। क्या बिना डॉक्टर बने मेरा काम नहीं चलेगा?"

"लेकिन शोभा, यह रुपए मैं अपने पास से नहीं दे रही हूं।"

"तो फिर इस सहायता के पीछे किसका हाथ है?" शोभा ने पूछा, "कौन ऐसा उपकारी व्यक्ति है, जो मुझे डॉक्टर के रूप में देखना चाहता हैं?"

"..." कांता खामोश रही।

"बता ना - तुझे मेरी सौगंध!" शोभा ने निःसंकोच कहा।

"शोभा!" कांता को शोभा से ऐसी आशा जरा भी नहीं थी। उसने ब्रेक पर पैर दबा दिया। कार की गति धीमी हुई तो कांता ने कार सड़क के किनारे लगाई। फिर कार रोककर उसने शोभा को देखा। बोली, "छोटी-छोटी बातों पर इस प्रकार अपनी सौगंध नहीं दी जाती।"

"तेरे लिए छोटी बात हो सकती है, परन्तु मेरे लिए यह बहुत बड़ी बात है। जब तक मुझे ज्ञान नहीं होगा कि मेरी ऐसी सहायता कौन कर रहा है, मैं इसे कभी स्वीकार नहीं करूंगी।"

"तो फिर सुन, तेरी यह सहायता कौन कर रहा है।" कांता ने मानो खिसियाकर कहा, "तेरी यह सहायता पवन भैया कर रहे हैं।"

"क्या?" शोभा को अपने कानों पर विश्वास नहीं हुआ। उसका दिल धड़क उठा।

"हां।" कांता ने कहा, "एक बार बातों की बातों में जब उन्होंने मुझसे पूछा कि तू मेडिकल कर रही है तो मैंने बता दिया कि कोई चांस नहीं है। बस, इसी को सुनकर वह चिंतित हो उठे थे। उन्हीं के कहने पर मैंने तुझसे प्री-मेडिकल टेस्ट में बैठने के लिए फार्म भरवाया था। उन्होंने वे सारी किताबें भी तुझे भेजी थीं। उनकी इच्छा है कि तू अवश्य एक सफल डॉक्टर बने।"

"लेकिन. . ." शोभा के मन में अनेक विचार उठे। वह तो किसी और को प्यार करते हैं। फिर उसके लिए यह सब क्यों किया? उसने पूछा, "लेकिन मेरे लिए उन्होंने ऐसा क्यों किया?"

"यह तो मैं स्वयं नहीं जानती।" कांता ने कहा, "परन्तु तू भी इस विषय में उनसे कुछ नहीं पूछना, वरना वह यही कहेंगे कि मैंने तुझे क्यों बता दिया। उनकी आज्ञा थी कि मैं इस विषय में तुझे कुछ भी नहीं बताऊं, कम से कम उस समय तक तो हर्गिज नहीं बताऊं, जब तक तुझे मेडिकल में प्रवेश न मिल जाए तथा तेरी शिक्षा आरम्भ न हो जाए।"

शोभा की आंखों में एक सपने ने अंगड़ाई ली। कहीं. . . कहीं ऐसा तो नहीं कि अब पवन जी भी उसे मन ही मन. . . ऐसी बात शोभा ने सोची तो दिल की धड़कनें तेज हो गईं। उसने कांता से कुछ कहा नहीं, परन्तु मन में निश्चय अवश्य कर लिया कि वह आज ही पवन से जाकर मिलेगी। उसके उपहार का धन्यवाद देगी तथा उसकी भावनाओं का अनुमान लगाएगी। पवन उसे मिले न मिले; परन्तु क्या ही अच्छा होगा, यदि वह पवन के

दिल में अपने प्यार का स्थान बना ले! पवन का मन जीत लेना ही उसके प्यार की सफलता होगी।

कांता ने शोभा को उसके घर छोड़ा तो शोभा ने अपने घर न जाकर पवन के बंगले में उपस्थित होने की आशा की; परन्तु बंगले में घर के और लोगों के उपस्थित होने की सम्भावना थी, इसलिए शोभा का दिल हल्के-हल्के धड़कने लगा। उसने यहां आकर उचित कार्य किया है या नहीं? साहस एकत्र करके वह बरामदे पर चढ़ी। बरामदे के सारे ही द्वार खुले हुए थे। शोभा ने सामने के द्वार पर लगी कॉलबेल बजा देनी चाही कि तभी अन्दर से आते एक नौकर पर उसकी दृष्टि पड़ गई। नौकर भी उसे देख चुका था। वह उसके पास चला आया।

"पवन जी हैं?" शोभा ने मद्धिम स्वर के साथ पूछा।

"जी हां हैं। आइए।" नौकर ने उसके लिए रास्ता छोड़ा।

शोभा अन्दर प्रविष्ट हो गई - वही बैठक, जिसमें कभी रत्ना शिकार बनकर आ फंसी थी। बैठक ही नहीं, पूरा बंगला शोभा को खाली-खाली लगा। उसने चारों ओर दृष्टि दौड़ाते हुए पूछा, "क्या बंगले में और कोई नहीं है?"

"इस समय वास्तव में छोटे सरकार के अतिरिक्त कोई नहीं है।" नौकर ने कहा। पवन की मांजी पड़ोस में गई हुई थीं।

शोभा ने चैन की सांस ली।

"आप बैठिए। मैं उन्हें सूचित किए देता हूं।" नौकर ने पलटकर अन्दर की ओर जाना चाहा।

"सुनो।" शोभा ने नौकर को रोका। पवन से एकान्त में मिलना चाहती थी। एकान्त में उसे पवन के दिल की बात समझने में आसानी भी हो सकती थी। इस बैठक में तो पवन की मांजी या कोई और कभी भी आ सकता था। उसने पूछा, "उनका...कमरा किस ओर है?"

"ऊपर है।" नौकर ने कहा, "आप वहां उनसे मिलना चाहती हैं?"

शोभा कुछ सकुचाई, पर हां के संकेत पर सिर हिला दिया। बोली, "कुछ निजी काम है उनसे।"

नौकर ने शोभा को ध्यान से देखा। फिर उसे ले अन्दर के एक द्वार में प्रविष्ट हो गया। उसने ऊपर जाती सीढ़ियों की ओर संकेत किया। बोला, "इन सीढ़ियों द्वारा आप चली जाइए। ऊपर उन्हीं का कमरा हे।"

शोभा ने धड़कते दिल के साथ सीढ़ियां पार कीं। ऊपर पहुंची। एक दरवाजे पर जाकर उसने अपने गले में अटका थूक घोंटा । फिर चाहा कि दरवाजे पर थपकी लगाकर अन्दर जाने की आज्ञा प्राप्त करे। तभी दरवाजे पर उसका हाथ पहुंचते-पहुंचते रुक गया उसकी दृष्टि अन्दर पहुंचते ही ठिठक गई थी। सामने की दीवार पर एक तस्वीर टंगी हुई थी। तस्वीर रत्ना की थी, वही तस्वीर, जो उसके होने वाले जीजाजी ने बनाई थी, उसके सच्चे प्यार की यादगार, जो अब यादगार नहीं लग रही थी। उस तस्वीर को शोभा ने अपनी सखी कांता की वर्षगांठ की पार्टी में जाने से पहले 'रत्ना स्टुडियो' में देखा था। शोभा को अपनी आंखों पर विश्वास नहीं हुआ। वह दरवाजे पर थपकी देना भूल गई। पग अपने-आप ही उठकर दरवाजे के अन्दर प्रविष्ट हो गए। शोभा ने अन्दर पहुंचने के बाद पवन की स्थिति पर भी ध्यान नहीं दिया। पवन भी शोभा की उपस्थिति से अनभिज्ञ था। वह अभी-अभी ही सामने की खिड़की पर आ खड़ा हुआ था। कमरे के दरवाजे की ओर पीठ किए तथा बाहर के संसार में देखते हुए वह अपने विचारों में तल्लीन था। शोभा सामने की दीवार के समीप आकर खड़ी हो गई और तस्वीर को देखने लगी। तस्वीर के नीचे समरेन्द्र और फिर 'रत्ना स्टुडियो' लिखा हुआ था। शोभा की समझ में नहीं आया कि यह तस्वीर यहां कैसे आई। उसने कमरे में चारों ओर दृष्टि दौड़ाई। कमरे की दीवारों पर रत्ना की और भी तस्वीरें थीं - अनेक तस्वीरें। ऐसा लगता था, मानो रत्ना इस कमरे की शोभा जीते-जागते रूप में हो। तस्वीर किसी प्रकार की अनूठी कला का प्रदर्शन नहीं कर रही थी, फिर भी ऐसा लगता था, माना रत्ना की सांसें सुगंध बनकर कमरे में फैल रही हों, उसकी आवाज कमरे

में गूंज रही हो। शोभा पवन की ओर पलटी। पवन को खामोश तथा खोया हुआ देखकर उसे अपनी दीदी तथा पवन के बीच की बातें कुछ-कुछ समझ में आने लगीं।

सहसा पवन को अपने पीछे किसी की उपस्थिति का एहसास हुआ। शायद यह एहसास शोभा की चुभती दृष्टि के कारण हुआ था। वह पलटा। तभी शोभा को देखकर वह चौंक गया।

"तुम?" उसने आश्चर्य प्रकट करते हुए कहा।

"यूं ही आपसे मिलने को जी चाहा तो चली आई।" शोभा ने तुरन्त ही अब अपने यहां आने का मकसद बताना आवश्यक नहीं समझा। पलटकर वह अपनी दीदी की तस्वीरों को फिर देखने लगी।

"शोभा-!" पवन ने शोभा के समीप आते हुए एक गहरी सांस ली। बोला, "एक न एक दिन तुम्हें यह बात ज्ञात होनी ही थी कि मैं रत्ना को प्यार करता हूं। अपने प्यार की लाज रखने के लिए मैंने क्या नहीं किया? अपने प्यार के लिए मैंने रत्ना से उसके प्यार की भीख भी मांगी, परन्तु उसने मेरी अभिलाषाओं पर ध्यान नहीं रखा। उलटे उसने चाहा कि मैं उसका विचार छोड़कर तुमसे विवाह कर लूं; परन्तु शोभा, मैंने तुम्हें कभी प्यार नहीं किया। अपने जीवन में मैंने किसी को प्यार किया है तो वह है, केवल रत्ना। मेरी एक-एक सांस में रची हुई है। मैं जानता हूं कि समरेन्द्र एक साधारण चित्रकार है। वह गरीब है। रत्ना को वह कभी ऐसा सुख, ऐसा चैन और आराम नहीं दे सकता, जो मैं देना चाहता था, चाहता हूं।" पवन ने अपनी दृष्टि रत्ना की एक तस्वीर पर फेरी तथा पीठ शोभा की ओर कर ली। बात जारी रखते हुए उसने कहा, "इसीलिए मैंने अपनी फैक्टरी के एक कर्मचारी द्वारा रत्ना की ही नहीं, उन तस्वीरों को भी खरीदना आरम्भ कर दिया, जिनसे समरेन्द्र को अच्छे पैसे मिल सकते थे।? समरेन्द्र को अच्छे पैसे स्वीकार करते हुए किसी प्रकार का सन्देह न हो, इसलिए मेरा कर्मचारी कह दिया करता था कि वह उसकी तस्वीरों द्वारा विदेश में व्यापार करता है। रत्ना के अतिरिक्त मैंने समरेन्द्र की बनाई जो भी तस्वीरें खरीदीं, इस समय वे सब मेरे गोदाम में बेकार पड़ी हैं। केवल रत्ना की तस्वीरों को अपने कमरे में

लगाकर मैंने अपने दिल की शांति का साधन एकत्र कर रखा है। मां ने इन तस्वीरों के विषय में पूछा तो कह दिया कि ये सब काल्पनिक तस्वीरें हैं। और कह भी क्या सकता हूं?" पवन का स्वर भर्रा गया।

शोभा क्षण-भर के लिए सन्न रह गई। पवन का ऐसा निःस्वार्थ प्यार उसके दिल को छू गया। उसने अपनी दीदी के विषय में भी सोचा। उसके पिछले दिनों के व्यवहार पर ध्यान दिया। आखिर उसकी दीदी अब समरेन्द्र में पहले जैसी रुचि क्यों नहीं लेती हैं? क्यों उसकी संगति से दूरी बरतती रहती हैं? क्यों उससे खिसियाई-सी भी रहती हैं। क्या पवन जी में उसकी दीदी का कोई लगाव नहीं है? शोभा की अन्तर्रात्मा ने उसे विश्वास-सा दिला दिया कि उसकी दीदी पवन को और केवल पवन को ही प्यार करती हैं। इस वास्तविकता के पश्चात् उसकी दीदी अपनी अभिलाषाओं की हत्या करके पवन को उसके लिए मांग लेना चाहती थी? कितनी अच्छी बहन है उसकी! क्या इसीलिए तो उसकी दीदी ने पवन को अपना प्यार देने से इनकार नहीं कर दिया, क्योंकि उसकी छोटी बहन पवन को प्यार करती है? शोभा को विश्वास हो गया कि वही एकमात्र दीवार है अपनी दीदी तथा पवन के प्यार के बीच। उसने स्वयं को धिक्कारा।

शोभा को पवन पर भी बड़ी दया आई। पवन का यह अछूता प्यार उसके दिल को छू गया। उसे अब पता चला कि पवन का जीवन इतना गम्भीर क्यों है, निराश क्यों है। उसने रत्ना की वह तस्वीर देखी, जिस पर उसकी दृष्टि यहां आते ही द्वार द्वारा सबसे पहले पड़ी थी। उसने सोचा, समरेन्द्र को इसे अपने सच्चे प्यार की यादगार बनाए रखने का कितना अधिक दावा था, परन्तु उसके प्यार की यह यादगार कितनी आसानी से चन्द नोटों की भेंट चढ़ गई है! पवन के अतिरिक्त यदि उसकी दीदी की तस्वीरें किसी और ने खरीदी होतीं तो उसकी दीदी को यह प्यार, यह सम्मान कभी नहीं मिलता। शोभा के मन में समरेन्द्र के प्रति समाया आदर-सम्मान तुरंत ही समाप्त हो गया। इसके विपरीत उसके मन में पवन का सम्मान एक महान व्यक्ति के रूप में धारण कर गया। पवन का त्याग देखकर उसका दिल पसीज गया। उसने निश्चय कर लिया, यदि उसकी दीदी भी पवन जी को प्यार करती

हैं, तो वह इन दो प्रेमियों के मिलन में सहायता करेगी। जब उसकी दीदी अपने प्यार का गला घोंटकर उसके प्यार की रक्षा करना चाहती थी तो फिर वह भी अपनी दीदी के प्यार की रक्षा क्यों नहीं करना चाहेगी? उसने पूछा, "निश्चय ही आप दीदी को बहुत प्यार करते हैं, परन्तु आपने मेरी मेडिकल की शिक्षा के लिए इतना सब कुछ क्यों किया? और अब भी पांच सौ रुपए मासिक देकर..."

"तो तुम्हें कांता ने सब कुछ बता दिया?" पवन ने शोभा को देखा।

"कुछ बात ही ऐसी उत्पन्न हो गई थी, जो वह इसे छिपा नहीं सकी।"

पवन कुछ क्षण खामोश रहा। फिर पलटकर रत्ना की एक तस्वीर के सामने जा खड़ा हुआ। बोला, "रत्नों को प्यार करने के बाद मेरा उसके प्रति चिंतित होना स्वाभाविक है। मैं नहीं चाहता कि उसके कोमल कंधों पर किसी भी प्रकार का बोझ हो। यह तुम ही नहीं, वह स्वयं भी चाहती है कि तुम डॉक्टर बनो। बस इसीलिए तुम्हारी सहायता करके मैं अपने मन की शांति के साथ रत्ना की प्रसन्नता को भी एकत्र करने का प्रयत्न कर रहा था।"

पवन का असीम प्यार देखकर शोभा की आंखें छलक आईं, परन्तु ये आंसू दुःख के नहीं थे, खुशी के थे। उसकी दीदी सदैव उसकी प्रसन्नता का, उसके शौक का ध्यान रखती थी। अब उसे भी अपनी दीदी के लिए कुछ करने का अवसर प्राप्त हुआ था। अपना प्यार वह अपनी दीदी के प्यार पर बलि चढ़ा देगी। यदि पवन उसकी दीदी के बजाए उसे प्या ार करता होता, जब भी वह ऐसा ही करती। उसने साड़ी के आंचल द्वारा अपने आंसू पोंछे। फिर जब पवन से जाने की आज्ञा ली तो पवन उसे छोड़ने के लिए नीचे तक आया; परन्तु तभी बैठक में पहुंचते ही पवन की मांजी आ गईं। शोभा ठिठककर रुक गई। पवन की मांजी ने शोभा को बहुत ध्यान से देखा, ऊपर से नीचे तक। बोलीं, "तुम..."

"यह शोभा है मां!" पवन ने शोभा का परिचय दिया।

शोभा ने कुछ सहमकर उन्हें नमस्ते की।

"क्या इस लड़की का रंग-रूप उन तस्वीरों से नहीं मिलता, जो तुम्हारे कमरे में टंगी हैं?" शोभा ने नमस्ते की चिंता न करते हुए उन्होंने पवन से पूछा।

"वे मेरी दीदी की तस्वीरें हैं।" शोभा ने उनकी गलतफहमी दूर की।

"ओह!" पवन की मांजी कुछ चौंकीं। उन्होंने भेद-भरी दृष्टि से पवन को देखा। उसने मुखड़े पर निरंतर छाई रहने वाली गम्भीरता का कारण भी कुछ-कुछ समझ में आने लगा। उन्होंने शोभा से पूछा, "तुम्हारी दीदी का विवाह हो चुका बेटी?"

"जी नहीं।" शोभा ने कहा।

"मैं उससे या तुम्हारे घर वालों से मिल सकती हूं?"

"मां!" पवन ने मां का इरादा भांपते ही उन्हें टोका। फिर शोभा से बोला, "आओ, तुम्हें बाहर तक छोड़ दूं।"

शोभा ने मां को नमस्ते की। फिर पवन के साथ बैठक से निकलने को आगे बढ़ गई। पवन की मांजी गहरी सोच में डूब गई। फिर उन्होंने एक गहरी सांस ली, मानो बेटे के सुख का साधन एकत्र करने का उन्हें रास्ता मिल गया हो।

शोभा अपने घर पहुंची। रत्ना सामने के कमरे में बैठी ब्लाउज के बटन टांक रही थी। शोभा ने रत्ना के सामने खड़े होकर रत्ना के गम्भीर मुखड़े को बहुत भेद-भरी दृष्टि से देखा। रत्ना एक क्षण उसी प्रकार बटन टांकती रही। फिर उसने दृष्टि उठाकर शोभा को देखा। शोभा की भेद-भरी दृष्टि पर उसने ध्यान नहीं दिया और दोबारा बटन टांकने लगी। उसने पूछा, "हो आई कांता के यहां से?"

"मैं कांता के यहां नहीं गई थी। मैं... शोभा ने एक क्षण रुककर सांस ली। बोली, "मैं पवन जी के बंगले गई थी।"

रत्ना चौंक गई, इस प्रकार की उसकी अंगुली कांप गई। सूई एक अंगुली में चुभ गई। रक्त निकल आया। रत्ना सूई और ब्लाउज एक ओर फेंककर उठ खड़ी हुई। दिल धड़कने

लगा। कहीं उसके प्यार की चोरी तो नहीं पकड़ी गई? अपनी अंगुली का रक्त अपने आंचल द्वारा पोंछने के बहाने वह शोभा से दृष्टि चुराने लगी।

"दीदी", शोभा ने कहा, "सच-सच बताओ, क्या तुम पवन जी को प्यार नहीं करती हो?"

"शोभा!" रत्ना ने शोभा को डांट दिया; परन्तु वह उससे दृष्टि नहीं मिला सकी।

शोभा ने डांट की चिन्ता न करते हुए अपनी अंगुलियों द्वारा रत्ना का मुखड़ा ऊपर उठाया। रत्ना की आंखों में झांकते हुए उसने सच्चाई ढूंढ़नी चाही, परन्तु रत्ना ने उसका हाथ झटक दिया। अपने मुखड़े की रेखाएं छिपाने के लिए उसने अपनी पीठ शोभा की ओर कर ली। शोभा रत्ना के कंधों तक आई। उसने कहा, "दीदी तुम्हें वास्तविकता बतानी ही पड़ेगी। तुम्हें पवन जी की सौगंध!"

रत्ना पवन की सौगंध सहन नहीं कर सकी।वह पलटी। फिर उसने तड़ाक से शोभा के गाल पर एक तमाचा रसीद किया। शोभा के बचे-खुचे सन्देह की पुष्टि ठोस विश्वास में परिवर्तित हो गई।

तभी दोनों की मांजी अन्दर के द्वार से इस कमरे में प्रविष्ट हुई। उन्होंने रत्ना को शोभा के गाल पर हाथ उठाते देख लिया था। उन दोनों की ओर बढ़ती हुई वह आश्चर्य तथा रत्ना पर क्रोध करती हुई बोलीं, "अरे-अरे, यह क्या? बचपन से सदा छोटी बहन को दुलारती रही और आज उस पर हाथ उठा दिया! क्या किया है इस बच्ची ने?"

रत्ना ने मां की बात का उत्तर देने के बजाए शोभा को देखा। उसका तमाचा खाकर शोभा का गाल सुर्ख हो गया था। आंखें छलक आई थीं उसकी। जीवन में पहली बार उसने अपनी छोटी बहन पर हाथ उठाया था। उसका दिल तड़प उठा। मन चाहा, उसे छाती से लगाकर स्वयं भी रो पड़े, परन्तु जाने क्यों ऐसा नहीं कर सकी।

"मां", शोभा ने सिसकते हुए मां से अपनी दीदी की वकालत की। बोली, "दीदी का विवाह समरेन्द्र से मत कीजिए। दीदी समरेन्द्र जैसे व्यक्ति को कभी प्यार नहीं कर सकती।"

शोभा के मन में समरेन्द्र के प्रति सारा सम्मान समाप्त हो चुका था, इसलिए उसने उसका नाम लेने में कोई बुराई नहीं समझी।

"क्या?" मां को विश्वास नहीं हुआ। उन्होंने आश्चर्य से रत्ना को देखा।

"हां मां", शोभा ने कहा, "दीदी पवन जी को प्यार करती हैं - केवल पवन जी को ही।"

रत्ना ने कुछ कहना चाहा, परन्तु उसे शब्द नहीं मिल सके। बात सच्ची थी। उसके दिल का बोझ कम करती थी।

"पवन जी को?" मां मानो कुछ समझी नहीं।

"हां मां, वही पवन जी, जिन्होंने एक दिन दीदी की डूबने से जान बचाई थी, सेठ जानकीदास के पुत्र पवन जी।" शोभा ने कहा, "यदि यह सत्य नहीं है तो दीदी से पूछा, उनकी सौगंध पर इसने मेरे गाल पर तमाचा क्यों मारा?" शोभा की सिसकियां तेज हो गईं। आंसू गालों पर छलक आए।

मां ने चकित होकर रत्ना को देखा। उन्होंने रत्ना से पूछकर इस बात की पुष्टि करनी चाही, परन्तु होंठ खुलने से पहले ही शोभा ने अपनी सिसकियों पर काबू पाते हुए दोबारा कहा, "मां पवन जी भी दीदी को बहुत प्यार करते हैं, अपनी जान तथा आत्मा से बढ़कर। उन्होंने दीदी से दीदी का हाथ भी मांगा था, ताकि दीदी की झोली संसार की सभी प्रसन्नताओं से भर दें, परंतु दीदी जाने क्यों इनकार कर गईं? दीदी के इनकार के बाद भी पवन जी ने दीदी के सुख के लिए समरेन्द्र की बनाई बहुत सारी तस्वीरें बहुत महंगे दामों में खरीदनी आरम्भ कर दीं, केवल इसलिए कि दीदी उनके साथ नहीं तो कम से कम समरेन्द्र के साथ ही सारी प्रसन्नताएं प्राप्त कर सकें।"

"क्या?" मां को शोभा की बात पर विश्वास नहीं हुआ।

रत्ना भी चकित होकर शोभा को देखने लगी। यह कैसे सम्भव था।

"हां।" शोभा ने दोनों से कहा, "उनके कमरे में दीदी की वे सारी ही तस्वीरें लगी हैं, जो समरेन्द्र ने बनाई थीं। उन तस्वीरों को मैं स्वयं देखकर आई हूं। वे तस्वीरें पवन जी अपनी फर्म के एक कर्मचारी द्वारा खरीदा करते, ताकि उनके प्यार का यह भेद केवल उन तक रहे। उनका कर्मचारी उन तस्वीरों को विदेश भेजने का बहाना इसलिए करता था; ताकि समरेन्द्र को अच्छे दाम मिलते हुए कोई सन्देह न हो सके। साथ ही उसके पास दीदी को सारे जग की प्रसन्नता देने के लिए अच्छा धन भी एकत्र हो सके।"

मां तथा रत्ना ने एक-दूसरे को बहुत आश्चर्य के साथ देखा। रत्ना सोचने पर विवश हो गई कि क्या ऐसा निःस्वार्थ प्यार कभी किसी लड़की के भाग्य में आ सकता है?

"यही नहीं मां", शोभा ने फिर कहा, "अपने प्यार के कारण दीदी की इच्छा का ध्यान रखते हुए उन्होंने मेरी भलाई का भी पूरा प्रबन्ध कर दिया है। यह उन्हीं की असीम कृपा है, जो मुझे मेडिकल में एडमीशन मिला है। साथ ही वह कांता के पिता के नाम पर मुझे खामोशी से पांच सौ रुपया छात्रवृत्ति भी दे रहे थे। जब अभी-अभी मैं कांता के पिता को धन्यवाद देने के लिए निकली तब उसे यह भेद मुझे बताना ही पड़ गया जिसके कारण मुझे पवनजी से मिलना आवश्यक हो गया था।"

रत्ना सन्न रह गई। उसे विश्वास नहीं हो रहा था कि शोभा जो कुछ कह रही है, वह सब सत्य हो सकता है। मां की दृष्टि में पवन देवता से भगवान बन बैठा। ऐसे लोग आज के संसार में कहां मिलते हैं? उन्होंने रत्ना के सिर पर बहुत प्यार से हाथ रखा। फिर बोलीं, "बेटी, यदि तू समरेन्द्र के बजए पवन को प्यार करती है तो मुझसे क्यों छिपाया? मैं तुझे जबरदस्ती समरेन्द्र के साथ थोड़े ही बांधती!"

रत्ना ने मां की यह असीम ममता प्राप्त की तो खामोशी से अपना सिर नीचे झुका लिया। अपने होंठों को वह हल्के-हल्के दांतों द्वारा काटने लगी तथा पवन की उदारता, उसके निःस्वार्थ प्यार के विषय में सोचने लगी।

"मैं समझ गई, तूने ऐसा क्यों किया!" मां ने स्वयं कहा, "इसलिए ना कि हम समरेन्द्र के घरवालों के उपकार तथा उनका कर्ज लौटाने योग्य नहीं थे। अरे पागल, तेरी प्रसन्नता के लिए तो मैं यह मकान भी बेच देने को तैयार हूं। जा, तू इसी समय पवन से मिलकर अपने तथा पवन के पक्ष में जो निर्णय करना चाहती है, कर ले। समरेन्द्र आएगा तो मैं उसे समझा लूंगी। स्पष्ट कह दूंगी कि तेरा विवाह उससे नहीं हो सकता। फिर जो होगा, देखा जाएगा।"

मां का प्यार देखकर रत्ना की आंखें छलक आईं। तब भी वह उसी प्रकार खड़ी रही। कैसे बताती कि इतना सब कुछ होने के पश्चात् वह पवन से विवाह नहीं कर सकती? पवन की स्मृति वापस आने का भय अब भी उसके प्यार के रास्ते में एक दीवार थी।

"दीदी", शोभा ने कहा, "आज जब मैं उनके घर गई तो मुझसे उनकी स्थिति देखी नहीं गई। वह हर क्षण तुम्हारी तस्वीरों को देखते हुए खोए रहते हैं। अब तो वह बहुत बीमार भी रहने लगे हैं।"

रत्ना ने दृष्टि उठाकर शोभा को देखना चाहा, परन्तु पलकें केवल कांपकर ही रह गईं। उसके दिल में पवन के प्रति ऐसी सहानुभूति भर गई थी, मानो दर्द से छाती फट जाना चाहती हो। छलकी आंखों के आंसू गालों पर बह आए।

मां ने बेटी के आंसू देखे तो तड़प उठीं। उन्होंने उसे साहस दिया। बोलीं, "जा बेटी, जाकर पवन से मिल ले। फिर मैं स्वयं ही उससे तेरे विवाह की बातें कर लूंगी।"

"मां", आखिर रत्ना को कहना ही पड़ा। उसका स्वर भर्रा रहा था। उसने कहा, "मैंने समरेन्द्र को कभी प्यार नहीं किया। कभी प्यार कर भी नहीं सकती। मेरे लिए तो पवन जी ही सब कुछ हैं। फिर भी मैं उनसे विवाह करने में असमर्थ हूं।"

"आखिर क्यों तेरा विवाह उसके साथ नहीं हो सकता जबकि तुम दोनों ही एक-दूसरे को इतना प्यार करते हो।" मां ने पूछा, "क्या उसके घर वाले तुझे नहीं स्वीकारेंगे?"

“नहीं मां, नहीं, यह बात नहीं है।” रत्ना ने अपनी स्थिति पर काबू पाते हुए अपनी अंगुलियों द्वारा अपने आंसू पोंछे।

“तो फिर क्या बात है”, मां ने पूछा।

“...” रत्ना चुप रही। सोचती रही कि इससे अच्छा अवसर क्या हो सकता है मां पर अपने दिल का भेद प्रकट करने का?

“क्या बात है बेटी? तू मुझसे कुछ छिपा रही है!” मां चिन्तित हुई।

शोभा भी अपनी दीदी के दिल की बात जानने के लिए चिन्तित हुई।

“दरअसल मां-” रत्ना के कहने में हिचकिचाहट व कंपन था, “डरती हूं कि विवाह के बाद उनकी स्मृति वापस न आ जाए।”

“तुझे इससे क्या फर्क पड़ेगा? विवाह में तो पवन के माता-पिता की इच्छा भी सम्मिलित रहेगी।”

“मां, बात यह है कि.. कि...” रत्ना ने डरते-डरते कहा, “उनकी स्मृति के खोने का मूल कारण मैं ही हूं।”

“क्या?” मां कुछ समझी नहीं।

शोभा ने भी फटी-फटी आंखों से अपनी दीदी को देखा।

“हां, मां!” रत्ना को सब कुछ बताना ही पड़ा। बोली, “घनी वर्षा की वह रात, जब मैं...” और फिर रत्ना ने उस भयानक रता की सारी ही घटना मां को कह सुनाई, जब उसने पवन के बंगले में शरण लेनी चाही थी और तब पवन ने उसे धोखे से अपने बंगले के अन्दर बुलाकर उसकी लाज लूटना चाही थी। तब अपनी लाज बचाने के प्रयत्न में उसने पवन पर ऐसा वार किया था कि सीढ़ी से गिरने के बाद उसकी मृत्यु नहीं हुई, “परन्तु स्मृति अवश्य खो गई।” बात समाप्त करते हुए उसने कहा, “अब तुम्हीं बताओ मां, मेरे विवाह के बाद यदि उनकी स्मृति वापस आ गई, तो क्या उनके साथ घर वालों को भी मुझसे घृणा

नहीं हो जाएगी? वे मुझे निकाल बाहर नहीं करेंगे? यदि उस आक्रमण में उस वंश का दीपक बुझ गया होता, तब क्या होता? यूं भी उनसे यह भेद छिपाकर विवाह करना क्या पाप नहीं होगा?"

मां गहरी सोच में पड़ गई। बेटी का भय अनुचित नहीं था।

"दीदी-" शोभा ने कहा, "नारी की लाज उसकी जान से भी बढ़कर अमानत होती है। उसकी सुरक्षा करना जरा भी पाप नहीं है। यह भेद तुम पवन जी पर आज ही प्रकट कर दो। मेरा विश्वास करो, वह तुम्हें इतना अधिक प्यार करते हैं कि इस सच्चाई को जानने के बाद तुम्हें स्वीकारेंगे ही नहीं, बल्कि लज्जित होकर तुमसे क्षमा भी मांगने को तैयार हो जाएंगे।"

"हां बेटी-" मां ने भी सोचते हुए कहा, "यदि वह तुझे वास्तव में इतना प्यार करता है तथा उसके अन्दर नाममात्र भी मानवता होगी तो सचमुच ही ऐसा होगा।"

रत्ना के अन्दर उत्साह बढ़ा। उसकी बहन तथा मां ठीक ही कहती हैं। वह पवन से मिलने को तैयार हो गई। उसने कहा, "ठीक है मां, मैं आज ही उनसे मिलकर उनको सब कुछ बता दूंगी।"

"आज ही नहीं, अभी जा।" मां ने मानो आज्ञा दी, "नेक काम में देर नहीं करनी चाहिए। भगवान तेरी मनोकामना अवश्य पूरी करेगा।" मां ने आशीर्वाद दिया।

"हां, दीदी!" शोभा ने कहा, "और जरा अच्छी तरह बन-संवरकर जाना। वहां उनकी मांजी भी हैं।"

रत्ना का दिल प्रसन्नता की अगणित धड़कनें लिए झूम उठा। उसे पूरा विश्वास हो गया कि आज उसे अपने जीवन का सबसे बड़ा खजाना मिलने वाला है। इसीलिए उसने अपना भरपूर श्रृंगार किया। सबसे सुन्दर साड़ी पहनी। फिर घर से बाहर निकली तो बस-अड्डे पर उसे बेला का हार बेचने वाली मिल गई। कुछ सोचकर उसने एक हार खरीद लिया, सूंघा, मुस्कराई। फिर उसे अपने जूड़े पर लपेट लिया। फिर बस आई तो वह बस

पर सवार हो गई। बस द्वारा उसे पवन के बंगले से कुछ पहले उतरना पड़ा, जहां से उसे पैदल जाना था। उसके दिल की धड़कनें और तेज हो गईं और तेज होने लगीं। जैसे-जैसे बढ़ते कदमों के साथ पवन का बंगला और समीप आने लगा, दिल के अन्दर सन्देह जन्म लेने लगा। यदि पवन ने उसकी वास्तविकता जानने के पश्चात् उसे धिक्कारते हुए ठुकरा दिया, तब क्या होगा? हां, तब क्या होगा? मन करता था, वह अपने घर वापस चली जाए, अपना भेद प्रकट करने के लिए मां को पवन के पास भेज दे; परन्तु कदम थे कि पवन के बंगले की ओर खिंचते ही चले जा रहे थे, बढ़ते ही चले जा रहे थे।

अचानक उसके सामने एक बूढ़ा व्यक्ति आ खड़ा हुआ। रत्ना अपने विचारों से जागती हुई चौंककर रुक गई। बूढ़े व्यक्ति ने कहा, "बेटी, यदि मैं भूल नहीं कर रहा हूं तो तुम रत्ना बेटी ही हो। है ना?"

रत्ना ने बूढ़े को ध्यान से देखा। बोली, "मैंने आपको पहचाना नहीं!"

"तुम मुझसे कभी मिली ही नहीं तो पहचानोगी कैसे?" बूढ़े ने गम्भीर स्वर में कहा, "मैं भी तुमसे कभी नहीं मिला, परन्तु तुम्हारी सूरत को मैं कैसे भूल सकता हूं, जो तस्वीरों के रूप में मेरे मालिक के कमरे की शोभा हैं।"

"तुम...?" रत्ना ने पूछना चाहा।

"हां बेटी", बूढ़े ने कहा, "मैं सेठ जानकीदास का नौकर हूं। मुझे मालिक के कमरे में हर स्थान पर, हर वस्तु पर झाड़-पोंछ करने की पूरी आज्ञा है, परन्तु तुम्हारी तस्वीरें नहीं छू सकता। मालिक स्वयं उनके शीशों को अपने रूमाल द्वारा साफ करते हैं। तस्वीर देखते हुए वह घंटों खोए रहते हैं।"

"ओह!" रत्ना का दिल भर आया। पवन से तुरन्त मिलने की इच्छा तीव्र हो उठी। उसने कहा, "मैं तुम्हारे मालिक से ही मिलने जा रही हूं।"

"वह तो इस समय बंगले पर नहीं हैं।" नौकर ने तुरन्त कहा।

"क्यों? कहां चले गए वह?" रत्ना ने निराश होकर पूछा।

"आज जाने कौन लड़की उनसे मिलने आई थी।" नौकर ने कहा, "उसके जाने के बाद मालिक इतने उदास हो गए कि बंगला छोड़कर अपने अड्डे पर चले गए।"

"अड्डे पर?" रत्ना ने आश्चर्य से पूछा।

"अरे उसी स्थान पर, जहां एक बार उन्होंने पानी में कूद कर आपकी जान बचाई थी।" नौकर ने कहा, "प्रायः जब उनके दिल का दर्द बढ़ जाता है तो वह वहीं चले जाते हैं। बंगले में उनकी अनुपस्थिति देखकर मैं समझ जाता हूं कि वह कहां गए हैं, परन्तु बड़ी मालकिन घबरा उठती हैं। उनकी आज्ञा पाते ही मुझे उनको वापस लाना पड़ता है। अभी भी उन्हीं को लेने जा रहा हूं।"

रत्ना ने सोचा जिस स्थान पर उसकी जान बचाने के बाद उन दोनों के दिल में प्यार की चिंगारी उत्पन्न हुई थी, उसी स्थान पर यह चिंगारी दो दिलों के मिलन के बाद बुझ जाए और उसके स्थान पर प्यार के मुस्कराते फूल खिल उठें तो कितना अच्छा होगा! उसे पवन से मिलने के लिए चन्दन फॉल्स का पिकनिक स्पॉट इस समय बहुत उपयुक्त लगा। उसने कहा, "तुम मत जाओ, मैं स्वयं उन्हें ले आऊंगी। उनसे मेरा मिलना अत्यन्त आवश्यक है। अभी और इसी समय।"

"आप कैसे वहां जाएंगी? बस केवल मुख्य सड़क तक तो जाती है। टैक्सी द्वारा आपको अकेले जाना उचित नहीं होगा। और फिर मुझे यूं भी तो उन्हें लेने जाना ही है। नहीं गया तो बड़ी मालकिन नाराज हो उठेंगी। हां, वहां जाने के बाद मैं अवश्य अलग हट जाऊंगा।"

रत्ना ने सोचा, बूढ़ा नौकर ठीक ही कहता है। टैक्सी में अकेले यात्रा करना उचित नहीं होगा। उसने कहा, "चलो, हम साथ ही चलते हैं।"

नौकर ने तुरन्त वहीं खड़ी कर टैक्सी रोकी। नौकर आगे बैठा; ड्राइवर के बगल में तथा रत्ना पीछे। टैक्सी आगे बढ़ी तो नौकर ने ड्राइवर से कहा, "चन्दन फॉल्स चलो।"

"नहीं।" रत्ना ने तुरन्त कहा, "पहले मैं घर जाऊंगी। घर में बता दूं कि मुझे आने में देर हो सकती है, इसलिए चिंता न करें।"

नौकर कुछ कहते-कहते रह गया, इस प्रकार, मानो वह रत्ना से सहमत नहीं था। उसने मजबूरी तथा बेचैनी के साथ वहीं बैठे-बैठे पैंतरा बदला। क्या उसे रत्ना को अपने मालिक के पास ले जाने की इतनी जल्दी थी?

टैक्सी को रत्ना के संकेत पर उसके घर के सामने रुकना ही पड़ा। रत्ना लपककर अपने घर में प्रविष्ट हुई। मां तथा शोभा सामने वाले कमरे में एक साथ बैठी थीं। दोनों के होठों पर रत्ना तथा पवन का ही विषय था। रत्ना ने जल्दी-जल्दी कहा, "मां, वह...वह चन्दन फॉल्स गए हुए हैं - मेरे ही कारण। मैं उनके नौकर के साथ वहीं जा रही हूं। आने में देर हो जाए तो चिंता मत करना।"

"चन्दन फॉल्स?" शोभा ने आश्चर्य से पूछा।

"हां।" रत्ना ने कहा, "वहां उन्होंने डूबने से मेरी जान बचाई थी। मैं आऊंगी तो सारी बातें बताऊंगी।"

मां ने बेटी के सुख की कामना की। फिर जब शोभा अपनी दीदी को द्वार तक छोड़ने आई तो उसने देखा, टैक्सी में ड्राइवर के साथ एक व्यक्ति और बैठा हुआ है। उसने उस व्यक्ति की ओर संकेत करते हुए पूछा, "क्या वही पवन जी का नौकर है?"

"हां।" रत्ना ने उत्तर दिया और फिर जल्दी से आगे बढ़ गई।

जाने क्यों शोभा को वह बूढ़ा नौकर पसन्द नहीं आया। टैक्सी चल पड़ी तो उसकी अन्तर्रात्मा कुछ चिंतित-सी हो उठी।

कुछ देर बाद शोभा के द्वार पर खटपटाहट हुई। शोभा द्वार पर आई। पवन की मांजी को देखा तो चौंक गई। शोभा को अपने बंगले में पवन के साथ देखकर उन्हें पवन के मुखड़े पर सदा छाई रहने वाली उदासीनता पर तुरन्त सन्देह हो गया था। शोभा चली गई थी तो

उन्होंने अपनी सौगंध देकर पवन के दिल की सच्चाई ज्ञात कर ली थी और इसीलिए अपने बेटे के सुख के लिए वह स्वयं रत्ना के घर चली आई थीं, पवन को इस बात का वचन देकर कि वह रत्ना की इच्छा के विरुद्ध उसका हाथ हरगिज नहीं मांगेगी। पवन इस बात को जानता था कि मां रत्ना से अवश्य मिलेंगी, इसलिए उसे मां से ऐसा वचन लेना पड़ गया था। रत्ना का पता भी उसे इसलिए बताना पड़ गया था, क्योंकि वह मां को बता चुका था कि वह अरुणा कॉलेज में पढ़ाती है। पता नहीं बताता तो मां को रत्ना का पता उसके कॉलेज से लेने में कोई देर नहीं लगती।

शोभा पवन की मांजी को आदर-सत्कार के साथ अन्दर ले गई। मां से परिचय कराया तो मां के दिल में अनेक सन्देह जन्म लेने लगे - पवन की मांजी उन्हें धिक्कारने आई हैं या अपनाने? फिर भी उन्होंने मुस्कराकर उनका स्वागत किया।

"मैं रत्ना बेटी के लिए आई हूं।" पवन की मांजी ने कहा।

रत्ना की मांजी ने चैन की सांस ली; परन्तु फिर आश्चर्य से पूछा भी, "रत्ना के लिए?"

"जी हां। क्या आप उसे मेरी बहू बनाना स्वीकार नहीं कर सकतीं?"

शोभा तथा उसकी मांजी के मन में लड्डू फूट गए। प्रसन्नता का कोई ठिकाना न रहा।

"कहां है रत्ना बेटी?" पवन की मांजी ने पूछा, "मैं स्वयं उससे अपने बेटे की प्रसन्नता की भीख मांगने आई हूं - आखिर मेरे बेटे के प्यार में क्या कमी है?"

"लेकिन..." रत्ना की मांजी ने कहा, "वह तो स्वयं आपके बेटे से मिलने गई है।"

"मेरे बेटे से?" पवन की मांजी ने पूछा, "कब? बंगले में वह अभी तक नहीं पहुंची।"

"वह आपके बंगले नहीं गई है। वह तो चन्दन फॉल्स गई है, जहां पवन जी पहले ही पहुंच चुके हैं।" शोभा ने कहा।

"क्या?" पवन की मांजी चौंक पड़ीं। बोली, "परन्तु पवन तो बंगले से निकला ही नहीं।"

"जी?" रत्ना की मां चौंक गई।

शोभा का दिल बहुत जोर से धड़का। उसने कहा, "परन्तु दीदी को तो आपका नौकर स्वयं अपने साथ ले गया है।"

"मेरा नौकर?" पवन की मांजी ने पूछा, "कौन नौकर था? जानती हो तुम उसे?"

"नाम तो नहीं जानती, लेकिन... देखने...में बूढ़ा होते हुए भी काफी स्वस्थ था, रंग काला, गंजा भी था।"

"स्वस्थ बूढ़ा? काला? गंजा?" पवन की मांजी ने कहा, "यहां कहीं टेलीफोन मिल सकेगा?"

टेलीफोन पड़ोस में ही था। पवन की मांजी के साथ शोभा तथा उसकी मांजी भी चल पड़ीं। मां ने टेलीफोन पर बात की तो पता चला कि पवन उपस्थित है। पवन की उपस्थिति देखकर शोभा तथा उसकी मांजी बिल्कुल ही चिंतित हो उठीं। हे भगवान! अब क्या होने वाला है? मां ने पवन को सारी बातें बताईं। पवन का सन्देह बढ़ा। दिल एक अज्ञात भय से कांप गया। दाल में कुछ काला है। उसने कहा, "मां मैं चन्दन फॉल्स जाकर देखता हूं कि क्या बात है।" उसने तुरन्त ही फोन बन्द कर दिया।

मां ने दोबारा फोन करने की आवश्यकता नहीं समझी। उन्होंने कहा, "पवन चन्दन फॉल्स जा रहा है।"

"मां" शोभा ने अपनी मांजी से कहा, "हमें चन्दन फॉल्स चलना चाहिए। जाने कौन था वह बदमाश, जो दीदी को अपने बहकावे में ले गया?"

❑❑

रत्ना की टैक्सी चन्दन फॉल्स पर पहुंची तो सीधी उसी चट्टान पर किनारे से कुछ दूर रुकी, जहां से वह कभी बहुत नीचे पानी में जा गिरी थी। रत्ना ने आश्चर्य के साथ इधर-उधर पवन या उसकी कार की दृष्टि द्वारा तलाश करते हुए टैक्सी का गेट खोला और बाहर

उतर गई। टैक्सी वाला टैक्सी बैक करने लगा। रत्ना चट्टान के किनारे बढ़ती हुई दूर सामने डाक बंगले की ओर देखने लगी। पिकनिक स्पॉट पर इधर-उधर कुछेक जोड़े तथा परिवार बिखरे पड़े थे, परन्तु रत्ना को पवन या उसकी कार दिखाई नहीं पड़ी। वह पलटी, परन्तु तभी अपने सामने समरेन्द्र को खड़ा देखकर वह चौंक गई, "तुम?" रत्ना को अपनी आंखों पर विश्वास नहीं हुआ।

समरेन्द्र के एक हाथ में गजरे लटक रहे थे, दो गजरे। उसके मसीप आते हुए उसने कहा, 'हां रत्ना, मैंने ही तुम्हें यहां तक लाने का प्रबन्ध किया है - पवन ने नहीं।'

समरेन्द्र के अन्दर छल-कपट दिखाई दिया तो उसका दिल एक अज्ञात भय से कांपने लगा। वह एक पग पीछे हट गई - चट्टान के और भी किनारे।

"रत्ना" - समरेन्द्र उसके और भी समीप आया। उसका स्वर गम्भीर था। उसने कहा, "यह वही स्थान है ना, जहां से जब तुम नीचे पानी में गिरी थीं तो पवन ने तुम्हारी जान बचाकर तुम्हारे दिल में स्थान प्राप्त कर लिया था? उस दिन मैं पवन को तुम्हारे गिरने का कारण समझकर उस पर बरस पड़ा था और इसीलिए तुम्हारी जान की चिन्ता अधिक नहीं कर सका वरना तुम्हें बचाने के लिए पानी में कूदते हुए अपनी जान की बाजी लगाने से भी नहीं चूकता; परन्तु आज तुम चाहो तो मेरी परीक्षा ले सकती हो।"

"क्या इसीलिए मुझे इतनी दूर बुलाया है?" रत्ना ने तिरस्कारते हुए कहा।

"हां", समरेन्द्र ने कहा, "जान बचाने वाली घटना के बाद तुम्हारा मेरे प्रति उखड़ा हुआ व्यवहार देखकर मुझे तुम्हारे तथा पवन के प्यार पर सन्देह तो पहले ही हो चुका था, परन्तु आज जब मैं तुमसे मिलने तुम्हारे घर पहुंचा तो दरवाजे पर कदम रखते ही शोभा के मुंह से पवन का नम सुनकर मैं ठिठक गया था। वहीं दरवाजे पर रुककर मैंने तुम्हारी, शोभा तथा तुम दोनों की मांजी के बीच की एक-एक बात सुन ली थी और फिर इस परिणाम पर पहुंचा कि युद्ध और प्यार में सब उचित है। तुम लोगों की बातें समाप्त होने लगीं तो मैं वहां

से खिसक गया और उसके बाद मैंने तुरन्त ही अपने एक परिचित को मिलाकर पवन का नौकर बनाया, जिसके द्वारा मैं तुम्हें यहां तक लाने में सफल हो गया।"

रत्ना ने मन ही मन उस बूढ़े को कोसा - बहुरूपिया, धोखेबाज, नीच, भगवान उस बूढ़े को कभी क्षमा न करे।

"चलो कूदो पानी में और कर लो मेरे प्यार की परीक्षा।" समरेन्द्र ने दावा किया।

परन्तु रत्ना समझ रही थी कि समरेन्द्र की यह सब मक्कारी है। समरेन्द्र को उसे बचाना होता तो उसी दिन उसके लिए पानी में कूदकर अपने प्यार का सबूत दे सकता था। यदि उसे तैरना आता तो वह सचमुच यहां से कूद जाती। कूदकर दूसरे किनारे से निकलकर इस स्पॉट से भाग जाती। उसे समरेन्द्र के होंठों से धोखे की गन्ध आने लगी।

"नहीं कूदोगी तो इसी समय तुम्हें मेरा बनना पड़ेगा, इसी स्थान पर, इस हार को मुझे पहनाकर और मेरे द्वारा स्वयं पहन कर, ताकि इसके बाद हम यहां के डाक बंगले में एक-दूसरे में शारीरिक तौर पर समा जाएं।" समरेन्द्र ने उसे धमकाया, "अगर तुम यह पवित्र रास्ता नहीं अपनाओगी तो मुझे तुम्हारा शरीर अपनाने के लिए अपवित्र रास्ता धारण करना पड़ेगा।"

रत्ना को समरेन्द्र की चाल समझ में आ गई। समरेन्द्र की आंखों में वासना की भूख सुर्खी बनकर उभर आई थी। समरेन्द्र उसकी नजर से इतना अधिक गिर गया, जितना उसने कभी सोचा भी नहीं था। उसने यहां से भाग निकलना चाहा; परन्तु समरेन्द्र उसका रास्ता घेरे खड़ा था, फिर भी रत्ना ने उसकी बगल से निकलने के लिए अपने पग बढ़ा लिए। समरेन्द्र उसके लिए पहले ही तैयार था। वासना का भूत सवार हाता है तो सिर पर चढ़कर बोलता है। सोचने-समझने की शक्ति समाप्त हो जाती है। उसने तुरन्त अपने दूसरे हाथ द्वारा रत्ना का एक हाथ पकड़ लिया। उसे अपनी तरफ खींचते हुए उसने दांत पीसकर कहा, "कहां जा रही है? क्या इसीलिए मैंने तेरे बाप, तेरे खानदान की सहायता की थी कि मुझे

धोखा दे दे? अब तक तो तूने मेरा प्यार देखा था, आज दीवानगी भी देख और मेरा गुस्सा भी। आज मैं तुझे अपना बनाकर ही रहूंगा। एहसान फरामोश!"

"पापी, धोखेबाज, नीच! तेरी यह मजाल?" अपने दूसरे हाथ द्वारा रत्ना ने समरेन्द्र के गाल पर एक तमाचा रसीद किया।

समरेन्द्र ने क्रोध में आकर अपने एक हाथ में पकड़ा हार फेंक दिया। रत्ना को उसने अपने दोनों हाथों द्वारा बहुत मजबूती से पकड़ा। फिर उसे अपनी छाती की ओर खींचते हुए कहा, "नीच, कुलटा, देखता हूं आज तुझे मुझसे कौन बचाता है।"

रत्ना तड़प उठी। स्वयं को छुड़ाने के लिए उसने पूरा बल लगा दिया। बोली, "पापी, छोड़ दे मुझे, छोड़ दे! बचाओ...बचाओ!" वह चीख पड़ी।

रत्ना की चीख यदि किसी ने सुनी भी होगी तो इतनी जल्दी यहां नहीं आ सकता था। किसी के आने से पहले ही समरेन्द्र रत्ना को खींचकर टैक्सी की ओर ले जाने लगा, ताकि टैक्सी में बिठाकर कहीं एकांत में ले जाए। समरेन्द्र की सहायता के लिए टैक्सी-ड्राइवर के साथ बहुरूपिया नौकर भी टैक्सी से बाहर निकल आया। रत्ना को स्वयं को बचाने के लिए अब हर क्षण बहुमूल्य था। यदि एक बार वह टैक्सी में बैठ गई तो शायद नहीं बच सकेगी। उसने तुरन्त तड़पते हुए समरेन्द्र की एक कलाई पर अपना सिर झुकाया। फिर क्षण-भर ही में उसकी कलाई पर अपने दांत धंसा दिए, इस सख्ती के साथ कि समरेन्द्र तड़प उठा। रत्ना पर उसकी पकड़ कुछ कमजोर पड़ गई, परन्तु उसका हाथ समरेन्द्र ने हरगिज नहीं छोड़ा। रत्ना के शरीर को उसने कमर से पकड़कर अपनी छाती में समा लेना चाहा, परन्तु रत्ना अपने बचाव में तड़पती रही। इस पकड़ने और छुड़ाने में दोनों चट्टान के बिल्कुल ही किनारे आ गए, जिसका अनुमान दोनों को ही नहीं हुआ। रत्ना के पैर लड़खड़ा गए। शरीर डगमगा गया। वह पीछे को ढुलक गई, ढुलकी तो उसके ऊपर समरेन्द्र भी उसके ऊपर चला आया। उसने रत्ना को तुरन्त छोड़कर अपनी सुरक्षा करनी चाही, परन्तु

समय निकल चुका था। उसके हाथ मानो रत्ना के शरीर पर आपस में मिलकर बंध से गए थे।

और दूर, इस चट्टान पर, बहुत तेज गति के साथ चढ़ती एक विदेशी काली कार में बैठा पवन बहुत ध्यान से इस जोड़े की पकड़-धकड़ देख रहा था। करीब आते-आते उसने इन दोनों को पहचान ही लिया था, इसलिए उसकी कार की गति इस समय हवा से भी तेज हो चुकी थी। समरेन्द्र की ज्यादती पर उसका रक्त उबलकर रह गया। उसने बहुत जोर का हॉर्न बजाया परन्तु उसके हॉर्न का कोई प्रभाव नहीं पड़ा। उसके हॉर्न का स्वर सुनकर टैक्सी ड्राइवर और उसका साथी चौंक गए। पलटकर देखा तो कार जहाज-समान इधर ही आ रही थी। कांपकर दोनों बगल की ढलान पर उतर गए। पवन ने उनकी परवाह नहीं की। इस समय उसे रत्ना को बचाना आवश्यक था। उसके देखते ही देखते रत्ना और समरेन्द्र चट्टान के पीछे गिरकर लुप्त हो गए। दांतों को पीसते हुए उसने कार की गति अपनी चरम सीमा पर कर दी। कार हवा के समान टैक्सी के बगल से निकली। पवन ने तब भी कार में ब्रेक नहीं लगाया। ब्रेक लगाने का समय भी नहीं था। उसे मालूम था कि चट्टान के उस पार बहुत नीचे पानी है। उसकी कार चट्टान के किनारे पहुंची। चट्टान से वह हवा में जहाज के समान उड़ी। फिर बहुत जोर के साथ नीचे पानी में जा गिरी - 'छपाक'। बहुत जोर का छपाका हुआ। कार पानी के अन्दर तुरन्त ही नहीं जा सकी। पवन ने कार का गेट खोला और कार से बाहर निकल गया। कार नीचे धंसने लगी। पानी बुलबुलों के शोर के साथ कार में प्रविष्ट होने लगा। पिकनिक स्पॉट पर आए यात्री कोर का उड़कर पानी में गिरता हुआ देख चुके थे। वे किनारे की ओर दौड़ पड़े। टैक्सी ड्राइवर तथा बदमाश नौकर ने घटना की गंभीरता देखी तो वहां से भाग खड़े हुए। पवन ने तैरते हुए इधर-उधर देखा। समरेन्द्र पानी की कब्र में जाने के लिए अंतिम सांसें ले रहा था - शायद ले चुका था। तभी पवन की दृष्टि वहीं समीप फूलों पर पड़ी - बेले के फूल पानी की लहरों पर बिखरे पड़े थे और वहीं इन फूलों के बीच रत्ना का हल्का-फुल्का शरीर फूल समान डूबता-बहता दिखाई पड़ गया। वह रत्ना की ओर तुरन्त लपका। रत्ना को उसने कमर से पकड़कर संभाल लिया।

गिरते समय रत्ना के सिर में चट्टान पर उभरा एक कोना लग गया था। तभी उसके सिर की माला भी टूट गई थी। इस समय उसके सिर से रक्त कह रहा था। जो बहकर पानी को हल्का-सा लाल करता हुआ लुप्त होता जा रहा था। पवन रत्ना को तुरन्त किनारे की ओर ले चला। रत्ना उसकी कमर से लिपटकर उस भाग्यवान के समान निश्चिंत हो गई थी, जिसे अपने प्रेमी की बाहों में अंतिम सांसें तोड़ने की अभिलाषा रहती है। रत्ना को ले जाते समय उसे वही रास्ता मिला, वही पत्थर, वही चट्टान, जहां एक कार उसने उसकी जान बचाकर उसे छोड़ दिया था। वहां पहुंचने के बाद उसने रत्ना को उठाया और फिर उसी चट्टान पर बहुत संभालकर फूल समान लिटा दिया। उसके समीप ही झुककर वह बैठ गया - रत्ना के सिर के घाव को दबाते हुए। फिर उसने अपनी पॉकेट से रूमाल निकाला। रत्ना के सिर पर सख्ती से बांधने लगा, ताकि रक्त का निकलना बंद हो जाए; परन्तु रत्ना उसे दम तोड़ती दृष्टि से देख रही थी। वह मुस्कराई, मुस्कान भी दम तोड़ रही थी। निराशा में डूबी मुस्कान। शरीर भीगा हुआ था, परन्तु आंसुओं की झलक मोती बनकर बिल्कुल ही अलग थी। उसने कराहते हुए दर्द-भरे स्वर में कहा, "पवन,मैं... मैं बहुत दिनों से तुम पर एक भेद खोलना चाहती थी।"

"जो कहना हो, बाद में कहना", पवन ने रत्ना के घाव पर रूमाल लपेटकर गांठ लगाते हुए कहा, "पहले तुम्हें डॉक्टर को..."

"पहले मेरी बात सुन लो वरना... वरना... मेरी आत्मा को कभी शांति नहीं मिलेगी।" रत्ना को जैसे कहने में कष्ट होने लगा। सांस अटक-अटक कर आने लगी थी। शायद दम टूट जाने के लिए अधीर था। पवन ने रत्ना की गम्भीरता समझी तो दिल तड़प उठा। मन हुआ वहीं चट्टान से सिर फोड़ ले। यह अचानक जीवन ने कैसा पलटा खाया। उसे रत्ना की बात सुननी ही पड़ी। रत्ना ने अपनी बात जारी रखी। बोली, "मैंने तुम्हें सदा प्यार किया... अपनी आत्मा से भी बढ़कर, लेकिन... डरती थी कि तुम मेरी वास्तविकता जानकर मुझसे... मुझसे घृणा न करने लगो। मैं तुम्हारी स्मृति खोने का मूल कारण हूं।"

"ओह रत्ना...रत्ना...तुमने पहले क्यों नहीं बताया कि तुम वास्तव में मुझे इतना प्यार करती हो?" पवन ने तुरन्त उसे अपनी बांहों में समा लिया। लगभग रोते हुए उसने कहा, "मुझे यह बात मालूम होती तो मैं पहले ही तुम पर अपने दिल का भेद खोल देता। रत्ना...रत्ना, मेरा मस्तिष्क तो उसी समय हिल गया था, जब मुझे यहां की चट्टान पर देखकर कांपते हुए तुम चीख पड़ी थीं। और जब समरेन्द्र के मित्रों ने मुझ पर आक्रमण किया तो मेरी स्मृति पूर्णतया वापस आ चुकी थी। तुम्हें केवल इसलिए नहीं बताया कि तुमसे सहानुभूति के साथ मैं कहीं प्यार भी न खो दूं।" डरता था कि तुम मुझे मेरे वास्तविक रूप में देखकर मुझसे घृणा न करने लगो। इसी डर से मैंने यह बात किसी और को भी नहीं बताई, क्योंकि मुझे अपने चरित्र का पूरा ज्ञान था। रत्ना...मेरी जान...मेरी आत्मा...!" पवन की आंखें छलक आईं। आंसू गालों पर ढुलक आए। उसने अपनी बात जारी रखी। बोला, "मैं...मैं...बहुत बुरा था, बहुत बुरा था रत्ना, इसीलिए चाहता था कि स्मृति खोने का बहाना लेकर एक नया जीवन आरम्भ करूं, क्योंकि मैंने...मैंने किसी की दृष्टि में इतनी घृणा अपने प्रति कभी नहीं देखी, जो तुममें चट्टान से गिरने से पहले देखी थी। मैं चाहता था कि पहले तुम्हें जीत लूं आत्मा सहित। उसके बाद मैं तुम्हें अपनी वास्तविकता अवश्य बताता।"

"मुझे कुछ दिखाई नहीं दे रहा है।" रत्ना ने डूबती सांसों के साथ कहा, "मुझे अपनी छाती से लगा लो। मेरे जीवन का किनारा भी अब डूब चला। तुम्हीं ने कहा था कि...कि..." रत्ना को हिचकी आने लगी। उसकी पलकें बन्द हो गईं। आंखों की ज्योति मद्धिम हो रही थी, फिर भी होंठ कांप रहे थे। वह कह रही थी, "और अब वही बात मुझ पर लागू हो रही..." रत्ना के होंठ स्थिर हो गए, परन्तु आंसू अब भी जारी थे।

पवन ने रत्ना के मुखड़े को अपनी दोनों हथेलियों में लेकर देखा - फूल-सा मुखड़ा - पानी से नहीं, शबनम से भीगा हुआ। लटों पर मोतियों समान बूंदें चमक रही थीं, बिल्कुल उसी समान, जब उसने उसे पहली बार देखा था, काली घनी वर्षा की रात में, जिसने उसके जीवन की काया पलट दी थी तथा जिसका दण्ड वह अब तक भोग रहा था और अब

भोगता रहेगा - सदा के लिए। उसने रत्ना को अपनी छाती से लगा लिया - समा लिया, बिल्कुल ऐसे ही, जैसे टूटे हुए फूल को भंवरा कलेजे से लगा लेता है। फूट-फूट कर वह रो पड़ा - आंसुओं से, सिसकियों से - रोता ही गया वह, जाने कितनी देर तक।

अचानक पवन के कानों में पानी की छप-छप सुनाई पड़ी। उसने दृष्टि उठाई। बगल में शोभा खड़ी थी। शायद वह अपनी दीदी का अन्तिम दृश्य देख चुकी थी, फिर भी उसे उसका इतना अधिक गम नहीं था, जितना पवन का था। मृतक से अधिक दुःख उसके लिए होता है, जो मृतक के लिए दुःख करता है। शोभा ने चाहा कि पवन के कंधे पर हाथ रखकर उसे सांत्वना दे, परन्तु उसके हाथ केवल उठकर ही रह गए। पवन ने देखा, पानी की छप-छप का स्वर आ रहा था, रत्ना तथा पवन की मांजी के आने से। दोनों अब तक धीमे-धीमे, संभल-संभलकर रत्ना तक पहुंचने के लिए संभलते हुए पग उठा रही थीं। पवन उठ खड़ा हुआ। उसकी दृष्टि चट्टान के किनारे पड़ी। बेलों के फूल पानी की सतह पर आकर लहराते हुए मानो रत्ना के कदमों को चूमने का असफल प्रयत्न कर रहे थे। पवन इन फूलों को देखता रहा। फिर उसने शोभा को देखा। उसे रत्ना का ध्यान आया, वह ध्यान, जो रत्ना उसके विचार में कभी कहना चाहती थी। मन ही मन पवन के अन्दर एक विचार उठा। आज नहीं तो कभी न कभी उसे रत्ना की यह एक और केवल एक इच्छा पूरी करनी ही पड़ेगी - वह शोभा को अपना ले, अपने प्यार का मूल्य शोभा को अपनाकर ही दे। उसने निश्चय कर लिया कि वह इसे भी कर दिखाएगा - कब? किस स्थिति में? वह स्वयं नहीं जानता था। रत्ना की आत्मा की शांति ही अब उसके अपने जीवन की शांति बन चुकी थी।

शोभा भी उसे ही देख रही थी। रत्ना तथा पवन की मांजी भी समीप आ चुकी थीं। पवन ने पग बढ़ाए और पानी में उतर गया, ताकि किनारे पहुंच जाए। शोभा उसके पीछे हो ली, परन्तु पवन के कानों में अब अपने ही स्वर गूंज रहे थे। क्या उसका जीवन अब वास्तव में डूबते किनारे समान नहीं था? क्या उसका संसार अब वास्तव में नहीं डूबा था? या क्या

उसे अब भी अपने जीवन का किनारा मिलने की आशा थी? उसने दोबारा शोभा को देखने की आवश्यकता नहीं समझी परन्तु वह जानता था कि समय हर घाव का सबसे बड़ा मरहम है। समय के साथ उसका घाव भी भरना स्वाभाविक है और इस स्वाभाविकता को कोई नहीं रोक सकता और उसने उसे अपने हित में समझा; अपने, रत्ना के, शोभा के तथा दोनों घरानों के हित में समझा।

❑❑❑

www.ingramcontent.com/pod-product-compliance
Ingram Content Group UK Ltd.
Pitfield, Milton Keynes, MK11 3LW, UK
UKHW042104021026
15589UKWH00001B/168

9 789352 788057